DIE GROSSEN ROMANE

Band 70

Certes, ils préfèrent que je ne voie pas
certaines choses. Mais ce qu'il ne faut surtout pas,
c'est que je leur en raconte d'autres.
– Vous direz tout?
– Et vous?
– J'essaierai. Si je n'y parviens pas,
je m'en voudrais toute ma vie

Peuples qui ont faim, 1934

GEORGES SIMENON

Die grünen Fensterläden

ROMAN

Aus dem Französischen
von Elisabeth Edl und Wolfgang Matz

Mit einem Nachwort
von Wolfgang Matz

KAMPA

Die französische Originalausgabe erschien 1950 unter dem Titel
Les volets verts im Verlag Presses de la Cité, Paris.
Die deutsche Erstausgabe erschien 1953
in der Deutschen Verlags-Anstalt, Stuttgart.

Mehr Informationen über die Simenon-Gesamtausgabe:
www.kampaverlag.ch/simenon

Für den Blick hinter die Verlagskulissen:
www.kampaverlag.ch/newsletter

Der Kampa Verlag wird vom Bundesamt für Kultur
mit einem Strukturbeitrag für die Jahre 2021–2024 unterstützt.

www.kampaverlag.ch
Umschlaggestaltung: Herr K | Jan Kermes
Umschlagabbildung: *Florette, 1969*. Photographie J H Lartigue
© Ministère de la Culture – France AAJHL
Satz: Tristan Walkhoefer, Leipzig
Gesetzt aus der Stempel Garamond LT / 230125
Druck und Bindung: GGP Media GmbH, Pößneck
Auch als E-Book erhältlich
ISBN 978 3 311 13370 4

Vorbemerkung

Freunde, die den Roman in Druckfahnen gelesen haben, lassen mich befürchten, Dummköpfe, boshafte Menschen oder einfach nur solche, die sich für gut unterrichtet halten, könnten in meinem Buch tatsächlich oder vorgeblich einen Schlüsselroman sehen und in der Figur des Maugin das Abbild von diesem oder jenem berühmten Schauspieler.

Die altbekannte Formel: »Diese Geschichte ist frei erfunden, und jede Ähnlichkeit usw. usf.« genügt nicht mehr.

Es ist mir wichtig, am Anfang dieses Buches, dem ich zu Recht oder zu Unrecht eine gewisse Bedeutung beimesse, *kategorisch* zu erklären, Maugin ist weder ein Porträt von Raimu noch von Michel Simon, weder von W.C. Fields noch von Charlie Chaplin, die ich als die größten Schauspieler unserer Zeit betrachte.

Doch gerade wegen ihrer Größe ist es unmöglich, einen Mann von ihrem Format zu erschaffen, in ihrem Metier, ohne dass er gewisse Charakterzüge, gewisse Ticks von dem einen oder anderen entlehnt.

Alles Übrige, so versichere ich, ist reine Fiktion, egal, ob es sich um den Charakter meines Helden handelt, um seine familiäre Herkunft, seine Kindheit, Episoden seiner Laufbahn, um Einzelheiten aus seinem öffentlichen oder privaten Leben und um seinen Tod.

Maugin ist weder dieser noch jener. Er ist Maugin, ganz einfach, mit den guten wie schlechten Eigenschaften, die nur ihm gehören und für die einzig und allein ich verantwortlich bin.

Ich schreibe diese Zeilen nicht, um einem Prozess vorzubeugen, wie er mir schon gemacht wurde, sondern aus Sorge um die Wahrheit, aus Sorge um das Andenken an die oben Genannten, die tot sind, um die Persönlichkeit derer, die noch leben.

Georges Simenon
11. Mai 1950

Erster Teil

I

Es war seltsam: Die Dunkelheit, die ihn umgab, war nicht die unbewegte, stofflose, negative Dunkelheit, die jeder kennt. Sie erinnerte ihn vielmehr an die fast greifbare Dunkelheit gewisser Alpträume in seiner Kindheit, an eine böse Dunkelheit, die ihn während mancher Nächte in Wellen überfiel oder zu ersticken suchte.

»Sie können sich entspannen.«

Doch er konnte sich nicht rühren. Bloß atmen, und das war schon eine Erleichterung. Sein Rücken lehnte an einer glatten Wand, deren Material ihm unbestimmbar schien, und gegen seine nackte Brust drückte der Schirm, in dessen Lichtschein er das Gesicht des Doktors ahnte. Vielleicht lag es an diesem Licht, dass die Dunkelheit ringsum wirkte, als bestehe sie aus weichen, einhüllenden Wolken?

Warum musste er so lange in dieser unbequemen Haltung verharren, ohne dass jemand ein Wort zu ihm sagte? Vorhin, auf dem schwarzen Ledersofa im Sprechzimmer, da war sein Kopf noch frei gewesen, da sprach er mit seiner normalen Stimme, seiner dröhnenden, bärbeißigen Bühnen- und Stadtstimme, hatte seinen Spaß daran, Biguet zu beobachten, den berühmten Biguet, der die meisten Prominenten behandelt hatte oder noch behandelte.

Ein Mann wie er selbst, ungefähr in seinem Alter, gekommen ebenfalls aus dem Nichts, ein Bauer, und seine Mutter war Magd gewesen, auf einem Hof im Zentralmassiv.

Er hatte nicht die Stimme von Maugin, auch nicht seine Größe, seine Statur, sein breites kantiges Maul, aber er roch, mit dem stämmigen Wuchs und dem struppigen Haar, noch immer nach Acker, und er rollte das R.

»Können Sie ein paar Minuten genau so bleiben?«

Maugin musste sich räuspern, dann sagte er Ja. Obwohl er halbnackt war und den kalten Schirm berührte, perlten ihm Schweißtropfen auf der Haut.

»Rauchen Sie viel?«

Er hatte den Eindruck, der Professor stellte die Frage ohne Notwendigkeit, ohne Überzeugung, bloß um ihn ein wenig aufzumuntern, und er war gespannt, ob nicht noch eine folgen würde, eine wichtigere, auf die er seit Beginn der Untersuchung wartete.

Das hier war nicht irgendein Termin. Es war sieben Uhr abends und die Sekretärin längst weg.

Maugin kannte Biguet, er war ihm zwei-, dreimal begegnet, bei Premieren oder Empfängen. Obwohl er seit Monaten dran dachte, hatte er sich vorhin ganz plötzlich entschlossen und ihn angerufen.

»Würde es Ihnen was ausmachen, wenn Sie mal einen Blick auf mein Herz werfen?«

»Sie spielen gerade, oder?«

»Jeden Abend, außerdem die Nachmittagsvorstellung Samstag und Sonntag.«

»Drehen Sie?«

»Jeden Tag, in den Studios Buttes-Chaumont.«

»Passt es Ihnen, wenn Sie zwischen halb sieben und sieben vorbeischauen?«

Er hatte sich mit dem Auto der Filmgesellschaft hinbringen lassen, wie üblich. Die Klausel stand in jedem seiner Verträge und sparte ihm die Kosten für Wagen und Chauffeur, denn er selbst hatte nie fahren gelernt.

»Zu Fouquet's, Monsieur Émile?«

Alle, die regelmäßig mit ihm zu tun hatten, hielten es für schlau, ihn Monsieur Émile zu nennen, als wäre der Name Maugin zu klobig für ihren Hals. Und war ihm jemand auch nur zweimal begegnet, dann rief er, sobald die Rede auf ihn kam:

»Ach, ja! Émile!«

Geantwortet hatte er: »Nein.« Es regnete. Tief ins Wagenpolster gedrückt, betrachtete er mit trübem Blick die nassen Straßen, die von der Scheibe verzerrten Lichter, erst die Schaufenster in den Arbeitervierteln, armselig, von hässlicher Banalität, Milchläden, Bäckereien, Lebensmittelhändler und Bistrots, vor allem Bistrots, dann die funkelnderen Geschäfte im Zentrum.

»Setz mich ab am Boulevard Haussmann, Ecke Rue de Courcelles.«

Wie zufällig, gerade als sie die Place Saint-Augustin überquerten, wurde der Regen dichter, dicke, aufspritzende Tropfen, und das Pflaster glich bald der Oberfläche eines Sees.

Er hatte gezögert. Er konnte den Wagen einfach vor dem Haus des Professors halten lassen. Doch er wusste, genau das würde er nicht tun. Es war sechs, als er in seiner Studiogarderobe zwei Glas Wein getrunken hatte, und sofort war ihm wieder unwohl, ein Schwindel, eine

Beklemmung in der Brust, wie früher, wenn der Hunger kam.

»Sie steigen hier aus?«

Der Chauffeur war überrascht. An der Straßenecke befand sich nur das Geschäft eines Schneiders, mit geschlossenen Läden. Doch ein paar Häuser weiter, in der Rue de Courcelles, erkannte Maugin die schwach beleuchtete Fensterfront eines Taxifahrer-Bistrots.

Er wollte nicht vor Alfreds Augen da hinein, wartete einen Moment an der Ecke zum Boulevard, aufrecht, riesig, schon füllte Wasser die hochgebogene Hutkrempe und rann ihm auf die Schultern.

Das Auto entfernte sich, hielt jedoch nach ein paar Metern ausgerechnet vor dem Bistrot, und Alfred rannte mit hochgezogenen Schultern hinein.

Auch er hatte sicher Durst oder brauchte Zigaretten? Beim Aufstoßen der Tür wandte er sich in Richtung Maugin, und der ging anstandshalber zur erstbesten Toreinfahrt, als habe er da zu tun, wartete in der dunklen Einfahrt, bis das Auto wieder verschwand.

Danach betrat er die Kneipe, wo die Gespräche sofort verstummten, alles starrte schweigend auf den großen Maugin, der mit grämlicher Miene und rauer Stimme knurrte:

»Einen Roten!«

»Einen Bordeaux, Monsieur Maugin?«

»Ich hab gesagt einen Roten. Gibt's hier keinen einfachen Roten?«

Er trank zwei Gläser. Er trank immer zwei hintereinander, jedes in einem Zug, und er hatte seinen Mantel aufknöpfen müssen, suchte in der Tasche nach Kleingeld.

Hatte Dr. Biguet seinen Atem gerochen, gerade eben, beim Abhören? Würde er ihn, wie die andern, danach fragen?

War ihm eigentlich bewusst, dass sie beide, seit Maugins Oberkörper eingeklemmt war zwischen zwei festen Platten und die Dunkelheit ihn zum Blinden machte, nicht mehr auf gleichem Fuße standen?

Bestimmt war er es gewohnt. Die anderen, der Premierminister, die großen Industriekapitäne, die Akademiemitglieder, die Politiker und ausländischen Fürsten, die angereist kamen, um ihn zu konsultieren – waren die nicht aus dem gleichem Holz?

»Atmen Sie normal, ohne Anstrengung. Vor allem den Brustkorb nicht bewegen.«

Zunächst waren da nur zwei Geräusche im Raum, der regelmäßige Atem des Arztes und das Ticken seiner Uhr in der Westentasche. Jetzt hörte man im Universum des schwarzen Gewölks ein merkwürdiges Schaben, das Maugin nicht sogleich einordnen konnte, doch es erinnerte ihn an die quietschende Kreide auf der Schiefertafel in seiner Dorfschule. Vorsichtig beugte er den Kopf, erblickte, einem Ektoplasma gleich, das konzentrierte Gesicht, die milchweiße Hand des Professors und verstand, dass der gerade auf dem Leuchtschirm zeichnete oder auf einer darübergelegten durchsichtigen Folie.

»Ihnen ist nicht kalt?«

»Nein.«

»Sind Sie vom Land?«

»Aus der Vendée.«

»Bocage oder Marais?«

»Sumpfigstes Sumpfland. Marais.«

Kurz davor, im Sprechzimmer, wäre die Sache wohl anders gelaufen. Maugin war ziemlich neugierig gewesen auf den Professor, der in seinem Wirkungsbereich ungefähr so bedeutend war wie er in seinem eigenen.

Es war ohne Absicht, doch er hatte in der Toreinfahrt kurz gezögert und einen Blick in die Loge der Concierge geworfen. (Denn hier gab es eine Concierge, bei ihm dagegen, in der Avenue George V, einen Mann in aufgedonnerter Uniform.)

Er war in diesem Moment noch ganz unbekümmert, sogar ein bisschen allzu unbekümmert, vielleicht wollte er sich beweisen, dass er sich keine großen Sorgen machte um sein Herz.

Schon dass einer am Boulevard Haussmann wohnte, war ein Zeichen. Das roch bereits sehr nach echter, nach jener soliden Bourgeoisie, die niemandem Sand in die Augen streuen muss, die sich mehr um ihre Bequemlichkeit kümmert als um den schönen Schein. In der Eingangshalle gab es keine korinthischen Säulen, und die Treppe war nicht aus weißem Marmor, sondern aus alter Eiche und darüber ein dicker roter Teppich.

Allein im Fahrstuhl, hatte er den Augenblick genutzt und in die hohlen Hände gehaucht, dann tief eingeatmet, zur Kontrolle, ob er nicht allzu sehr nach Wein roch.

Es war ein Ausdruck von Hochachtung, dass Biguet ihm außerhalb der üblichen Sprechstunde einen Termin gegeben hatte, ohne seine Sekretärin, ohne seine Sprechstundenhilfe. Hatte er begriffen, dass Maugin nicht Gefahr laufen wollte, am nächsten Tag in den Zeitungen zu lesen, er sei schwerkrank?

Auch hatte kein Hausmädchen ihm die Tür geöffnet, vielmehr der Doktor höchstpersönlich, der in seiner schwarzsamtenen Hausjacke wirkte, als empfange er einen Freund. Eine einzige Lampe erhellte den Salon, wo friedlich Holzscheite brannten.

»Wie geht es Ihnen, Maugin?«

Er sagte nicht Monsieur, und das war auch wieder sehr gut, denn sie beide hatten dieses Stadium hinter sich.

»Ich vermute, das Theater ruft nach Ihnen und Sie haben nicht viel Zeit für mich. Wenn Sie möchten, gehen wir sofort ins Sprechzimmer.«

Aus dem Augenwinkel hatte er einen Flügel gesehen, Blumen in einer Vase, das Porträt eines Mädchens im Silberrahmen. Und hinter den geschlossenen Türen aus dunkler Eiche ahnte er das geordnete, ruhige Leben einer richtigen Familie.

»Legen Sie Jacke und Hemd ab.«

Es war wirklich keine Uhrzeit für eine Konsultation, und der Professor musste eigenhändig den Gasofen anzünden.

Er hatte keine Karteikarte ausgefüllt, ersparte ihm auch das übliche Verhör.

»Donnerwetter!«, hatte er beim Abtasten von Maugins Muskeln gerufen, als dieser auf dem schwarzen Sofa lag. »Ich wusste, Sie sind robust, aber darauf war ich nicht gefasst.«

Hatte er selbst nicht genauso viel davon unterm Samt seiner Jacke?

»Einatmen.«

Er stellte keine Fragen. Muss man jemandem Fragen stellen, der Biguet aufsucht?

»Ausatmen.«

Das Stethoskop wanderte eiskalt über den dicht behaarten Oberkörper.

»Haben Sie Probleme beim Pinkeln? Müssen Sie nachts oft aufstehen?«

Und nicht bloß der mächtige Brustkasten interessierte ihn, nicht bloß Maugins Leib und die Eingeweide, die er umschloss, sondern der Mann … dessen Legende er kannte wie alle Welt. Er saß vor ihm, die Knie gespreizt, vorgebeugt, und der Schauspieler musterte ihn mit ungefähr ebenso großer Neugier.

»Ich möchte mit dem Fluoroskop einen Blick da reinwerfen. Ziehen Sie sich nicht an. Ich hoffe, nebenan ist es nicht zu kalt.«

Ganz im Gegenteil, es war stickig.

Jetzt quietschte sein Stift oder seine Kreide in der Stille, im Takt von ihren Atemzügen. Paris, der Regen in den Straßen, das Sternenlicht der Laternen, das Theater da drüben, vor dem die Leute bestimmt schon Schlange standen, alles war versunken in einem Abgrund, zurück blieb nur diese Dunkelheit, die Maugin immer stärker bedrängte, und am liebsten wäre er geflüchtet.

»Sechzig?«

»Neunundfünfzig.«

»Starker Bumser?«

»Früher. Heute nur noch manchmal, wenn's mich packt.«

Nach wie vor sagte er nichts vom Trinken, auch nichts über sein Herz oder all das, was er in einer halben Stunde womöglich entdeckt hatte, denn so lange dauerte die Untersuchung schon.

»Viele Filme in Aussicht?«

»Fünf dieses Jahr.«

Es war Januar. Der, den er jetzt zu Ende drehte, zählte laut Vertrag noch zum Vorjahr.

»Und im Theater?«

»Wir spielen *Baradel & Co.* bis zum 15. März.«

Seit vier Jahren wurde das Stück jeden Winter wiederaufgenommen, es war über die tausendste Vorstellung hinaus.

»Lässt Ihnen das noch Zeit zum Leben?«

Ein bisschen fand er zurück zu seiner normalen Stimme, mürrisch und aggressiv, er brummte:

»Und Sie?«

Hatte Biguet Zeit zum Leben, außerhalb von seinen Vorlesungen, vom Krankenhaus, von den vier oder fünf Kliniken, wo die Patienten lagen, und außerhalb von seinem Sprechzimmer?

»Ihr Vater ist jung gestorben?«

»Mit vierzig.«

»Herz?«

»Alles.«

»Ihre Mutter?«

»Fünfundfünfzig oder sechzig, ich weiß nicht mehr, im Spital, im großen Krankensaal.«

War es das Haus am Boulevard Haussmann, die Pförtnerloge mit den polierten Möbeln, der Salon samt Kaminfeuer und Flügel und sogar die Samtjacke des Doktors, was ihm auf den Magen schlug? Verübelte er Biguet, dass der aus Taktgefühl weder Wein noch Schnaps ansprach?

Oder ärgerte ihn einfach nur das Schweigen des Professors, seine Ruhe, seine scheinbare Gelassenheit, oder auch sein Glück, dass er da drüben saß, auf der andern Seite des Schirms?

Auf jeden Fall hatte er das Gefühl, er wolle sich für irgendetwas rächen, als er sagte:

»Möchten Sie wissen, wie mein Vater gestorben ist?«

Rührte seine ganze Bitternis, diese Bösartigkeit, die seine Stimme grob machte, nicht vielleicht her von dem Zwischenfall mit Alfred, von den demütigenden Minuten in der Toreinfahrt, von dem Warten, bis der Weg frei war zum Bistrot, von den zwei Gläsern Wein, runtergekippt, während sein Blick die erstarrten Gäste herausforderte?

»Ich müsste sagen: ›Wie er krepiert ist‹, denn es war wie bei einem Tier. Schlimmer als bei einem Tier.«

»Senken Sie ein bisschen die linke Schulter.«

»Darf ich reden?«

»Wenn Sie Ihre Position nicht verändern.«

»Interessiert Sie das?«

»Ich war mehrmals in der Vendée, im Marais.«

»Dann wissen Sie, was man dort eine ›Cabane‹ nennt. Manche Hütte im afrikanischen Dorf auf der Kolonialausstellung war komfortabler und zivilisierter. Sind Sie mal im Winter hingekommen?«

»Nein.«

»Dann hätten Sie verstanden, warum in der Vendée die Betten so hoch sind, dass man zum Reinklettern einen Schemel braucht. Wenn das Wasser aus den Kanälen die Felder überschwemmt, dringt es auch in jede Cabane, und manchmal haben wir ganze Wochen im Bett verbracht, meine Schwestern und ich, wir konnten nicht raus, ringsum war überall Wasser. Die Leute im Marais sind arm. Aber in unserm Weiler und eine Meile im Umkreis gab es nur einen einzigen Mann, der von der Gemeindefürsorge lebte: mein Vater.«

Es schien, als fügte er hinzu:

»Und jetzt erzähl du bloß noch von deiner Mutter, der Dienstmagd!«

»Sie haben die linke Schulter bewegt.«

»So?«

»Etwas höher. Gut.«

»Geh ich Ihnen auf die Nerven?«

»Kein bisschen.«

»Er war Tagelöhner, fand aber selten Arbeit, kaum stand nämlich die Sonne am Himmel, war er betrunken. In der ganzen Gegend wurde er bald zu einer Art Witzfigur, und man gab ihm Geld zum Trinken, aus lauter Jux. Ich sage ›mein Vater‹, aber eigentlich hab ich keine Ahnung, denn alle besuchten meine Mutter, so wie man ins Bordell geht, bloß dass es näher war und billiger als in Luçon.«

»Ist er in seinem Bett gestorben?«

»In einer Pfütze, im Januar, ein paar Schritt von der Kneipe, wo er vollgetankt hatte. Er ist mit dem Gesicht in den Dreck gefallen und kam nicht wieder hoch. Ich war damals vierzehn. Überall stand Wasser. Meine Mutter hat mich losgeschickt, ihn suchen, mit der Laterne. Der Wind kam von der Küste. Ich hab ein Licht gesehen auf dem Kanal, den Schatten von einem Boot. Ich hab Stimmen gehört. Ich hab gerufen und jemand hat geantwortet. Männer brachten meinen Vater, sie waren über ihn gestolpert, als sie rausgingen aus der Kneipe.

Ich habe was Kaltes berührt unten in dem flachen Kahn und gefragt:

›Ist er hinüber?‹

Da haben sie sich angeschaut, gefeixt.

›Nicht wirklich hinüber‹, hat einer gesagt.

›Er ist ganz kalt.‹

›Kalt oder nicht kalt, ist seine Sache, aber für uns ist er nicht tot, bis wir nicht rüber sind über die Grenze. Der stirbt in seinem Dorf, Bürschchen, nicht in unserm. Wir haben keine Lust und zahlen hier bei uns nicht das Begräbnis für fremdes Pack.‹

Bloß als sie ihn dann bei uns abladen wollten, haben die Leute sich aufgeregt.

›Schafft ihn dahin, wo er gestorben ist.‹

›Wer sagt denn, der ist tot? Hat ihn der Arzt schon gesehen?‹«

Das war seine berühmte Stimme. Diesen Tonfall, den gab es nirgendwo sonst, der gehörte nur ihm. Nie zuvor hatten seine Worte auf der Bühne so gewichtig geklungen, so eindringlich und dabei so schlicht und hart.

»In derselben Nacht bin ich weg. Ich weiß nicht, wo sie ihn hingetan haben.«

»Mit vierzehn?«

»In meiner Tasche steckten fünf Sou, die hatte Nicou mir gegeben, dafür, dass er meine Schwester streicheln durfte.«

Kurz kamen ihm Bedenken, denn das stimmte nicht ganz, aber er hätte zu viel erklären müssen, und die Sache verlor dann an Wirkung.

Gaston Nicou, ungefähr im gleichen Alter wie er,

hatte eine Schwester, Adrienne, fünfzehn, mit blödem Gesicht und einem feisten, schrundigen Körper.

»Gib mir fünf Sou«, hatte Nicou einmal gesagt, »und ich lass dich mit meiner Schwester spielen. Für zehn Sou darfst du sie bespringen, aber ich weiß, die zehn Sou kriegst du nie zusammen!«

Maugin hatte sie gestohlen, und mehr als einmal. Er nahm das Mädchen, unter dem gleichgültigen Blick seines Kumpels, der die Münzen in der Tasche klimpern ließ.

Er war nicht auf den Gedanken gekommen, dass seine ältere Schwester, Hortense, im gleichen Alter war wie Adrienne und er das ausnutzen konnte. Erst als er sie, den Rock hochgeschoben bis zum Bauch, mit Nicou erwischt hatte, erwachte sein Gerechtigkeitssinn, und er verlangte Geld.

»Fünf Sou, mehr nicht«, hatte sein Kumpel ihm zugestanden. »Mit der geht's nicht richtig. Keine Ahnung, was die da für'n Ding hat.«

Schweiß rann ihm über die Haut. Das Gesicht des Doktors in seiner Aureole wurde deutlicher, wie auf dem Mattglas eines Fotoapparats, den man scharf stellt, eine weiße Hand löste ein Klicken aus, und plötzlich blendete sie beide grelles Licht.

»Wir können wieder nach nebenan.«

Biguet hielt ein dickes durchsichtiges Blatt in der Hand, darauf kräftige Striche mit blauem Stift. Vermied er absichtlich, Maugin anzuschauen, oder hatte er kein Interesse mehr an seinem Äußeren, nach der eben durchgeführten Untersuchung?

Er bedeutete ihm, sich wieder anzuziehen, setzte

sich an den Schreibtisch, unter die Lampe, suchte nach einem Lineal, zog neue Striche.

»Schlimm?«

Endlich blickte er hoch zu dem Schauspieler, der vor ihm stand, riesig, so, wie alle Welt ihn kannte, mit seinem breiten Gesicht, den Zügen eines römischen Kaisers, den großen runden Augen, aus denen wie vor Überdruss nur ein regloser Blick fiel, seine typische Grimasse schließlich, die an eine bissige Dogge erinnerte und zugleich an ein enttäuschtes Kind.

»Ihr Herz hat keine Läsion.«

Das war die gute Nachricht. Und? Die schlechte?

»Die Aorta ist zwar etwas dick, aber ausreichend geschmeidig.«

»Also keine Angina pectoris.«

»Vorläufig nicht. Das Elektrokardiogramm wird es bestätigen.«

Dann sagte er laut und gab sich keinerlei Mühe, gleichgültig zu wirken:

»Sie sind neunundfünfzig, Maugin. Haben Sie mir eben gesagt. Gesehen habe ich das Herz eines Fünfundsiebzigjährigen.«

Man hörte kein Geräusch. Da war nur eine Luftblase in der Kehle von Maugin, der sich nicht rührte, nicht zusammenzuckte, unverändert reglos.

»Verstehe.«

»Wohlgemerkt, ein Fünfundsiebzigjähriger hat noch Zeit vor sich, manchmal viel Zeit.«

»Ich weiß. Ab und zu ist in der Zeitung das Foto eines Hundertjährigen.«

Biguet musterte ihn ernst, ohne geheucheltes Mitleid.

»Anders ausgedrückt, ich kann weiterleben, vorausgesetzt, ich bin vernünftig.«

»Ja.«

»Schlage nicht über die Stränge.«

»Leben nicht in Höchstgeschwindigkeit.«

»Halte mich an Vorsichtsmaßregeln.«

»Ein paar.«

»Ist das die Kur, die Sie mir verschreiben? Keine Frauen, kein Tabak, kein Alkohol. Und ich vermute, auch nicht allzu viel Arbeit oder Aufregung?«

»Ich verordne Ihnen überhaupt keine Kur. Der Umriss hier ist Ihr Herz. Dieser Beutel ist die linke Kammer, und da sehen Sie in Rot, wie die sein müsste, in Ihrem Alter. Sie sind ein erstaunlicher Mann, Maugin.«

»Keine Pillen, keine Mittelchen?«

Die Vorhänge an den Fenstern waren sicher dick, denn sie ließen nichts durch vom Leben draußen, man ahnte es nicht einmal, doch auf der andern Seite wogte Paris.

»Sie haben fünf Filme vor sich, haben Sie gesagt. Und das Stück spielt noch bis zum 15. März. Was können Sie ändern an Ihrer Lebensführung?«

»Nichts!«

»Ich für mein Teil, was in meiner Macht steht, ich kann Ihnen nur Schmerzen ersparen oder die Unannehmlichkeiten der Krämpfe.«

Er notierte ein Rezept auf seinem Block, riss das Blatt ab und reichte es ihm.

»Glauben Sie nicht, Sie haben sich ausreichend Revanche verschafft?«

Er hatte alles verstanden. Auch er hatte sie sich verschaffen müssen, wahrscheinlich aber hatte er die Sache an dem Tag für erledigt betrachtet, als er mit achtundzwanzig jüngster Professor der Medizin wurde.

Was hatten sie sich noch zu sagen? Keiner von beiden schaute auf die Uhr. Maugin konnte den Professor nicht fragen, wie viel er ihm schuldete. Jenseits der schweren und gut geölten Türen erwartete ihn das Abendessen, und vielleicht wurde die Köchin langsam ungeduldig, weil der Braten zerfiel?

»Ein Mann von fünfundsiebzig ist nicht unbedingt am Ende.«

Es war besser zu gehen. Sonst landeten sie zwangsläufig bei Banalitäten.

»Ich danke Ihnen, Biguet.«

Zum ersten Mal nannte er ihn so, und das fiel ihm schwerer als seinem Gegenüber, ihn Maugin zu nennen, vielleicht, weil man gewohnt war, den Namen des Schauspielers ohne das Monsieur zu sehen, in Zeitungen, auf Plakaten.

Ein rascher Händedruck, beinah schroff, aus Scham, aus Zurückhaltung.

»Rufen Sie mich an, jederzeit.«

Er schlug nicht vor, dass man sich bei andrer Gelegenheit treffen könne, beispielsweise zum Abendessen. Das war gut so.

Als sie in der Tür standen, klopfte er ihm nur auf die Schulter und sagte:

»Sie sind ein Teufelskerl, Maugin!«

Er wartete nicht ab, bis die schwere Gestalt beim Fahrstuhl war und auf den Knopf drückte, eine Gestalt, in diesem Hausflur am Boulevard Haussmann plötzlich ebenso einsam wie in der beklemmenden Öde des Weltraums.

Wenig später drückte eine feuchte Hand die Türklinke des Bistrots in der Rue de Courcelles, und der Wirt hinter seiner Theke, bemüht, nicht überrascht zu wirken, fragte etwas zu hastig:

»Einen Roten, Monsieur Maugin?«

Er behielt die Flasche in der Hand, nachdem er eingegossen hatte, als kenne er seine Gewohnheiten, dabei war der Schauspieler an diesem Tag zum ersten Mal hier eingekehrt, und Maugin starrte unverwandt auf die Flasche.

Er hatte nicht wahrgenommen, ob der Regen aufgehört hatte oder nicht, doch das feine Tuch seines Mantels war voller Tröpfchen. Er hatte keine Zeit gehabt fürs Abendessen. Er hatte auch später keine Zeit mehr. Die ersten Zuschauer suchten bestimmt schon nach ihrem Platz in den noch leeren Sitzreihen des Theaters, wo ihre Stimmen widerhallten.

»Noch eins?«

Er hob die Augen zu dem Mann mit dem rotnarbigen, bläulichen Gesicht, auch er ein Bauer, wahrscheinlich als Kutscher nach Paris gekommen oder als Dienstbote.

In seiner Miene lag komplizenhafte Vertraulichkeit. Er war hässlich. Sein Gesichtsausdruck voll Niedertracht. Man spürte, er war stolz, dass er hier stand, dass er er war, die Flasche in der Hand, und dass er jetzt einschenkte, dem großen Maugin mit dem trüben Blick.

»Ha!«, würde er nachher rufen, kaum fiel die Tür

ins Schloss. »Habt ihr den gesehen! Er war's, jawohl. So ist der. Jeden Abend das Gleiche. Die Leute im Saal merken nichts. Anscheinend kann er anders nicht spielen.«

Maugin ballte die Faust auf dem Tresen, ballte sie so fest, dass die Knöchel weiß wurden, denn diese Hand war nahe dran, dem Kerl die Flasche aus den Fingern zu reißen, sie zu zertrümmern auf seinem Schädel.

Das war schon einmal passiert. Die Polizei geriet in arge Verlegenheit. Der kleine Jouve, sein Sekretär, war von einer Zeitungsredaktion in die andre gerannt, damit der Vorfall nicht unter die Leute kam.

Der Wirt fragte sich, warum er so reglos dastand, ins Leere blickend, schwer atmend, und seufzte erleichtert, als er das Glas in einem Zug leerte, sein zweites Glas, es ihm dann wieder hinstreckte.

»Ist er gut?«

Sogar diese Frage, begleitet von einem schleimigen Lächeln, blieb ihm nicht erspart!

Er trank das dritte Glas mit geschlossenen Augen. Er trank ein viertes, und erst dann reckte er sich zu voller Größe, wölbte die Brust, blähte die Backen, wurde der, den man zu sehen gewohnt war.

Er musterte ringsum die Gesichter, die im Dunst schwammen, um seine Lippen spielte die berühmte Grimasse, grausam und übellaunig, und schließlich zeigte sie Wirkung, brachte alle zum Lachen, wie in den Theatersälen, ein nervöses Lachen wie bei Leuten, die gerade ein bisschen Angst verspürt hatten.

Er ließ jetzt nichts aus von seiner Legende, auch nicht seinen Geiz, und als wollte er ihnen eine Freude machen, zeigen, was er konnte, fischte er Kleingeld aus der Tasche, zählte jede Münze einzeln hin, als trenne er sich von ihr nur widerwillig.

Der kleine trübe Tropfen, der an seinen Wimpern hing, als er vorhin den Kopf gehoben hatte, war inzwischen getrocknet, und keiner hatte ihn bemerkt.

Wie auf der Bühne rief er lauthals in den Raum:

»Taxi!«

Und ein Fahrer, der in der Ecke Calvados trank, griff nach seiner Mütze und sprang auf.

»Zu Diensten, Monsieur Maugin.«

Es regnete noch immer. Er war allein, im Dunkel, auf der Rückbank des Taxis, und die Scheiben verzerrten die Lichter zu scharfen Strichen, die sich kreuzten, zu Pfeilen und manchmal zu Sternbündeln.

Auf allen Litfaßsäulen sah er jetzt die fetten schwarzen Buchstaben der aufgeweichten Plakate: »Maugin« … »Maugin« … Und wieder »Maugin« auf der nächsten. »Maugin«, noch größer, an einem Lattenzaun.

Endlich »Maugin« in Leuchtschrift auf dem Vordach des Theaters.

»Ihre Post, Monsieur Maugin …«, sagte der Concierge am Künstlereingang.

»Guten Abend, Monsieur Maugin …«, scharwenzelte der Bühnenmeister.

Die Mädchen, die in der dritten Szene die Stenotypistinnen spielten, traten beiseite und folgten ihm mit Blicken.

»Guten Abend, Monsieur Maugin …«

Der junge Béhar mit den langen Haaren, der frisch von der Schauspielschule kam und bei jedem seiner drei

Einsätze zitterte, sobald er die Bühne betrat, grüßte ergriffen.

»Guten Abend, Monsieur Maugin …«

Maria, seine Garderobiere, klein, rund wie ein Kreisel, sagte nicht guten Abend, tat, als würdige sie ihn keines Blicks, kramte weiter im Raum herum, und Beachtung schenkte sie erst seinem Spiegelbild, als er am Schminktisch saß.

»Schön schauen Sie aus, wirklich. Wo haben Sie sich bloß wieder rumgetrieben?«

Sie waren gleich alt und verbrachten ihre Tage damit, sich zu zanken wie Schulkinder. Von Zeit zu Zeit setzte er sie vor die Tür, engagierte eine andere Garderobiere, hielt drei, vier Tage durch, und hatte er dann zu Ende geschmollt, schickte er Jouve zu Maria, damit er sie zurückholte, um jeden Preis.

»Monsieur Cadot war hier, vor ein paar Minuten. Er konnte nicht warten, seine Frau ist krank. Anscheinend ist es diesmal wirklich ernst. Er will's versuchen und schaut gegen Ende des Abends noch mal vorbei.«

Mit Fingern voll fettiger weißer Schminke massierte er sich langsam das Gesicht, und seine Augen starrten auf seine Augen im Spiegel.

2

Dreimal, viermal verbeugte er sich griesgrämig, hatte es eilig, die Sache hinter sich zu bringen, und das Publikum, das er durch ein Lächeln irritiert hätte, trampelte wilder und wilder. Wie jeden Abend holte er Lydia Nerval zurück auf die Bühne, und seine Geste, die einen Teil des Beifalls auf sie lenken sollte, war eine fast zynische Parodie der üblichen Geste.

Wozu heucheln? Waren die Zuschauer ihretwegen hier oder seinetwegen? Sie war ein x-beliebiges Frauenzimmer, nervtötend, machte ständig zu viel Wind, sprach mit affektiert hoher Stimme, hielt sich darum für erfolgreich. Am Anfang versuchte sie ihn zu bezirzen. Einmal hatte sie ihn in ihre Garderobe gelockt und ohne Umschweife gefragt:

»Also, ja oder nein?«

Und weil er sein Dämelgesicht machte, sein sogenanntes Elefantengesicht:

»Gefall ich dir nicht, Émile?«

Er hatte ihr den Nippel befummelt, als wär's eine Vorhangtroddel.

»Dein Fleisch ist schlapp, Kleine!«

Seit diesem Vorfall sprach sie mit ihm nur noch auf der Bühne, und war der Vorhang gefallen, wurden sie füreinander Luft.

»Jemand wartet vor der Garderobe, Monsieur Émile!«

Das war nach dem zweiten Akt, der im Bagno spielte. Er trug den gestreiften Sträflingsanzug, und eine Perücke mit kurzgeschorenem Haar betonte seine wie aus Hartholz geschnitzten Züge.

»Für Feinheiten war keine Zeit!«, hatte ein Spaßvogel gesagt.

»Jemand für Sie, Monsieur Émile!«

»Ich weiß, Kleiner.«

Jeden Tag das alte Lied. Die Leute trommelten bereits an der Eisentür zum Zuschauerraum, und irgendwann würde jemand öffnen. Alle hatten beeindruckende Visitenkarten, waren etwas Wichtiges in der Provinz oder im Ausland, denn die meisten Pariser waren hier schon längst durchmarschiert.

Er stieg die Wendeltreppe hinab, erkannte Cadot, der ängstlich vor der Garderobentür wartete und den Mund schon aufriss, als er ihn kommen sah. Eine Handbewegung und seine Stimme brachten ihn zum Schweigen.

»Später!«

Er trat ein, drehte hinter sich den Schlüssel im Schloss, sagte, ohne Maria zu suchen, denn er wusste, sie war da:

»Die Flasche!«

Genauso unfreundlich wie er ging sie zum Schrank und brachte den Cognac mit angewiderter Miene. Er brauchte kein Glas, und das wusste sie. Ihr gegenüber kannte er keine Hemmungen, im Gegenteil, offenbar trank er sogar mit Absicht aus der Flasche, abstoßend, fast obszön, denn er wollte sie anekeln und hören, wie sie vor sich hin murrte:

»Ist das ein Jammer!«

An diesem Abend fügte sie noch hinzu:

»Mein Mann ist dran zugrunde gegangen, aber wenigstens hatte er eine Entschuldigung, hat den ganzen Tag aufm Weinmarkt gearbeitet.«

Am Anfang, monatelang, hatte er sich Mühe gegeben und die Flasche versteckt, die er in der zweiten Pause brauchte, manchmal schon in der ersten. Er hatte sie überall deponiert, nicht nur in der Garderobe, auch im Souterrain, in den Taschen seiner Kleidung und seiner Bühnenkostüme, in den Schubladen unter der Wäsche, im Papierkorb und sogar draußen auf dem Fensterbrett der Luke, die hinausging auf eine Sackgasse, und er wartete mit dem Trinken, bis er hinter dem Vorhang war, der die Garderobe in zwei Hälften teilte, vermied jedes Geräusch mit dem Korken, jedes Gluckern.

Bald fand er die Flasche allabendlich gut sichtbar auf seinem Schminktisch. Er tat, als merke er nichts, und Maria entschloss sich als Erste zum Reden.

»Wollen Sie noch lange Versteck spielen wie ein kleines Kind? Wie blöd stehen wir da, wir zwei?«

Schon mehrmals hatte es diskret geklopft. Jemand versuchte, die Tür zu öffnen. Er kippte einen letzten Schluck und hielt die Flasche wortlos ins Leere. Maria wusste, was das hieß, und versteckte sie, während er einen mit Schminke verschmierten Frisiermantel überwarf.

»Mach auf!«

Es waren nur vier oder fünf, darunter zwei im Smoking und eine Frau im Abendkleid. Ohne sie anzuschauen, zog sich Maugin die Perücke vom Kopf und begann neues Make-up aufzutragen, nickte dabei mechanisch zu den üblichen Komplimenten.

Cadot stand noch immer da, in dem schmalen Gang, wartete, dass die Besucher gingen, und Maugin blickte von Zeit zu Zeit neugierig zu ihm hin.

Hundertmal schon hatte es ihn gejuckt, es diesen Leuten zu sagen, die mit dem Gesicht von Museumsbesuchern in seine Garderobe einfielen:

»Meine Herrschaften, leckt mich kreuzweise! Ich habe soeben zwei Akte gespielt, und ein dritter, besonders schwieriger, wartet auf mich. Wenn Sie sich endlich entschließen und mich verdammt noch mal in Frieden lassen, habe ich gerade noch Zeit, die Jacke überzustreifen, in der Sie mich gleich sehen, und Maria erwürgt mich einmal mehr beim Binden der Krawatte.«

Unter der Miene des aufmerksamen Zuhörers dachte er endlos Dinge wie:

»Sie haben gut gespeist? Wie erfreulich! Ich nicht. Ich habe überhaupt nicht zu Abend gegessen. Ich habe Biguet einen Besuch abgestattet. Dem vielgelobten Biguet, ja, dem Professor. Kennen Sie vom Namen her, stimmt's? Auch ein berühmter Mann, in der Tat. Doch ihm glotzt keiner ins Gesicht, um zu sehen, wie er privat so ausschaut, und keiner bittet um ein Autogramm. Ihn bittet man um ein Kardiogramm. Ja, Monsieur! *Kar-di-o-gramm!* Mit einem hübschen schlaffen Beutel als linke Herzkammer!«

Cadot stellte sich auf Zehenspitzen und blickte über die Schultern hinweg, nervös, ungeduldig, und er besaß das gelungenste Chorknabengesicht, das Maugin je gesehen hatte!

»Reg dich nicht auf, mein Junge! Du kommst auch

noch dran, und dann zeichnet dir einer so Sachen auf die Brust, mit blauem Stift!«

Vor einem Monat, als derselbe Cadot aus seiner Garderobe getrottet war, hatte Maugin mit einer Ernsthaftigkeit, die Maria überraschte, gefragt:

»Kennen Sie ein perfekteres Arschgesicht?«

»Ich finde ihn nett, wohlerzogen, für Sie ist er wahrscheinlich zu wohlerzogen. Geht Ihnen das gegen den Strich?«

Fast hätte er ausgepackt. Aber wozu?

Irgendwer verabschiedete sich unter Verbeugungen, und er nickte, sagte mit der mechanischen Unterwürfigkeit eines Bettlers, der sein Almosen kriegt:

»Danke, Monsieur. Danke, Madame.«

Dann zeigte er sein maskenhaftes Lächeln. Oh! Beim Blick auf die vor ihm liegende Visitenkarte erfuhr er, dass soeben der Bürgermeister einer fremden Hauptstadt dergestalt entschwunden war. Und die andern? Immer derselbe Blödsinn!

»Danke, Monsieur. Danke, Monsieur.«

Er beherrschte sich, fast hätte er gesagt:

»Mein Guter!«

Er hatte es eilig, brauchte einen Schluck, und er warf Cadot die Tür vor der Nase zu.

»Flasche!«

»Was ist denn heute Abend?«

»Heute Abend, meine liebe Maria, bin ich fünfundsiebzig!«

»Es wird entschieden nicht besser mit Ihnen.«

»Nein. Besser wird's nicht. Und jetzt hilf mir aus der Wäsche.«

Er wählte absichtlich Worte, die sie empörten. Jemand klopfte zaghaft.

»Soll ich ihn nicht reinlassen?«

»Damit er was erzählt von seiner kranken Frau? Warum gibt er sich nicht wenigstens ein bisschen Mühe, macht sich interessant, erfindet neue Geschichten. Wie oft hat er uns schon die kranke Frau serviert? Fünfmal? Sechsmal?«

»Dafür kann er doch nichts. Nicht jeder hat Glück und eine so robuste Natur.«

»Stimmt! Gib mir die Flasche.«

»Außerdem war sie letztes Mal nicht krank. Sie stand kurz vor der Entbindung.«

»Das fünfte Mal in sechs Jahren!«

»Wollen Sie auch noch das Monopol aufs Kindermachen?«

Da wurde er plötzlich rot, richtig böse, und sie wich erschrocken zurück.

»Ich beanspruche überhaupt kein Monopol, verstanden? Und übrigens, Kinder, das geht nur mich was an! Mich! *Mich!* Und wenn Sie's interessiert, *Madame* Pinchard …«

Er verstummte, betrachtete aus dem Augenwinkel erst sie, dann sich selbst im Spiegel:

»Meine Krawatte!«

»Was haben Sie gesagt?«

»Gar nichts. Gib mir die Flasche.«

»Wenn Sie sich unbedingt ruinieren wollen …«

»Schon passiert! Trotzdem danke!«

Er hatte viermal so viel getrunken wie an anderen Abenden, und er war kurzatmig, seine Augen glänzten.

Er hörte die drei Schläge, doch sein Auftritt kam erst, wenn der Vorhang schon ein paar Minuten oben war. Was ihm auf die Nerven ging, war dieses unterwürfige Kratzen an der Tür.

Marias Augen fragten:

»Aufmachen?«

Und vielleicht war es bloß ihretwegen, dass er kein Wort sagte, dass er stur blieb, mit gehässigem Blick, nur sein Ärmel strich über den schimmernden Seidenzylinder.

Der dritte Akt hatte begonnen. Aus dem Zuschauerraum drang wellenartig lautes Gelächter. Es war das einzige Lachen im ganzen Stück, das nicht er auslöste, und darum verzog er immer das Gesicht.

»Gleich sind Sie dran.«

»Wollen Sie mir auch meinen Text soufflieren?«

»In Ihrem Zustand ist das wohl nötig.«

Unerwartet riss er die Tür auf, und Cadot, der draußen angelehnt stand, wäre beinahe kopfüber auf den Boden gestürzt.

»Hast du gelauscht?«

»Ich schwöre, Monsieur Maugin …«

»Schwören kannst du später. Lass mich vorbei.«

Auf dem Gang drehte er sich zweimal um, schaute nach ihm, und als er die Bühne betrat, Spazierstock in der Hand, Nelke im Knopfloch, brummte er noch:

»Arschgesicht!«

Das Publikum klatschte zuverlässig wilden Beifall.

»War er die ganze Zeit draußen auf dem Gang? Gib's zu, du hast ihn reingelassen.«

»Die Mühe musste ich mir gar nicht machen, statt hier seine Zeit zu vertrödeln, ist er ins Krankenhaus.«

»In welches Krankenhaus?«

»Weiß ich nicht.«

Für einen Augenblick stellte er sich Cadot vor, der im Regen die finsteren Straßen entlanglief, außer Atem zwischen den Autos hindurchschlüpfte.

Dann überlegte er, wo die verschiedenen Krankenhäuser lagen.

»Der hatte gar nicht genug Zeit, ins nächste Krankenhaus zu gehen und wieder herzukommen. Oder er hat ein Taxi genommen.«

»Er hat kein Taxi genommen.«

»Mag sein.«

Denn einer wie der nahm kein Taxi, dachte nicht mal daran, denn solche Leute warten eher eine halbe Stunde unter der Straßenlaterne auf den Bus.

»Vielleicht hab ich mich auch geirrt, und er hat gesagt, er will im Krankenhaus anrufen.«

Immer wurde getrickst. Immer versuchten sie ihn einzuwickeln.

»Hol ihn rein.«

Rasch öffnete sie die Tür, bevor er es sich anders überlegte.

»Ich bitte um Verzeihung für meine Hartnäckigkeit, Monsieur Maugin …«

»Weiß ich. Setz dich hin.«

Maugin beobachtete, wie er jetzt mit halbem Hintern auf der Stuhlkante saß, zuckte die Schultern, rieb sich das Gesicht mit einem Frotteehandtuch.

»Viviane …«

»Später.«

»Es ist nämlich …«

»Ich hab gesagt: später! Du hast es eilig, stimmt's? Alle haben es eilig. Maria hat es eilig, nach Hause zu kommen, will ihre Katzen füttern. Aber ich, ich, ob ich es eilig habe oder nicht, ist allen wurscht!«

»Ich bitte um Verzeihung, Monsieur Maugin.«

Maugin beherrschte sich, am liebsten hätte er ihm eine runtergehauen. Auch nach Jahren fragte er sich noch, ob der Kerl einfach gerissen war oder ein ausgemachter Schwachkopf.

»Hast du deine Mutter gesehen?«

Warum wurde der Bursche bei der Frage rot?

»Ist sie im Krankenhaus, bei deiner Frau?«

»Nein, Monsieur Maugin.«

»Kannst du nicht mal was andres sagen als ›Monsieur Maugin‹?«

»Verzeihung, Monsieur.«

»Was erzählt sie denn so, deine Mutter?«

»Sie erzählt gar nichts. Ihr geht es auch nicht gut. Ihre Krampfadern.«

»Sie hat dir nichts aufgetragen für mich?«

»Nein, Monsieur. Außer …«

»Red schon.«

»Sie haben heute Abend schlechte Laune, und ich fürchte …«

»Sag mal, Kleiner! Bist du hierhergekommen, in *meine* Garderobe, um Urteile abzugeben über *meine* Laune?«

»Das wollte ich nicht. Ich habe mich schlecht ausgedrückt.«

Maugin war ganz sicher, hinter seinem Rücken gab Maria dem jungen Mann aufmunternde Zeichen.

»Also, deine Mutter?«

»Ich soll Ihnen ausrichten, in Gottes Namen …«

»Den lässt sie mal besser in Frieden, den lieben Gott! Der hat wahrscheinlich auch die Nase voll, dass er immer herhalten muss. Weiter.«

»Diesmal steht es wirklich schlimm, Monsieur Maugin.«

»Mit wem steht's schlimm?«

»Mit Viviane. Der Arzt sagt, man muss ihr wahrscheinlich die Eierstöcke entfernen, und …«

»Schluss! Mir graust vor solchem Schweinkram.«

Das stimmte. Er schauspielerte jetzt auch nicht. Er schauspielerte niemals ganz und gar, nicht einmal auf der Bühne, nicht einmal im Film. Noch nie im Leben hatte er ohne nervöse Zustände mitgehört, wenn von gewissen Operationen die Rede war, von gewissen Organen, vor allem weiblichen.

Bei Fragen der Entbindung wurde ihm schlecht, im engen Wortsinn, und gerade davon faselte Cadot ständig, ließ nicht locker, offenbar aus purem Vergnügen.

Eines Abends hatte Maugin zu Maria gesagt:

»Findest du nicht, er riecht nach Babykacke?«

»Und Ihr Kind, wonach riecht das?«

Er hatte das Gesicht verzogen, ohne Antwort.

»Mein Hut!«

»Vergessen Sie nicht, übermorgen ist Nachmittagsvorstellung.«

Das hieß, es war Donnerstag, wieder fast eine Woche vorbei.

»Und du kommst mit!«

Er verließ das Theater als einer der Letzten, denn er blieb auf der Bühne, bis der Vorhang fiel, und brauchte fürs Abschminken und Umkleiden Zeit. Sein Mantel war noch feucht, die Sackgasse, die zur Pförtnerloge führte, voller Pfützen, und Cadot patschte wacker hinein, um neben ihm herzugehen.

»Hast du dir nie eine Frage gestellt, Kleiner?«

»Welche Frage?«

Maugin durchlief ein Frösteln, als ihn der kühle Lufthauch von der Straße erwischte, und er steuerte in Richtung auf ein Café mit Tresen, direkt gegenüber.

»Da rein.«

»Aber, ich …«

»Ich weiß. Du hast es eilig. Ich auch. Eiliger, als du dir vorstellen kannst!«

Tagsüber diente ihm Adrien Jouve, sein Sekretär (er nannte ihn aus Spott nur Monsieur Jouve), zum Prügelknaben. Auch der war ein wohlerzogener, eifriger Junge.

»Sie sind ein Esel, Monsieur Jouve!«

Vielleicht würde ein Biguet das verstehen. Sie waren zu höflich, zu geschleckt. Sie glaubten alles, was man ihnen vorsetzte, oder taten zumindest so. Chorknaben, das Wort passte. Sie waren außerdem mit sich selbst zufrieden, überzeugt, auf dem rechten Weg zu sein, wie bei einer Prozession, Musterknaben, Abziehbilder.

Der hier, dreiunddreißig, war Angestellter beim Crédit Lyonnais, in einer Filiale, die sie offenbar eigens für ihn eröffnet hatten, im hintersten Winkel des Popincourt-Viertels, gegenüber vom Père Lachaise.

Er hatte Viviane aufgetrieben, Gott weiß wo, eine kleine, kränkliche Frau mit einem leicht schielenden Auge, die ihm jedes Jahr ein Kind ausbrütete und mehr Pillen schluckte als Rindfleisch.

»Wieviel Kinder hast du eigentlich?«

»Fünf, Monsieur.«

»Garçon! Zwei Rotwein!«

»Danke. Für mich nicht!«

»Ich hab gesagt, zwei Rotwein. Große Gläser.«

Im Theater trank er Cognac, der brauchte für dieselbe Wirkung weniger Flüssigkeit. Er fühlte sich besser, denn jetzt spürte er den herben Wein auf der Zunge, im Rachen.

»Trink!«

War es wirklich Bosheit? Wenn Cadot nichts wusste, vielleicht.

Doch wenn er etwas wusste, dann war Cadot ein kleiner Drecksack.

Maugin hatte sich nie getraut, ihn zu fragen. Außerdem war es sinnlos, der log bestimmt. Er hatte ihn bereits angelogen, kleine, schäbige Lügen wegen kleiner Geldbeträge.

Eine Zeit lang war es das Häuschen in Bécon-les-Bruyères, »das dem Paar erlauben sollte, Ersparnisse zu machen und seine Schulden loszuwerden«.

»Wenn ich auf einen Schlag einen größeren Betrag zahlen könnte!«

Anschließend die Reparaturen. Das Dach. Die defekte Wasserleitung. Der Hof musste gepflastert werden, weil dort das Wasser stand, eine Gefahr für die Gesundheit von Viviane und den Kindern.

Dann verkündete Cadot plötzlich, er habe das Häuschen verkauft, »um die dringendsten Krankenhauskosten zu bezahlen«.

Hinter all dem steckte, schwarz und verhutzelt wie eine arme Kirchenstuhlvermieterin mit ihrem leisen Schritt, der immer nach Filzschlappen klang, Juliette Cadot und der Geruch von Unterröcken, mit dem sie die Wohnung in der Rue Caulaincourt erfüllte.

Hätte der Zufall es nicht anders gewollt, wäre sie heute womöglich, nein, sehr wahrscheinlich, Madame Maugin, und dieser Schwachkopf, der sich mühte, sein Glas Wein ohne Gehuste auszutrinken, hieße Maugin und nicht Cadot.

Er war sein Sohn. Vermutlich. Mehr als vermutlich, denn beide hatten sie eine Nase, der man auf der Straße nicht jeden Tag begegnet, nur mit einem Unterschied, bei dem Jungen klebte die Nase im formlosen Gesicht seiner Mutter.

Konnte er Maria erklären, dass es ihm bis in die Eingeweide wehtat, wenn er den unvermeidlichen Cadot anschaute? Der ließ sich durch nichts entmutigen. Eines Abends, als Maugin ihn aus der Garderobe geworfen hatte, fand er ihn eine Stunde später auf der Türschwelle in der Avenue George V.

Er glich seiner Mutter. Beide gehörten zu einer Sorte Mensch, der man bis zur Erschöpfung in den Hintern treten muss, weil sie sonst nicht reagiert.

»In einer Stunde, Monsieur Maugin …«

Mitternacht. Das Café war trostlos, mit diesen dicken Wassertropfen, die als fransiger Saum draußen von der Markise fielen, mit den nassen Sägespänen am Boden und den paar stumpfsinnigen Trinkern, aschfahl im grellweißen Licht.

In einer Stunde, was? Sollte Viviane operiert werden? Nicht operiert werden? Um die Sache abzukürzen, hätte er besser gleich gefragt:

»Wie viel?«

Denn am Ende ging es immer um eine Summe. Zahlen oder nicht zahlen. Er zahlte jedes zweite oder dritte Mal. Zahlte er nicht, konnte er tagelang den Telefonhörer nicht abnehmen, ohne dass er Juliettes Stimme hörte.

Sie hatte ihn bis ins Filmstudio verfolgt, ganz »arme, aber würdevolle Witwe« in ihren schwarzen Gewändern. Vor den Leuten sah sie zu Boden und nannte ihn Monsieur Maugin. Wenn sie dann allein waren, verschleierten Tränen ihre Augen so gekonnt, wie er es auf der Bühne nie gesehen hatte, sie legte eine dürre Hand auf seinen Arm, schenkte ihm einen wässrigen Blick und murmelte:

»Émile!«

Sie hatte dem Burschen alles erzählt, etwas anderes war unmöglich. Sie hatte dafür gesorgt, dass er den Vornamen Émile bekam!

»Miststück!«

»Wie bitte?«

»Nichts. Ich sagte: Miststück!«

»Wollen Sie mir nicht zuhören? Wenn Sie glauben, dass ich lüge, begleiten Sie mich doch ins Krankenhaus. Sie könnten ihr einen Besuch machen, mit dem Arzt sprechen. Der sagt Ihnen …«

Auch er hatte Tränen in den Augen, während er

ängstlich auf die Uhr über dem Tresen schaute. Wenn es gespielt war, war es gut gespielt. Man spürte seine Ungeduld, wie sie wuchs, eindrang bis ins Mark, die Beine weich machte, die Knie zittrig.

»Garçon, noch zweimal dasselbe!«

»Ich flehe Sie an!«

Maugin glaubte Juliettes Stimme zu hören, wie sie dem Burschen erklärte:

»Dieser Mann, verstehst du, ist dein Vater. Er war nicht immer reich und berühmt. Es gab eine Zeit, da hatte er kein Dach überm Kopf, jeden Abend ist er in mein Zimmer geschlichen wie ein Dieb.«

Acht Tage lang, genau genommen. Das entsprach der Wahrheit.

»Ich war jung, naiv und keusch …«

Sie war noch unberührt, das entsprach ebenfalls der Wahrheit, doch ihr Körper schmeckte schon nach alter Jungfer oder Witwe.

Er war ihr im Omnibus begegnet, auf der oberen Plattform, damals, als es in Paris noch solche Omnibusse gab, und er trug einen Anzug mit Karomuster, sehr spitze gelbe Schuhe und einen flachen Strohhut. Vielleicht besaß sie noch das Foto von ihnen beiden, aufgenommen auf dem Jahrmarkt in Montmartre?

Er hatte einen Gesangsauftritt in einem Café-Concert am Boulevard Rochechouart, und die Bezahlung bestand aus Bier und Sandwiches. Sie dagegen arbeitete bei einer Schneiderin in der Rue Notre-Dame-de-Lorette und teilte ihr Zimmer mit einer Freundin.

»Setz deine Freundin vor die Tür!«

Er war zweimal so groß und breit wie sie, und auf

der Straße hing sie mit zärtlicher Miene an seinem Arm, wollte so aussehen wie die Postkarten damals.

Er erinnerte sich gut an das Zimmer in einer Art Familienpension, wo er sich ungesehen reinschleichen musste, und wenn er morgens um sechs noch nicht draußen war, blieb er den ganzen Tag mucksmäuschenstill eingesperrt.

Durch einen glücklichen Zufall wurde er von einem Impresario für eine Tournee auf dem Balkan angeworben, so eine typische Tournee, die nach ein paar Wochen oder Monaten platzt, und die Kasse ist weg. Er war wortlos mitgefahren, ersparte sich Abschied und Tränen.

Als er zwei Jahre später zurückgekommen war, hieß er auf den Plakaten – kleingedruckt, ganz unten – Alain de Breuille.

Es brauchte viel Zeit – auch Kühnheit, auch einen langen Atem –, bis er Émile Maugin wurde und dann einfach nur Maugin, und viel Zeit, bis er eines Tages vor seiner Garderobe, es war ein Theater im Ternes-Viertel, eine kleine Dame um die vierzig antraf, in Trauerkleidung.

Er war dreiundvierzig und spielte die Hauptrolle.

»Sie können nichts mit mir anfangen, Monsieur Maugin?«

Er konnte nicht das Geringste mit ihr »anfangen« und hätte schon fast das Programmheft signiert.

»Juliette!«, sagte sie dann mit ergriffenem Lächeln.

»Na schön, Juliette! Und weiter? Ich höre, Madame.«

»Rue Notre-Dame-de-Lorette.«

»Ja …«

»Die Pension von Madame Vacher!«

Er verkniff sich rechtzeitig ein »Scheiße«, das ihm schon auf den Lippen lag, denn dieser Name hatte ihm endlich ein Licht aufgesteckt.

»Keine Angst, Monsieur Maugin. Ich bin nicht meinetwegen hier. Ich habe viel gelitten, aber ich ahne, was das Künstlerleben Ihnen abverlangt.«

Sie hatte sehr gelitten an ihrer großen, enttäuschten Liebe und deshalb zwei Jahre nach seinem Verschwinden einen gewissen Cadot geheiratet, der besaß ein gutes Pöstchen in der Verwaltung mit Aussicht auf Rente.

»Es war nur des Kleinen wegen, verstehen Sie? Cadot hat sich vorzüglich verhalten. Er war sofort bereit, hat ihn anerkannt und ihm seinen Namen gegeben.«

Sie redete von dem Kind wie von einem Säugling, der Junge war aber längst achtzehn, hatte »gerade in einer Bank angefangen, und seine Vorgesetzten waren mit ihm höchst zufrieden«.

»Ich wünsche mir so sehr, dass Sie ihn sehen! Er ist Ihr lebendiges Abbild!«

Und er, das Original, war er etwa tot?

Am nächsten Tag saß sie mit dem jungen Mann in der ersten Reihe und kam während der Pause ihn vorstellen. Cadot war gestorben, hinterließ seiner Frau die besagte Rente.

»Monsieur Maugin ist ein Kindheitsfreund, Émile. Das stimmt doch, Monsieur Maugin? Du darfst dich nicht wundern, wenn ich vergesse, welche Laufbahn er hinter sich hat, und ihn Émile nenne. Er hat mich schon als kleines Mädchen gekannt.«

Das Luder!

»Ich bin sicher, er wird sich um dich kümmern und dir, so gut er kann, weiterhelfen im Leben.«

Und der Blödmann plapperte los:

»Ich bin Ihnen schon im Voraus dankbar, Monsieur Maugin, und tue bestimmt mein Möglichstes, mich einer solchen Gunst würdig zu erweisen.«

Als Erstes kaufte er ihm eine Uhr, denn der hatte »solche Angst, zu spät ins Büro zu kommen, dass er sich keine Zeit mehr nahm fürs Essen«.

Ha! Seitdem machte er Kinder. Er würde noch mehr davon produzieren, falls der Arzt sich nicht baldigst entschloss, Viviane die Eierstöcke zu entfernen.

Die beiden amüsierten sich bestimmt köstlich, Mutter und Sohn, wenn sie zusammen dasaßen in diesem winzigen Loch der Rue Caulaincourt, bei geschlossenen Türen und zugezogenem Vorhang! Ganz sicher zogen sie die Vorhänge zu, aus Furcht, die Leute gegenüber könnten sehen, dass sie sich den Buckel krummlachten! In der Öffentlichkeit lachen solche Leute nämlich nie. Zeigen höchstens ein gequältes Lächeln.

Das stimmt doch, Herr Sohn?

»Trink!«

»Ich …«

Fast drückte er ihm das Glas in die Hand, hypnotisierte ihn mit dem Blick.

»Garçon!«

»Bitte nicht!«

»Garçon! Noch einmal!«

Er machte jetzt seine großen runden Augen, und er wusste es, denn er sah sich im Spiegel. Er wusste auch, gleich würde er bösartig werden, denn es tat ihm weh, tat ihm den ganzen Abend weh. Nicht sein Herz. Nicht in der Brust. Und doch tat es weh, in seinem Fleisch, überall, tief in ihm drin.

Was würden sie sagen, all diese Larven hier, die auf weiß Gott was warteten, während sie an ihren Gläsern schlürften und hinstierten ins Leere, was würden sie sagen, wenn er sich auf den Boden setzte, hier, mitten in die Sägespäne, oder in den Regen draußen, auf die Bordsteinkante, und wenn er vor Überdruss den lauten Schrei ausstieße, den er schon so lange zurückhielt, oder ein I-ah, wie der Esel, der er war?

»Ich bin müde. Mü-de, versteht ihr?«

Todmüde. Müde, ein Mensch zu sein. Müde, sich weiterzuquälen. Müde, irgendwelche Cadots zu sehen und anzuhören und sie zu allem Überfluss auch noch auf den Schultern herumzuschleppen.

Merkten die überhaupt, wenn sie ihm wehtaten? Hatte jemals irgendwer Mitleid gehabt mit ihm? Hatte man je erlebt, dass er irgendwen höflich um Hilfe bat?

»Meine Frau ist krank, guter Herr!«

Er hatte Frauen gehabt, sogar drei, diese Wanze Juliette nicht mitgerechnet, und die letzte erwartete ihn in seinem Bett.

Das ließ ihn jäh zusammenzucken, während er in den Doppelspiegel hinter den Flaschen starrte, der Gedanke, dass jemand dort lag, in seinem Bett, jemand, der nicht er selbst war, der schlief, schwitzte, atmete, in seinen Laken.

»Trink, verdammt noch mal!«

Normalerweise hörte er früher auf. Im Theater hatte er unbewusst viel mehr Cognac gekippt als sein übliches Quantum. Langsam schwankte er, und ihm war klar, alle beobachteten ihn, alle beobachteten voller Verachtung – oder voller Mitleid, und das war noch schlimmer – den großen Maugin, der sich volllaufen ließ.

»Ich will dir was sagen, junger Mann …«

»Ja, Monsieur.«

»Du bist ein kleiner Drecksack, leck mich kreuzweise! Garçon, zahlen!«

Auf der Straße hörte er hinter sich Schritte, und vielleicht wäre er losgerannt, hätte nicht ein Taxi auf Kundensuche im richtigen Augenblick gehalten. Alles geschah wie im Traum, wie in einer gründlich vorbereiteten Filmszene. Er konnte gerade noch die Tür zuknallen, vor Cadots verstörtem Gesicht.

»Wohin, Monsieur Maugin?«

Der Taxifahrer kannte ihn. Jeder kannte ihn.

»Wohin Sie wollen. Irgendwohin! Nirgendwohin!«

Und auf einmal dünkten ihn diese letzten Worte erhaben.

»Irgendwohin! Nirgendwohin!«

Er wiederholte sie halblaut, nachsinnend, allein in seiner feuchten Ecke, als erhellten sie endlich das schmerzvolle Geheimnis der Welt.

3

Jemand berührte seine Schulter. Eine Stimme sagte zum dritten oder vierten Mal, und jedes Mal mit größerem Nachdruck:

»Monsieur, es ist sieben.«

Er hatte das Klicken des Lichtschalters gehört, und die Dunkelheit draußen war ihm bewusst, auch der Winter und diese Oase aus wattiger Helle und Wärme, sein Zimmer. Es duftete nach dem Kaffee, den ihm Camille, neben dem Bett, auf einem Tablett reichte, doch er wehrte sich noch, wieder ganz an die Oberfläche zu kommen, aus Angst vor dem, was ihn erwartete, bemühte sich, abzutauchen in die lauen und finsteren Tiefen mit dem Geruch nach seinem Schweiß.

Konnte er sich nicht krankmelden, konnte er nicht Biguet anrufen, um ein Attest bitten fürs Studio? Maugin würde nichts dergleichen tun, das wusste er. Er hatte sowas noch nie getan. Er knurrte, bummelte und erschien trotzdem als Erster am Dreh, wo er dann auf das Fußvolk warten musste.

Er horchte, ob es immer noch regnete, streckte schließlich, ohne die Augen zu öffnen, den Arm über das riesige Bett, tastete mit der Hand, fand aber statt Alice nur leere Kälte. Um sicherzugehen, dass er nicht geträumt hatte, suchte er nach der Stelle, wo die Kissen seiner Frau liegen mussten, aber da war nichts.

Er hatte nicht geträumt. Und er würde sich anderen, weit unangenehmeren Tatsachen stellen müssen, so unangenehm, dass er sich vor Angst nun wirklich krank fühlte.

»Monsieur …«

Auf seinem kreideweißen Gesicht mit den verquollenen Zügen erschien augenblicklich der mürrische, bissige Ausdruck wie an jedem Morgen.

»Sieben, ich weiß. Und weiter?«

Auch seine Stimme war wieder da, rauer denn je.

Er wusste, er war hässlich, abstoßend, mit dem spärlichen Haar, das auf der feuchten Haut klebte, und sein Atem stank. Mühsam kam er hoch, saß gerade, an die Kissen gelehnt, warf einen misstrauischen Blick auf Camille, die lächelte.

Wusste sie, was geschehen war? Bemerkte sie die zwei fehlenden Kissen? Und hatte Alice mit ihr gesprochen? Vielleicht hatten sich, während er geschützt im Lichtkreis seines Zimmers lag, viele Dinge im Haus bereits verändert?

Ihn schreckte die Vorstellung, Alice könnte mit dem Kind gegangen sein.

»Regnet's?«

Die Fensterläden wurden erst geöffnet, wenn helllichter Tag war, und er hörte nichts.

»Es tröpfelt nur, Monsieur.«

Er hatte zweimal mit ihr geschlafen und es seiner Frau gesagt. Alice war nicht eifersüchtig, hatte auch keinen Grund. Beim ersten Mal war es fast unabsichtlich passiert: Camille war seit drei, vier Tagen im Haus, und er hatte sie betatscht, einfach so. Sie hatte sich sofort in seine Arme geschmiegt, mit offenen Lippen, die Zunge gespitzt. Beim Orgasmus hatte sie geschrien:

»Liebster! Oh! Liebster ... Liebster! Oh! ...«

»Trinken Sie heute Ihren Kaffee nicht?«

Er zögerte. Allein vom Sitzen im Bett war ihm schlecht, und er fürchtete, den Kaffee würde er gleich wieder erbrechen. Der Gedanke erinnerte ihn an etwas, und plötzlich sah er sich kniend im Badezimmer, vor der vollgespritzten Kloschüssel. Er hatte alles verdreckt, auch seine Kleider. Hatte jemand das Bad geputzt? Wer?

Er grollte Camille, denn sie benahm sich wie alle Tage, als wäre nichts vorgefallen.

»Welchen Anzug möchten Sie, Monsieur? Ihr Bad ist bereit.«

Früher hatte er einen Kammerdiener gehabt, aber es war peinlicher, sich vor einem Mann nackt auszuziehen als vor einer Frau. Er fühlte sich erniedrigt.

»Essen Sie nichts?«

»Nein. Gib mir den Morgenrock.«

Sein Blick auf die Wände und die Möbel war voller Groll. Nie hatte er sich an die Wohnung gewöhnen können, in der er seit fast zwanzig Jahren lebte. Und doch hatte er selbst sie ausgesucht, um seiner zweiten Frau zu imponieren. Seiner zweiten Ehefrau. Consuelo. Damals war er vierzig, zwar noch nicht der große Leinwandstar, aber doch schon eine Berühmtheit am Theater. Fast hätte er sich, statt für die Avenue George V, für die Avenue du Bois entschieden!

Die Zimmer waren riesengroß, hallten; man stopfte noch so viel hinein, Möbel, nutzlosen Kram, trotzdem wirkten sie leer. In der Zeit von Consuelo, einer Südamerikanerin, war alles in altspanischem Stil eingerichtet, lauter Zeug aus aufgelassenen Kirchen, vergoldete Engel, Betschemel, Chorgestühl, ähnlich wie das, in dem Domherren bei der Messe sitzen.

Ein bisschen davon stand immer noch herum. Man fand hier alles, auch Schiffskoffer, und mitten im Salon, auf dem Teppich mit seinen verblichenen Farben, einen Kinderlaufstall aus den Grands Magasins du Louvre.

»Meinen blauen Anzug!«, entschied er, bevor er die Badezimmertür schloss.

Zuerst betrachtete er sich im Spiegel, öffnete den Arzneischrank, denn dort verwahrte er ein Fläschchen Cognac. Nicht zum Spaß, auch nicht aus Laster trank er um diese Zeit, aber es ging nicht anders, wollte er auf den Beinen bleiben. Es war schlimm. Es brannte. Ein paarmal würgte es ihn so stark, dass ihm Tränen in die Augen schossen, und endlich konnte er rülpsen, fühlte sich besser und glitt rasch in die Wanne.

»Darf ich rein, Monsieur?«

»Komm!«

»Monsieur Adrien fragt, ob Sie einverstanden sind mit der Szene. Er sagt, Sie verstehen schon, was er meint. Er muss im Studio anrufen, die wollen wissen, ob das heute Morgen gedreht wird oder nicht.«

»Wir drehen.«

Es war eine Herausforderung. Die Geschichte dauerte nun schon acht Tage und ging allen in den Buttes-Chaumont auf die Nerven. Der Film war mehr oder weniger fertig. Offen war außer den gewohnten Anschlüssen noch eine Szene mit zwei Figuren, über die keine Einigkeit herrschte.

Er wollte die Szene nicht so, wie sie im Drehbuch stand und wie man sie von ihm verlangte.

»Ich spiel sie, wie's mir passt, oder gar nicht.«

Doch als man ihn gefragt hatte, wie er sie denn spielen wolle, wusste er keine Antwort.

»Der Text haut nicht hin. Wir müssen was andres finden.«

»Was?«

»Sag ich euch morgen.«

Seit einer Woche verschob er die Sache auf den nächsten Tag, und manchmal probierte er in einer Ecke des Studios oder in der Garderobe »seine« Szene, fand aber keine Lösung.

»Camille!«

»Ja, Monsieur.«

»Ist die Nanny schon da?«

Er wusste, sie kam erst um acht, doch das gab ihm die Möglichkeit, auf Umwegen von seiner Frau zu reden oder vielmehr das Mädchen zum Reden zu bringen.

»Nein, Monsieur, noch nicht.«

Er öffnete den Mund, stellte keine Frage.

»Aha ...«

Consuelo war inzwischen mit einem schwerreichen Bankier in Brüssel verheiratet, und man sah sie häufig in Paris, wo sie sich einkleidete, von Mal zu Mal mit mehr Schmuck behangen. Schön für sie! Schade nur, sie hatte den ganzen Trödel nicht mitgenommen, den er ihr damals kaufen musste, nicht einmal die Harfe, an der sie zwei Wochen lang einen Narren gefressen hatte und die immer noch am Fenster im Salon herumstand.

»Camille.«

»Ja, Monsieur.«

»Telefoniert mein Sekretär?«

»Ja, Monsieur. Er ist in Monsieurs Büro.«

Es war ihr nicht zuwider, ihn nackt zu sehen, weiß und schwarz, in der Badewanne. Bestimmt hatte sie einen Liebhaber, vielleicht mehrere, denn sie war beschlagener als eine vom Strich. Erzählte sie denen, wie Maugin nackt aussah? Und wie er im Bett war? Und was ihn erregte?

Er wollte noch immer nicht an die Nacht denken. Es war wohl unvermeidlich, er hatte ja auch die Augen aufgemacht, doch vorher musste er erst sicher auf die Beine.

»Camille.«

»Monsieur.«

»Reib mir den Rücken mit dem Rosshaarhandschuh.«

Das war die tägliche Qual des Hausmädchens, denn sie musste fest rubbeln, immer fester, bis Blut von der Haut spritzte. Sie renkte sich dabei fast die Arme aus, wie sie sagte.

»Haben Sie gut geschlafen, Camille?«

»Ja, Monsieur. Danke. Ich schlafe immer gut.«

»Haben Sie mich heimkommen gehört?«

»Nein, Monsieur.«

Er hatte gehofft, von ihr zu erfahren, um wie viel Uhr er schließlich zu Hause gewesen war. Bestimmt sehr spät, denn er erinnerte sich, er hatte gesehen, wie man die Rollläden der kleinen Kneipe in der Rue de Presbourg schloss. Weder wusste er, wie er da hingeraten, noch wie er aus dem Taxi gestiegen war, mit dem er sich vor Cadot gerettet hatte, doch er besaß noch ein ziemlich scharfes Bild von der Kneipe, die zumachte, von den Musikern, die mit ihm hinaustraten auf die Straße.

In dem Augenblick hatte er sich aufgebläht, fühlte sich riesengroß, mächtig, wie eine Art Übermensch, ein Super-Maugin, umgeben von ehrfürchtigen Getreuen. Was hatte er zu ihnen gesagt?

Er sah sich wieder auf dem hohen Hocker sitzen, am Ende der Theke, den Rücken zur Wand, und die Leute kamen, redeten mit ihm, drückten ihm ein Glas in die Hand; da waren auch Grüppchen an den Tischen, mit hübschen Frauen, und sie luden ihn ein, sich dazuzusetzen, doch er rührte sich nicht, war nur bereit, lauter zu sprechen, ein paar Sätze hinzuwerfen, von Weitem, so, wie er von der Bühne herab in den Theatersaal sprach, wie früher im Varieté, wenn er einen Zuschauer aufs Korn nahm und alles vor Lachen tobte.

Dann drehte er sich zu Bob, dem Barkeeper, zischte mit hämischem Grinsen:

»Arschlöcher!«

Danach ... Nein! Nicht gleich! Es war allzu demütigend, widerlicher als der Weingeschmack, der ihm bis in die Nase aufstieß und ihn zwang, wieder mit einem Schluck Schnaps zu gurgeln.

Er hatte haufenweise Probleme, doch vor allem musste er rauskriegen, was los war mit Alice. Viviane kam später dran. Und was im Presbourg passiert sein mochte, das hatte keine Eile. Man erwartete ihn im Studio, und er würde die Szene spielen, heute Morgen. Es musste sein. Das einzige Mittel, damit er wieder zu sich kam.

»Camille!«

»Ja, Monsieur.«

»Einen blauen Schlips mit weißen Punkten.«

Er hatte sie nicht angeschnauzt, nichts Böses gesagt. Während er die beweglichen Muskeln ihres Hinterteils unter der schwarzen Seide beobachtete, fragte er:

»Wie stellst du's an, dass du keine Kinder kriegst?«

»Wie alle, Monsieur. Zum Glück funktioniert es bei mir. Ich klopfe auf Holz.«

»Camille.«

»Monsieur.«

»Leg dich hin.«

»Einfach so, jetzt?«

»Einfach so! Jetzt!«

Plötzlich hatte es ihn gepackt, er wusste genau, warum. Schön war das auch nicht. Es war sogar ziemlich dreckig, aber so konnte er Dampf ablassen.

Hinterher war sein Kopf leer, die Beine weich, dazu kam ein Ziehen in der Brust, trotzdem war er froh, dass er's getan hatte.

»Wie spät ist es?«

»Viertel vor acht.«

»Das Auto steht vor der Tür?«

»Ich glaube ja, Monsieur. Soll ich nachsehen?«

Er scherte sich nicht mehr um sie. Er hatte sich für einen blauen Zweireiher entschieden, weißes Seidenhemd, gepunktete Krawatte. Auf dem Kopf trug er seinen üblichen runden Hut und auf den Wangen Puderreste, als er die Tür zur einstigen Gästestube öffnete, die nun Kinderzimmer war. Es lag am Ende des Flurs, auf der anderen Seite der Wohnung. Er schob den Türflügel nur ein paar Zentimeter auf, sah Alice dastehen, in Weiß, sie hob gerade Baba aus dem Bad.

Sie wirkte taufrisch in diesem Aufzug einer Nanny, den sie morgens trug, und die Kleine wandte den Kopf nach ihm, wartete voller Ernst auf sein Lächeln, damit sie zurücklächeln konnte.

Er traute sich nicht. Er wollte nicht dem Blick seiner Frau begegnen, auch nicht sehen, ob sie geweint hatte, ob sie immer noch weinte. Er räusperte sich und rief so natürlich er konnte:

»Bis nachher!«

Früher oder später wurde eine Erklärung fällig. Er wusste nicht einmal genau, wie es passiert war. Er war nach Hause gekommen, und kaum zu glauben, er fand auch das Schlüsselloch. Er hatte sich mitten im Schlafzimmer ausgezogen, wo ihn die hellwache Alice wortlos anblickte, und seine Kleider hatte er irgendwo hingeschleudert.

Sie hatte ihm keinen Vorwurf gemacht. Sie machte ihm nie einen. Und zum Glück hatte sie begriffen, dass sie ihm keinen machen durfte. Umso empfindlicher jedoch reagierte er auf die unausgesprochenen Vorwürfe, wenn sie zum Beispiel ohne den kleinsten Anflug von Tränen, die sie bestimmt gern vergossen hätte, mit ruhiger, freundlicher Stimme sagte:

»Soll ich dir helfen?«

»Nein!«

Er nahm es ihr übel, dass sie im Bett blieb, und hätte es ihr noch viel übler genommen, wenn sie aufgestanden wäre. Er wusste, sie hatte Angst, er könnte die Kleine wecken oder sich vor dem Kind in diesem Zustand zeigen, und dass sie es nicht wagte, sich irgendwas anmerken zu lassen, demütigte ihn und machte ihn wütend.

Sie war gleich alt wie das Hausmädchen, zweiundzwanzig, und als er sie kennenlernte, war sie noch keine zwanzig. Tagsüber besuchte sie die Schauspielschule, und abends im Theater war sie eine der kleinen Stenotypistinnen im dritten Bild, die jeweils nur ein, zwei Sätze sagten.

Es hatte Wochen gedauert, bis sie ihm auffiel, denn sie gehörte in dem Stück nicht zur ersten Besetzung, sondern war eingesprungen für eine kranke Kollegin. Dass er angefangen hatte, sich mit ihr zu befassen, lag an ihrem Mund, der anders war als Frauenmünder sonst, er hätte nicht sagen können, was es war. Die Lippen waren beide fast genauso voll, besaßen dazu an den Rändern irgendetwas Ungewohntes, und das verlieh ihrem ganzen Gesicht einen sanften und fügsamen Ausdruck.

Eines Abends hatte er ihr den Hintern getätschelt, ganz freundlich, und darum hatte sie auch nicht gemuckt. Seine großen runden Augen blickten gutmütig, zugleich ein bisschen gierig und arglos.

»Gehen wir miteinander abendessen, Kleine?«

»Wenn Ihnen wirklich daran liegt, Monsieur Maugin ...«

»Hast du keine Lust?«

»Ich weiß nicht, wie ich es erklären soll, Monsieur Maugin. Ich fürchte, es wird nicht besonders unterhaltsam für Sie.«

Er hatte sie trotzdem ausgeführt, nach Montparnasse, in ein wenig bekanntes Nachtlokal, und bestellte sofort Champagner. Mit fast allen hatte er das so gemacht, und am Tag drauf erlaubte sich keine einzige irgendwelche Vertraulichkeiten.

»Ich habe Ihnen gleich gesagt, es wird nicht angenehm für Sie, Monsieur Maugin. Ich warne Sie lieber gleich, es gibt kein ›hinterher‹. Sie verstehen, was ich meine. Ich erwarte ein Baby.«

Sie lächelte und wirkte etwas naiv, als sie das sagte, doch ihre Augen waren feucht.

»Man sieht noch nichts. Ich bin erst im zweiten Monat.«

»Der Vater?«

»Der weiß nichts. Er braucht es auch nicht zu wissen. Ich kann es Ihnen nicht erklären, das wäre zu umständlich. Er ist glücklich so, wie er ist. Ich habe kein Recht, ihm das Leben zu erschweren.«

»Und das Baby, erschwert das nicht Ihr Leben?«

»Das ist etwas anderes.«

»Sie wirken froh?«

»Bin ich auch.«

»Ein Baby zu bekommen von einem Mann, der …«

»Ja. Vielleicht, einfach nur ein Baby zu bekommen.«

Er mochte sowieso keinen Champagner, und auch sie rührte ihn nicht an, wollte keine Zigarette.

»Nicht in meinem Zustand.«

Fast sah es aus, als spiele sie die Schwangere, die künftige Mutter, und zum ersten Mal war Maugin einer Frau gegenüber so verunsichert.

Er sagte mit seiner ruppigen Stimme:

»Schön und gut, aber das Kind muss auch großgezogen werden.«

»Ja.«

»Es braucht Kleider, was zu essen ...«

Sie verdiente am Theater gerade genug für eine Mahlzeit am Tag.

»Sehen Sie ihn noch?«

»Nein.«

»Warum nicht?«

»Ich will nicht, dass er es weiß.«

»Lieben Sie ihn noch?«

»Weniger, vielleicht. Das ist schwer zu erklären.«

Wochenlang hatte er ihr spielerisch, sogar auf der Bühne, kleine Zeichen gegeben, die nur sie verstehen konnte, und er hatte ihr in seinem Film eine winzige Rolle verschafft.

»Wollen Sie wirklich Schauspielerin werden?«

»Nein.«

»Warum haben Sie dann angefangen?«

»Das Leben zu Hause war so eintönig.«

»Kommen Sie aus Paris?«

»Aus Caen. Mein Vater ist Apotheker.«

Er hatte sich angewöhnt, nach ihr Ausschau zu halten, sobald er ins Theater kam, und brachte ihr Pralinen, anstelle von Steaks, die hätten ihr besser getan, doch wagte er nicht, ihr so etwas zu schenken.

»Sagen Sie mal, meine kleine Alice. Ich weiß nicht, ob es daran liegt, dass ich Bescheid weiß, aber mir scheint, langsam sieht man's.«

»Eine Kollegin hat das mittags auch schon gesagt.«

»Und?«

»Ich weiß nicht.«

Verdammt noch mal, war das auch bloß eine Rolle, was sie hier spielte?

»Wenn ich Ihnen verspreche, für Sie nur ...«

Er wurde rot, er stotterte herum, stand mit seinen siebenundfünfzig da wie ein gigantischer Blödmann.

»... Mir scheint, wir könnten uns arrangieren. Der Form halber, verstehen Sie? ... Das Kind bekäme einen Namen ... Und Sie ...«

Hatte Cadot, der jetzt tot war, der Mann mit der Rente, hatte der damals auch so geredet? Pff! Er konnte nicht anders! Es war stärker als er! Manchmal starrte er auf diesen Bauch wie auf das Allerheiligste.

»Also, ja?«

Geheiratet hatten sie im Rathaus des achten Arrondissements, an einem Junimorgen, und dann waren sie sofort abgereist an die Côte d'Azur, wo er einen Film drehen sollte. Anschließend hatte er sie in einem kleinen Dorf in der Provence zurückgelassen, wo sie mitten im Winter entband, dann kam sie mit dem Kind zu ihm nach Paris.

Dieses Kind, das war Baba, und heute Morgen hatte er sich nicht getraut, es anzulächeln, denn in der Nacht hatte er seiner Mutter wehgetan.

Losgegangen war es im Badezimmer, er hatte sich hundeelend gefühlt und erfolglos versucht, die ekligen Geräusche zu dämpfen. Er hatte sich so gut es ging saubergemacht, und er erinnerte sich mit einer gewissen Scham an sein Gesicht im Spiegel.

Hatte er dem jungen Cadot nicht was von der Frau erzählt, die in seinem Bett auf ihn wartete? Das war wohl der Ausgangspunkt. Wenn er hinterher, an einem Morgen wie diesem, anfing zu suchen, fand er zuletzt fast immer die unbewussten Wege seiner Gedanken.

Er hatte an den anderen Cadot gedacht, den falschen Vater.

In der Rue de Presbourg hatte er viel geredet, zu viel, in lockerem Ton, überheblich und ironisch, und dabei dem Barkeeper zugezwinkert. Er hatte blöde Sätze gesagt wie:

»Künstler und Barkeeper, das sind Verwandte! Leben beide von den Lastern der Leute, und beide kennen sich aus mit dem Pack.«

Gesagt hatte er das Wort ziemlich laut, damit die Gäste es hörten, und er erinnerte sich undeutlich, der Wirt, ein kleiner, breitschultriger Italiener, war eingeschritten und verhinderte damit eine Prügelei. Was hatte er gesagt zu dem Gast im Frack, in Begleitung von zwei Frauen, der plötzlich zur Theke gekommen war und den er schleunigst wegzog in eine Ecke? Wahrscheinlich:

»Schon gut! Schon gut! Sie kennen Monsieur Maugin, den großen Schauspieler, und Sie wollen doch keinen Skandal. Wenn er in dem Zustand ist …«

Vielleicht hatte er noch hinzugefügt:

»Man schlägt keinen Mann, der …«

Gelästert hatte er auch über die Frauen, hatte gehöhnt, alle, alle, wie sie sind, träumten vom Witwenstand, dazu fühlen sie sich geboren.

»Liegen in unserm Bett und warten, dass man krepiert, dann haben sie den Platz endlich für sich allein!«

Alice lag dort hinter der Tür, in seinem Bett, und er schämte sich, vor sie hinzutreten, schwankend, stinkend, alt und krank.

Dann hatte er die Tür jäh aufgestoßen, hatte sie von

oben herab gemustert und mit krächzender Stimme gelallt:

»Haste dich mal gefragt, was du da verloren hast in *meinem* Bett?«

Eine Pause, wie im Theater, dann zwei Töne tiefer:

»Ich frag's mich jedenfalls schon.«

Er war stehen geblieben, wartete auf eine Antwort, auf Tränen, eine Szene hätte seine Nerven beruhigt, doch sie war einfach nur aufgestanden, völlig geräuschlos, nahm ihre zwei Kissen und ging zur Tür.

Sie wünschte ihm nicht gute Nacht. Sie hatte gar nichts gesagt. Später war sie dann wohl hinübergegangen ins Badezimmer, hatte alles saubergemacht. Und heute Morgen stand sie proper, adrett, makellos weiß gekleidet im Zimmer von Baba.

Mit trägem Schritt ging er in die Diele, wollte gerade den Mund aufmachen und nach Jouve rufen, da öffnete sich hinter ihm die Kinderzimmertür einen Spalt, und eine Stimme fragte wie selbstverständlich:

»Kommst du zum Abendessen?«

Sie wusste, wenn er im Studio arbeitete, kam er mittags nicht nach Hause, fand aber manchmal die Zeit, vor dem Theater einen Happen zu essen und sich umzuziehen.

Diese rasch gesprochenen Worte brachten ihn trotz ihrer Schlichtheit fast zum Weinen, und er wagte nicht sich umzudrehen, hatte Angst, seine graue, verkaterte Visage herzuzeigen, zögerte mit der Antwort, denn seine Kehle war wie zugeschnürt, brummte rasch:

»Vielleicht …«

Dann, lauthals schmetternd:

»Ich warte auf Sie, Monsieur Jouve!«

Derselbe Alfred, der ihn am Vorabend Ecke Rue de Courcelles abgesetzt hatte, rauchte seine Zigarette hinterm Steuer der Limousine, im schmuddeligen Nieselmorgen.

»Hör mal, Kleiner. Du musst die alte Cadot anrufen. Hast du die Nummer?«

»Ja, Chef.«

Und der kleine Jouve zog ein hübsches rotes Notizbuch aus der Tasche.

»Du erkundigst dich nach Viviane. Merkst du dir den Namen?«

»Kenn ich.«

»Wenn sie sich wundert, dass ich nicht selbst anrufe, erzähl ihr, ich fühle mich nicht wohl.«

»Stimmt das?«

Jouve hatte schon in der Avenue George V bemerkt, dass Maugin mitgenommen aussah, hatte jedoch lieber nichts gesagt. An solchen Tagen ging man besser wie auf Eiern, und sogar das verhinderte nicht immer einen Wutausbruch.

»Ist Alfred noch da?«

»Der ist im Hof.«

»Sag ihm, dass er mit dem Rezept hier sofort in eine Apotheke geht und ja nicht wieder auftaucht ohne die Pillen.«

Er wusste, in etwa einer Stunde bekam er seinen Anfall, eine Viertelstunde lang oder zwanzig Minuten hatte er dann das Gefühl, er werde gleich sterben, bis schließlich das, was er »seine Blase« nannte, mit einem mehr oder weniger geräuschvollen Rülpser platzte. Man würde ja sehen, ob Biguets Mittelchen half. Was würde der Professor verlangen für die Untersuchung? Es hieß, er bestimme das Honorar nach dem Konto seines Patienten. Und die Zeitungen wurden nicht müde mit ihren fast wöchentlichen Berichten über Maugins astronomische Gagen, was ihm alle möglichen Schnorrer auf die Fersen hetzte.

Erst vor zwei Tagen hatte ihm ein biederes Ehepaar geschrieben, aus einem Städtchen in den Charentes.

»Wir sind sechzig Jahre alt. Wir haben unser ganzes Leben gearbeitet. Jetzt träumen wir von einem eigenen Häuschen für unsre alten Tage. Und wir haben auch eins gefunden, das uns gefällt, vielleicht senden Sie uns, wo Sie doch so reich sind, gleich den nötigen Betrag …«

Die beiden sagten nichts von Rückzahlung, sie wollten für ihn beten!

»Hast du die alte Cadot erreicht?«

»Es hebt keiner ab.«

»Versuch's noch mal.«

Währenddessen wurde er mithilfe von Schminke und Kostüm langsam zu der Figur, die er spielen sollte. Noch nie hatte er so mit den Schneidern herumgezankt wie für diese Rolle, und zuletzt hatte er in einem Laden am linken Seineufer den gebrauchten Anzug gekauft.

»Herr Jedermann! Verstehen Sie das nicht? Einer, dem man vom Gefühl her jeden Tag auf der Straße begegnet. Einer, der Sie an Ihren Schwager erinnert oder an Ihren Versicherungsmakler …«

Doch am erstaunlichsten, noch bevor er den Schminkstift ansetzte, verlor dieses Gesicht eines römischen Kaisers alles Kantige; die Linien schmolzen, wurden weich und fließend, der Ausdruck war auf einmal gewöhnlich, dazu kam etwas Willenloses, ein bisschen Hoffnung, Misstrauen und vielleicht ein flackernder Schimmer von Güte.

»Hebt immer noch keiner ab, Chef. Ich hab die Telefonistin gebeten, dass sie es selbst versucht. Da ist bestimmt niemand zu Hause.«

»Wie spät ist es?«

»Fünf vor neun.«

Um neun wäre er dann am Dreh, wo schon an die dreißig Leute herumwirtschafteten.

»Such im Telefonbuch die Nummern der Krankenhäuser raus.«

»Krankenhäuser?«

»Was hab ich gesagt?«

Fast sah es aus, als hätten Kostüm und Make-up auch seine Stimme verändert, seinen Blick.

»Du rufst alle nacheinander an, in meinem Namen. Das ist wichtig, sonst erhältst du vielleicht keine Auskunft. Ich kenn die. Du fragst, ob bei ihnen eine gewisse Viviane Cadot liegt. Ich weiß nicht, wie ihre Krankheit heißt, irgendwas im Bauch, eine Frauenkrankheit. Angeblich hat man sie letzte Nacht operiert.«

Er warf einen traurigen Blick auf den scheußlichen, trostlosen Hof, wo es regnete, den musste er überqueren, hinübergehen ins Studio B, dort wurde heute Morgen gedreht. Die Kulisse war längst aufgebaut; das Esszimmer kleiner Leute, eine Nähmaschine am Fenster mit Vorhängen aus Gipüre.

Laniaud, der Regisseur, war nervös, die Produzenten

in der Ecke – einer von ihnen, ein ungarischer Jude, trug Pelz – zeigten eisige Mienen.

»Hör zu, Émile«, sagte Laniaud und zog ihn beiseite. »Ich hab die ganze Nacht mit dem Drehbuchautor und dem Dialogschreiber gearbeitet. Lies mal! So geht es. Ich behaupte gar nicht, es ist umwerfend, aber es geht, und wir müssen endlich an ein Ende kommen.«

Maugin gab die Blätter zurück, ohne sie zu lesen, ohne ein Wort.

»Was willst du machen?«

»Die Szene so spielen, wie der Typ sie erleben würde.«

»Und die Frau aus dem Fester schmeißen?«

Davon war die Rede gewesen. Sie hatten alle Lösungen durchdiskutiert. Es war nur ein ganz kurzer Abschnitt, beinah stumm, doch ungeheuer wichtig, auf ihm beruhte der restliche Film, und wie immer hatte man mit den leichteren Sachen begonnen, vor allem mit technischen Szenen, bei denen die Ausstattung zählte und die Statisten.

»Es gibt keine hundert verschiedenen Arten zu reagieren, wenn du erfährst, du bist betrogen, mein lieber Émile. Hat dich nie eine betrogen?«

Maugin musterte ihn lange, trat zu der Schauspielerin, die seine Frau mimte. Sie war fünfundzwanzig. Bloß ein Sternchen, denn wenn man Maugin engagierte, musste man bei der restlichen Besetzung einen Teil der Kosten wieder einsparen.

»Fertig, Kleine?«

»Ja, Monsieur Maugin.«

Ihre Karriere stand auf dem Spiel, und jetzt zitterte sie, weil sie mit drinsteckte in dem ganzen Schlamassel. Sie hatte sich als allzu kokette Hausfrau zurechtgemacht, und mit ihrem zerknautschten Gesicht passte sie ganz gut in die Rolle.

»Laniaud! Soll ich sie jetzt spielen, *meine* Szene?«

Man hörte Rufe und Kommandos in alle Richtungen, wie auf einem Schiff. Die Scheinwerfer beleuchteten die beiden Wände der Kulisse, die Tür und ein Stück vom Treppenhaus.

Während der Vorbereitungen schlich Maugin herum, wie es seine Gewohnheit war, und man konnte glauben, er konzentriere sich auf seine Rolle, doch er hatte die Hand unters Jackett geschoben, tastete nach dem Herzen und fragte sich, ob gleich der Anfall kam.

»Alles fertig?«

»Ton ist fertig!«

Am ganzen Dreh wirkte nur er geistesabwesend, als brüte er in seiner Einsamkeit, und dennoch, Hut auf dem Kopf, zwischen den Lippen die Pfeife, die er einzig bei dieser Gelegenheit ansteckte, stand er im richtigen Augenblick genau an der Stelle, wo er stehen sollte.

»Klappe!«

Eben hatte er von einem Arbeitskollegen erfahren, dass ihn seine Frau mit einem Lackaffen aus der Nachbarschaft betrog. Unterwegs hatte er getrunken, und nun erreichte er schwer atmend den Treppenabsatz (den man noch nicht sah, die Tür war zu), öffnete mit einem Ruck, stand reglos da und starrte auf seine überraschte Frau, die vorm Spiegel gerade ein Lächeln ausprobierte.

Im Drehbuch stand hier:

»Hure!«

Doch er sagte nichts, stand einfach da, mit hängenden Armen, so reglos, als spiele er gar nicht, und der Kameramann glaubte an einen Fehlstart, wollte fast schon die Aufnahme stoppen.

Er starrte auf seine Frau, mit ungeheurer Ruhe, und die kleine Schauspielerin suchte, wirklich von Angst überwältigt, instinktiv nach einem Halt.

Sie wollte den Mund aufmachen, das im Drehbuch stehende Wort sagen:

»Jacques!«

Doch sie sagte es nicht, er ließ es sie einfach nicht sagen, denn jetzt war er ein Monolith, mit der Ausstrahlung von lähmender Kraft.

Dann sprach er, ganz leise:

»Komm her!«

Und da sie tatsächlich zögerte:

»Komm her, Kleine ...«

Nun fasste seine Linke behutsam ihren Nacken und zugleich eine Handvoll blondes Haar, und sachte, aber keinen Widerstand duldend, zog er den Kopf nach hinten, blickte ihr ins Gesicht, als sehe er sie zum ersten Mal, beugte sich über sie, während seine zur Faust geballte Rechte sich hob, schwebend in der Luft verharrte.

Ganz langsam öffneten sich die Finger dieser Hand, wurden zu Krallen, zu einer unerbittlichen Klaue, kamen dem Gesicht mit den aufgerissenen Augen immer näher.

Dann, in dem Augenblick, als man am wenigsten darauf gefasst war, kurz bevor die Hand das Fleisch packte, zerfetzte, glitt ein Schatten über seine Züge, sie wurden dunkel, und ...

»Verschwinde!«

Ohne Grobheit, ohne Gewalt schubste diese Masse, die einen Koloss zermalmt hätte, das Mädchen hinaus auf die Treppe.

Man sah sie nicht mehr, sie war nicht mehr im Bildfeld, und da sagte er endlich, ganz leise, mit ausdrucksloser Stimme, erschlafftem Körper, das Wort aus dem Drehbuch:

»Hure!«

Lange war es ganz still, bevor Laniaud aufsprang und rief, als wolle er zurückfinden in die Wirklichkeit:

»Schnitt!«

Der ungarische Jude und sein Kompagnon in der Ecke musterten einander stumm, und die kleine Schauspielerin schluchzte vor der Kulissenwand, grundlos.

»Traust du's dir zu und spielst das sofort noch mal, Émile?«

Manche Szenen, vor allem die mit viel Personal, hatte man bis zu zehnmal gedreht. Maugins Durchschnitt lag bei viermal.

»Ist Alfred da?«

Der Fahrer war hereingekommen, als die rote Lampe über der Studiotür erlosch; mit ihm Adrien Jouve.

»Nur einmal noch«, entschied er, niemand erhob Einspruch.

Er versteckte sich hinter der Kulisse, spülte mit einem Schluck Schnaps die Tablette herunter, denn er hatte stets einen Flachmann dabei. Als er wieder ins Bildfeld trat, machte der durch Scheinwerfer und Kabel abgedrängte Jouve Anstalten, sich zu ihm durchzudrängen.

Er bedeutete ihm zu bleiben, wo er war.

»Später!«

Die Hand zum Sprechrohr geformt fragte der Sekretär:

»Was?«

»Später!«

Folgsam, so banal wie seine Rolle, drehte er sich zum Regisseur, wartete auf das Zeichen.

4

»Tot?«

Er war sich der Antwort so gewiss, dass er misstrauisch die Stirn runzelte, als er sah, wie Jouve den Kopf schüttelte.

»Sie liegt im Krankenhaus Debrousse, Rue de Bagnolet, im Zwanzigsten.«

»Kleiner, ich hab im zwanzigsten Arrondissement gewohnt, bevor du auf der Welt warst, bevor deinen Eltern auch nur die Idee kam, sie könnten dich eines Tages zeugen.«

Jouve hatte ihm ein Plaid über die Schultern geworfen, das brachte er mit ins Studio, denn Maugin kam immer schweißgebadet, mit zerronnener Schminke, aus der Backofenhitze der Scheinwerfer. Schließlich hatten sie an diesem Vormittag die Szene nicht zweimal gedreht, sondern fünfmal, und auf seinen Wunsch wieder von vorn begonnen.

Beim ersten Mal wegen seiner Partnerin, denn jetzt, da sie die Rolle kannte, hatte sie ihr Entsetzen zu früh gezeigt. Ein anderes Mal bekam jemand einen Hustenanfall, und zuletzt hatte Maugin sich schlapp gefühlt, unkonzentriert.

Sobald die Scheinwerfer erloschen, wurden die Gesichter grau, die Kleider stumpf, und das Studio sah aus wie ein Bahnhof nach einem Bombenangriff. Die Produzenten stiegen ins Auto. Die andern gingen grüppchenweise Richtung Kantine.

»Probieren wir am Nachmittag die Anschlüsse?«, fragte Laniaud. »Wenn du zu müde bist, mach ich heute die Szenen, für die ich dich nicht brauche.«

»Ich bin nicht müde.«

Tatsächlich, er hatte keinen Anfall bekommen, also keinen richtigen. Ein-, zweimal hatte er das Gefühl, gleich umzukippen, aber das war sofort wieder vorbei, und langsam glaubte er an Biguets Mittelchen.

»Gehen wir in meine Garderobe, Kleiner.«

»Wollen Sie nichts essen?«

»Lass mir aus der Kantine ein Sandwich bringen.«

Er brauchte immer eine Weile, bis er wieder er selbst war, und mit fast teilnahmsloser Stimme sagte er, während er sich auf der Liege ausstreckte:

»Erzähl.«

»Sie ist nicht tot, aber es geht ihr nicht gut. Soweit ich verstanden habe, steht es sehr schlecht.«

Jouve fragte sich, ob er offen reden konnte oder besser vorsichtig war.

»Ich hatte die Oberschwester der Abteilung am Apparat. Die hat mir gesagt, sie wurde letzte Nacht operiert.«

»Um wie viel Uhr?«

»Gegen Mitternacht.«

Also während Maugin mit Cadot in dem schäbigen Café saß, nach dem Theater, und ihn gezwungen hatte, den Rotwein zu trinken, vor dem ihm grauste.

»Und weiter?«

»Nichts. Alle warten. Sie ist noch nicht wieder bei Bewusstsein, das ist beunruhigend. Sie liegt unterm Sauerstoffzelt.«

»Bestimmt sind alle bei ihr.«

»Verzeihung?«

»Ich sage, weil's dich interessiert (und seine Stimme schwoll an, offensichtlich wurde er allmählich wieder Maugin), ich sage, ihr Mann und ihre Schwiegermutter sind bei ihr, sicher auch Brüder und Schwägerinnen, falls sie welche hat, stehen rum, im Zimmer und auf dem Flur.«

»Das weiß ich nicht.«

»Gib mir den Füller.«

Er hatte nie was zum Schreiben dabei, war es gewohnt, dass man ihm einen Federhalter reichte oder einen Drehbleistift, und Jouve trug immer eine ganze Auswahl in der Tasche.

»Geh in die Kantine und sag Joséphine, dass sie mir schwarzen Kaffee bringen lässt, und ein Sandwich, Schinken ohne Fett.«

Er war lieber allein, um den Scheck auszustellen, zögerte beim Betrag, denn eine Zahl erschien ihm zu hoch, die andre zu niedrig, er entschied sich für einen Mittelwert. Als Jouve zurückkam, verlangte er einen Umschlag und schrieb den Namen Cadot.

»Sind ungefähr zwei Stunden, seit du telefoniert hast, oder?«

»Mehr, Chef.«

»Ruf noch mal an im Krankenhaus. Versuch, ob du was Neues rauskriegst.«

Er hatte sich nicht abgeschminkt, auch nicht umgezogen für die Anschlüsse; er spielte dann dieselbe Rolle.

Die Garderobe war schäbig, mit einem Gasofen, der ihn an den Besuch bei Biguet erinnerte und an seinen Schweißausbruch hinter der Glasplatte.

Jouve sprach ins Telefon, höflich, mit gewählten Sätzen, die Maugin ein Schulterzucken entlockten. Die Hand auf der Muschel flüsterte er:

»Sie ist tot. Was soll ich sagen?«

Die Frage erschien ihm so dämlich, dass er nur die Augen aufriss. Erst als das Gespräch zu Ende war, knurrte er:

»Ich hab's ja gewusst. Die alte Hexe wird behaupten, ich sei schuld, ich hätte sie umgebracht. Sie ist doch operiert worden, oder?«

»Ja.«

»Um Mitternacht?«

»Zehn nach zwölf. Das wurde mir eben bestätigt. Die Operation an sich war sehr gut verlaufen.«

Also konnte er nichts dafür. Geld hin oder her, die Operation hätte auf jeden Fall stattgefunden; der einzige Unterschied – Cadot wäre wahrscheinlich bei seiner Frau gewesen, als man sie auf einer Rolltrage hinüberschob in den Operationssaal.

Was hätte das genützt?

»Sag Alfred, er soll dich ins Krankenhaus fahren. Die Abteilung findest du schon. Dieser Cadot ist sicher da.«

»Der, den ich im Theater gesehen habe?«

»Genau der.«

Ein Verdacht blitzte auf in seinem Blick, und er fragte sich kurz, ob sein Sekretär nicht mehr wusste, als er zu erkennen gab.

»Hast du im Theater mal mit ihm gesprochen?«

»Er hat mich ein-, zweimal gefragt, ob Sie da sind oder bald kommen.«

»Gib ihm den Umschlag.«

»Soll ich auf Antwort warten?«

»Entweder er nimmt ihn, oder er nimmt ihn nicht.«

Ganz überflüssig fügte er hinzu:

»Mir egal.«

»Keine Blumen?«

Daran hatte er nicht gedacht. Hämisch bemerkte er:

»Das ist der Vorteil der guten Erziehung. Man denkt an die Blumen und den Kranz.«

»Blumen sind meines Erachtens besser.«

»Wart mal. Wenn du schon in den Blumenladen gehst ...«

Er zögerte. Ach was!

»Lass meiner Frau ein Dutzend Rosen bringen.«

»Ohne Karte?«

»Schick ich meiner Frau vielleicht meine Visitenkarte? Macht man das so in der feinen Gesellschaft?«

»Verzeihung. Natürlich, sie weiß, die kommen von Ihnen.«

»Natürlich!«

Er hatte das Wort noch nicht ausgesprochen, da überlegte er es sich anders.

»Doch, leg meine Karte dazu.«

Dann rief er Jouve zurück.

»Leg sie nicht dazu. Sie weiß schon. Vertrödle unterwegs keine Zeit.«

Er wartete, bis Jouve weg war, das Mädchen Kaffee und Sandwich gebracht hatte.

»Müde, Monsieur Maugin?«

Wusste sie überhaupt, was das Wort bedeutet? Abends glaubte sie müde zu sein, denn sie hatte ein paar Dutzend Tassen und Teller gespült, war den ganzen Tag auf den Beinen.

Endlich allein mit dem Sandwich, auf das er keinen Appetit hatte, griff er zum Telefon, wählte die Nummer der Avenue George V, wartete, fühlte sich so miserabel, dass er glaubte, jetzt komme gleich der Anfall.

»Hallo!«

Es war die Stimme, die er gut kannte, und wie selbstverständlich ergänzte sie:

»Hier Madame Maugin.«

Diese zwei Worte überraschten ihn zum ersten Mal, und er sagte nichts, hatte das Gefühl, er höre die Stille in der Leitung, spüre den Raum, der ihn trennte von der Avenue George V.

»Wer ist am Apparat?«

Seine Stimme wurde heiser, als er antwortete:

»Ich bin's.«

Und plötzlich forsch drauflos:

»Ich wollte wissen, ob es der Kleinen gutgeht. Gestern war mir, als wenn sie eine Erkältung kriegt.«

Alice schwieg nun ebenfalls.

War sie böse? Gerührt?

»Baba geht es sehr gut. Ich habe sie eben ins Bett gebracht, für ihr Mittagsschläfchen«, sagte sie schließlich.

»Gut! Sehr gut!«

Es war albern. Er hatte das Gefühl, er sehe sich im Spiegel, und er hatte noch immer sein blödes Herr-Jedermann-Gesicht.

»Kommst du zum Abendessen?«

»Ich glaube ja. Wir haben gerade die berühmte Szene gedreht, du weißt schon?«

»Zufrieden?«

»Sehr zufrieden.«

Er wusste es, was ihm an diesem Vormittag geglückt war, das war einer der schönsten Charaktere seiner Laufbahn. Millionen Zuschauer wären gepackt, Kinder, die heute noch zur Schule gingen, würden es sehen, in zehn, zwanzig Jahren, als Erwachsene, und dann bekamen sie zu hören:

»Das ist eine der stärksten Rollen von Maugin.«

Des »großen Maugin«. So nannte man ihn schon jetzt. Später, mit einem gewissen Abstand, erschiene er dann noch größer.

War Alice das bewusst? Er hatte an diesem Morgen fast nichts getrunken. Seine Gedanken waren nicht vernebelt von Wein oder Schnaps. Er war ganz ruhig. Konnte er ihr das nicht begreiflich machen, diese Szene zum Beispiel, die wahrscheinlich in die Filmgeschichte einging und über die in der Kantine die Beleuchter und Bühnenarbeiter gerade diskutierten, sie wäre ihm vielleicht nicht geglückt, hätte er gestern …

Und nicht nur gestern. All die anderen Male. Die vielen kleinen Gemeinheiten.

Die Leute sagten:

»Der ›große Maugin‹.«

Die Leute sagten:

»Ein Meisterwerk!«

Die Leute schrieben Wörter wie »menschlich«, »ergreifend«, und vor diesen Idioten hatte er nachts den Clown gespielt, in der Rue de Presbourg …

Das war ihm egal, doch er wollte wissen, ob er Alice nicht allzu sehr verletzt hatte. Die Wohnung schien ihm fern und leer, und in dieser Wohnung war sie schutzlos, oder genauer gesagt, ohne irgendetwas, das sie dort festhielt. Fragte sie sich nicht auch, was sie dort verloren hatte?

Die Nanny, Madame Lampargent, war so unterkühlt wie eine theologische Tugend, befasst mit Fragen der Rangordnung, empört, wenn das Hausmädchen sie nicht in der dritten Person anredete. Die Köchin …

»Hallo!«

»Ja …«

»Bist du traurig, Kleine?«

»Nein.«

Er war unbeholfen, befangen. Er fühlte sich schuldig und hatte zugleich den Eindruck, man behandle ihn ungerecht. Nicht gerade Alice. Und doch! Warum zum Beispiel war die kleine Baba von einem anderen, von einem Mann, den er nicht kannte, den er nicht kennen wollte, an den sie aber bestimmt jedes Mal dachte, wenn sie ihre Tochter ansah?

»Hier regnet es«, sagte er, auf die Scheiben starrend.

»Hier auch.«

»Ich muss jetzt Schluss machen.«

Dann ein dummer Spruch, über den er die Achseln gezuckt hätte, wäre er von jemand anders gekommen:

»Pass gut auf dich auf!«

Er hatte vergessen, die Blumen anzukündigen. Von Neuem war er allein, und mit angewiderter Miene begann er auf seinem Sandwich herumzukauen.

Vorhin, als seine Partnerin die Szene verpfuscht hatte,

war das Mädchen so niedergeschmettert, dass die Frage aufkam, ob sie überhaupt weiterspielen konnte. Er hatte sie hinausgeführt, eine Hand auf ihrer Schulter, in die weitläufige Öde des Studios, und während sie zu zweit umherliefen, sie ein Taschentuch in der Hand, zwischen abgebauten Kulissen, erzählte er ihr eine Geschichte, wie einem kleinen Mädchen und um sie wieder aufzumuntern. Vielleicht auch ein klein wenig, um sich selbst aufzumuntern? Wenigstens dachte er so nicht an seinen Anfall.

»Sind Sie schon mal auf der Foire du Trône gewesen, Kleine?«

Er hatte versucht ihr zu erklären, warum der Rummel nicht mehr so war wie früher, als noch keine Lautsprecher die Jahrmarktsorgeln ersetzt hatten, mit ihren bemalten, trommelschlagenden Holzfiguren, und als die Karussells beleuchtet wurden mit grellen Bogenlampen, die in den Augen schmerzten.

»Genau da, in einer abscheulichen Bude aus bemalter Leinwand, bin ich zum ersten Mal aufgetreten. Ich war siebzehn.«

Sie musterte ihn, überrascht, vergaß die Rolle, die sie in wenigen Minuten noch einmal spielen musste, und ihre Karriere, die davon abhing.

»Ich war so groß wie heute, fast so breit, und an dem Abend hatte ich Hunger. Wenn ich Hunger hatte, zählte nichts anderes mehr. Ein dickes Steak und Pommes frites! Jahrelang war das mein Leibgericht. Ein paar stämmige Burschen auf einem Podium versprachen jedem Amateur fünf Franc Prämie, der im Freistilringen Eugène den Türken auf den Rücken legte.

›Alle Schläge sind erlaubt, meine Herrschaften. Wie wär's, Herr Soldat!‹

Aber der Soldat, auf den sie zeigten mit ihren dreckigen Handschuhen, verschwand rasch in der Menge.

Ich hab die Hand gehoben. Zum Ausziehen brachten sie mich in ein dunkles Eck, zwischen Trennwänden aus Stoff.

›Ich nehm an, du weißt Bescheid? In der zweiten Runde lässt du dich fallen, und du kriegst zehn Sou am Ausgang. Sonst …‹

›Sonst?‹

›Ich rate dir, spiel nicht den Schlaukopf!‹

Ich war fest entschlossen, die hundert Sou zu kriegen, und habe Eugène den Türken auf den Rücken gelegt, auch wenn er mir dabei mit den Zähnen fast ein Ohr abgerissen hat.

Vor den Zuschauern überreichten sie mir eine blitzende Silbermünze, dann, als ich zurückging in den finstern Verschlag, um mich wieder anzuziehen, stürzten sie sich auf mich, zu dritt oder viert.

Sie haben mir nicht nur die Münze wieder abgenommen, die ich gewonnen hatte, sondern auch ein fast nagelneues Messer, das ich in der Tasche hatte.«

Sie guckte so wie Kinder, die nicht glauben wollen, dass die Geschichte zu Ende ist.

»So war's, Kleine. Kommen Sie. Wir spielen jetzt die Szene mit dem betrogenen Ehemann, und ich bin sicher, Sie spielen das sehr gut.«

Den Zusammenhang begriff sie wohl nicht. Er hätte ihn selbst nicht erklären können. Er spürte ihn, das war alles. Zwischen dem einen und dem andern gab es kaum sichtbare Fäden. Er hatte mehr Faustschläge als genug aufs Maul gekriegt, ja, und sogar hundsgemeine.

Als er dieselbe Geschichte Alice erzählt hatte, denn auch ihr hatte er sie eines Abends erzählt, sie war schwanger und er spazierte mit ihr und ihrem dicken Bauch in Nizza herum, beim Casino de la Jetée, da hatte sie ihm die Hand gestreichelt und gemurmelt:

»Armer Émile!«

Auch sie hatte nicht verstanden. Oder vielmehr, jede verstand seine Geschichte anders, so, wie sie eben konnte. Lag es daran, dass er sie niemals Männern erzählte? Alfred, der Fahrer, zum Beispiel hätte sicher mit einem Pfiff reagiert, dazu ein amüsiertes Blitzen in den Augen:

»Die Saukerle!«

Jouve, genauso wie Cadot, würde sich wundern:

»Sind Sie nicht zur Polizei gegangen?«

Und bestimmt konnten die beiden sich auch das Messer in seiner Tasche nicht vorstellen, denn es war ein Springmesser.

Yvonne Delobel, seine erste Frau, hatte ihn erregt angestarrt und zwischen den Zähnen gezischt:

»Hätte ich gern gesehen, wie du dich mit diesem Wilden prügelst. Hoffentlich hast du ihm wenigstens schön wehgetan. Stimmt es, darf man sich bei solchen Kämpfen auch an die Eier?«

Sie hatte sich nicht lang geziert bei dem derben Wort. Und doch nannten die Zeitungen sie »die große Dame des Theaters«! Sie war wirklich eine große Dame, auf ihre Art, und keine heutige Schauspielerin wagte den Vergleich mit ihrem Talent.

Er hatte ihr wehgetan, auch ihr. Ein paar der alten Bewunderer von Yvonne Delobel flüsterten immer noch, er habe sie umgebracht.

Am liebsten hätte er noch einmal die Nummer der Avenue George V gewählt, mit Alice geredet. Im Garderobenschrank, nur zwei Schritt entfernt, stand ein halbes Dutzend voller Rotweinflaschen, und niemand würde es um diese Zeit wagen, ihn zu stören; am Dreh brauchten sie ihn nicht vor halb drei, und alle wussten, sein Mittagsschlaf war ihm heilig.

Er hatte sich entspannt, wie um einzuschlummern, seine halbgeschlossenen Augen starrten auf das glühende Rot des Gasofens, von dem seine Lider ein wenig brannten. Ihm fiel auf, dass er unwillkürlich die Hände über der Brust verschränkte, er dachte, bestimmt hatte man auch Vivianes Hände so gefaltet, davor die von Yvonne, seine würde man eines Tages ebenfalls so falten, und rasch änderte er die Haltung.

Ob Cadot den Scheck ablehnte? Oder käme er weiterhin, ihn anzuschnorren, auf den Fluren des Theaters, mit trister Hartnäckigkeit?

Ob er ihn nun annahm oder ablehnte, später gab es mit Sicherheit Leute – und sei's nur die Großmutter! –, die würden sein Bild den Kindern zeigen und erzählen:

»Der Mann da, in der Nacht, als deine Mutter starb …«

Begegnet war er Viviane ein einziges Mal, da hatte Cadot sie eines Abends ins Theater mitgebracht, kurz vor der Heirat, um sie vorzustellen und als wolle er seinen Segen, und er hätte sie wohl kaum wiedererkannt, außer vielleicht an ihrem schielenden Auge.

Falls Cadot den Scheck annahm und nicht empört

zurückschickte, musste man ihm auch zutrauen, dass er ihn bat, sich seine aufgebahrte Frau anzuschauen, und gekränkt war, wenn er nicht hinging.

Sogar ihm sonst freundlich gesinnte Zeitungen hatten damals eine boshafte Meldung untergebracht, denn er war Yvonne Delobels Begräbnis ferngeblieben.

Dabei waren sie bei ihrem Tod schon fast drei Jahre geschieden, und sie lebte mit einem andern!

Sie dagegen, falls man sich in der andern Welt noch um solche Fragen schert, sie hatte ihn sicher verstanden. Sie hatte schon zu Lebzeiten sehr viel verstanden, aber nicht alles. Vielleicht war er ja genauso, war hellsichtig für dies, blind für jenes, und tat anderen weh, ohne es zu wissen?

Yvonne oder er, wer hatte dem anderen mehr Leid zugefügt?

Sie war berühmt, und er war's nicht, als sie einander kennenlernten. Das hatten alle betont. Viele hielten sie für ebenso bedeutend wie Sarah Bernhardt, und er gab noch den Komiker in irgendwelchen Varieté-Revues.

Bloß hatte sie fünfundvierzig Jahre auf dem Buckel, und er war gerade mal dreißig. Gesehen hatte sie in ihm nur eine Art Stier, großartig und kraftstrotzend.

»Sie sind schon ein Kerl, Maugin!« Sie kam eigens in seine Garderobe, um ihm das zu sagen. »Ich gestehe, ich will sie gern besser kennenlernen.«

Sie war klein, zart, mit besonders feinen Gesichtszügen, von einer Vornehmheit, die bei Zeitungsredakteuren »erlesen« hieß.

Was sie nicht daran gehindert hatte, ihn gleich am ersten Abend, so wie er das heutzutage mit einer Statistin machte, in ihre Wohnung in der Rue Chaptal mitzunehmen.

Sechs Jahre lang hatte er ihr Leben geteilt, zumindest ihr Bett, und von Anfang an hatte sie große Angst, ihn zu verlieren, und bestand auf Heirat.

Er wusste nicht mehr, warum er plötzlich an sie dachte.

Oder doch! Wegen Alice, denn sie verbrachte bestimmt einen melancholischen, grauen Tag in der Wohnung, auch wegen der anderen, dieser Viviane mit den fünf Kindern, der man die Eierstöcke entfernt hatte und die nicht mehr aufgewacht war, wegen der paar Glas Rotwein mit Cadot, vielleicht sogar wegen der Kleinen, der er vorhin, um sie aufzumuntern, das Abenteuer von der Foire du Trône erzählt hatte.

Er hatte sich hin und wieder betrunken, bevor er Yvonne Delobel kennenlernte, aber sie trank mehr als er. Komischerweise verbot sie ihm den Alkohol, dabei war sie jeden Abend ziemlich blau.

»Das ist was andres«, erklärte sie mit ihrem freundlichen Zynismus. »Bei einer Frau, die trinkt, steigert sich das Lustempfinden, der Mann dagegen wird schwerfällig und impotent.«

Der Mann war es, den hatte sie gesucht in seiner Varieté-Garderobe, und den hatte sie geheiratet, einen derben, rohen Mann, dessen Körper sie manchmal stundenlang streichelte, jeden einzelnen Muskel.

»Erzähl noch mal die Geschichte von Eugène dem Türken.«

Sie unterbrach ihn an den guten Stellen.

»Hast du sehr geblutet?«

Wenn nötig, erinnerte sie ihn an Einzelheiten, die er vergaß, und Nacht für Nacht hatte sie ihn gezwungen, in seinem Gedächtnis zu stöbern, nach brutalen oder schmutzigen Abenteuern.

»Erklär mir noch mal, was Nicou mit deiner Schwester gemacht hat. Warte! Ich nehm dieselbe Haltung ein wie sie, und dann machst du's mit mir …«

Sie hatte alles gelesen, alles ausprobiert. Sie hatte mit den paar Dutzend berühmter Männer verkehrt, und tat es noch, die vor der Geschichte als die Besten ihrer Generation galten. Sie führte ihr eigenes Leben weiter, den Stier im Schlepptau. Manchmal verspottete sie seine linkische Art.

»Ich muss dir beibringen, wie man sich kleidet, Émile. Du hast eine allzu private Vorstellung, was an Farben zusammenpasst!«

Beibringen, wie man isst, wie man sich in einem Salon benimmt. Sie versuchte ihn für gute Autoren zu interessieren, doch sie glaubte keine Sekunde, er könnte so etwas wie er selber sein oder werden.

Sie fand, sein Platz sei eher beim Varieté als am Theater, ausgenommen vielleicht die populären Vaudevilles im Palais Royal.

War er ihr deshalb böse?

Lange Zeit hatte er wie viele andere Leute geglaubt, sie sei in gewisser Weise seine Wohltäterin, und er fürchtete so sehr, ihr Kummer zu machen, dass er es sich verkniff, die Dienstmädchen aufs Kreuz zu legen, obwohl er scharf darauf war.

Sie war krankhaft eifersüchtig. Wenn sie nicht selber spielte, überraschte sie ihn im Varieté, und sie bezahlte sogar einen Bühnenarbeiter, damit er ihr erzählte, was Maugin so trieb.

An manchen Abenden fand sie, dass der Alkohol nicht schnell genug wirkte, dann nahm sie Äther, und solche Nächte endeten mit dramatischen Anfällen von Hysterie.

Zweimal hatte er sie verlassen. Beide Male kam sie in sein Hotelzimmer, hatte vor ihm gekniet, gefleht, gebettelt, hatte gedroht, sich auf der Stelle umzubringen, und beide Male war er ihr gefolgt, mit hängendem Kopf, schwerem Herzen.

Sie hatte sich dann doch nicht umgebracht, als er plötzlich von der Bildfläche verschwand, die Bühne für eine Zeit lang aufgab, sich versteckt hielt wie ein Dieb, auch nicht, als er sie durch seinen Anwalt bitten ließ, die Scheidung einzureichen.

Ein paar Monate später war er ihr begegnet, an der Seite eines anderen, sein Doppelgänger nach Größe und Statur, jedoch mit dem einfältigen Gesicht eines Metzgergesellen. Das wusste sie. Sie war blass geworden, hatte nur bitter gelächelt.

Die erste Entziehungskur wirkte nur für kurze Zeit.

Nach der zweiten, ein Jahr später, war sie abgemagert, um zehn Jahre gealtert, und sie starb an einer Überdosis Morphium.

Er zuckte zusammen, in einer instinktiven Bewegung versuchte er sich irgendwo festzuhalten, blickte mit aufgerissenen Augen in den leeren Raum, konnte sich aber nicht erinnern, dass er sie geschlossen hatte, erschrocken wie ein Kind, weil es allein ist.

Mit einem Mal hatte er Angst zu sterben. Ihm war, als poche das Blut nicht wie sonst in den Adern, als verschwimme sein Blick, er fühlte sich den Puls, schaute zum Fenster, wollte sicher sein, man würde ihn hören draußen auf dem Weg, wenn er um Hilfe rief.

Man sah nur den Regen, die dunkle Ziegelmauer des Studios, eine rotgestrichene Eisentür und ein glänzendes Autodach.

Wahrscheinlich war er kurz eingenickt, hatte wohl einen Alptraum, an den er sich vergebens zu erinnern suchte. Er wusste noch alles, was er über Yvonne gedacht hatte, aber danach war noch etwas anderes gekommen, etwas Unheimliches, und am Ende ein Gleiten ins Leere.

»Trottel!«

Das war seine Stimme, ein wenig verändert, weil sie in der leeren Garderobe widerhallte, aber auf jeden Fall seine Stimme.

Und am Vormittag war ihm seine Szene geglückt. Ganz offensichtlich. Inzwischen hatten sie die Rolle bestimmt schon entwickelt, und Laniaud war dabei, sie vorzuführen.

Er brauchte das nicht zu sehen. Er wusste.

Er wusste auch, dass er jetzt aufstehen musste, zum Schrank gehen und sich ein randvolles Glas Wein eingießen. Das war un-aus-weich-lich. Gerade hatte er den Beweis bekommen.

Yvonne Delobel hatte es ihm als Erste vor Augen geführt. Es war an einem Sonntag gewesen, als sie beide nicht spielten, an einem jener trübgrauen Sonntage, die man anschaut wie durch eine Glasglocke. Ein Ausflug, aller Gewohnheit zum Trotz, und sie wollte unbedingt einen Fiaker, einen, mit dem sonst Liebespaare und Jungvermählte im Bois de Boulogne spazieren fahren, gab dem Kutscher leise Anweisungen.

»Wo wollen wir hin?«

»Siehst du später noch.«

An jenem Morgen hatte sie, genau wie er heute, nichts getrunken, ein Katertag nach einer versoffenen Nacht. Beide waren ausgebrannt, die Haut empfindlich, mit rosa Flecken, gereizt durch die frische Luft, und ihre Augen schmerzten vom grellen Licht.

Der Fiaker hatte Neuilly durchquert, war weitergeholpert in Richtung Bougival, und die Schauspielerin, in ihre Gedanken versunken, sagte kein Wort.

»Nach links«, hatte sie am Seineufer befohlen.

Sie versuchte eine Reaktion von Maugins Augen abzulesen, und er verspürte nichts als eine fast quälende Schläfrigkeit.

Es war Sommer – die meisten Theater hatten geschlossen, das verschaffte ihnen den freien Sonntag –, und Paare vergnügten sich beim Rudern.

»Kutscher, anhalten.«

Und halblaut zu ihm:

»Schau hinter die Hecke.«

Er sah ein weißes Haus, geräumig, makellos, mit grünen Fensterläden und Schieferdach, in einem Garten, samt gepflegtem Rasen, sorgfältig geharkten Wegen.

»Was denkst du?«

Er hatte keine Ahnung, fragte sich, worauf sie hinauswollte.

»Wohnen da Leute, die du kennst?«

»Von so einem Haus habe ich immer geträumt, ich träumte davon schon als kleines Mädchen.«

»Ist es zu verkaufen?«

»Ich hab es gekauft.«

»Und weiter?«

»Ich hab es wieder verkauft.«

Mit der gedämpften, aber leidenschaftlichen, beherrschten Stimme, die eine unvergleichliche »Kameliendame« aus ihr gemacht hatte, erklärte sie, eine Hand in seinen Arm gekrallt und ohne aus dem Fiaker zu steigen, während das Pferd am Grün herumschnupperte:

»Es war fünf Jahre bevor ich dich kennengelernt habe. Ich bin hier vorbeigekommen und habe es gesehen, es war wie mein Traum von Frieden, von heiterer Schönheit. Es war nicht zu verkaufen, ich habe monatelang Himmel und Hölle in Bewegung gesetzt, bis man es mir überlassen hat, dann habe ich alles hineingestellt, was ich mir gewünscht habe für mein ideales Haus.«

Sie hatte ihn plötzlich angeschaut, voll Ungeduld, vielleicht mit einer Spur Zorn.

»Hast du nie davon geträumt, von einem Haus mit grünen Fensterläden?«

»Nicht dass ich wüsste. Nein.«

»Als du klein warst?«

Er gab lieber keine Antwort.

»Stimmt, du bist ein Grobian. Du hast auch nie eine sanfte Frau gewollt, die dir Kinder schenkt.«

Er schwieg weiter, mürrisch.

»Vielleicht kriegst du sie ja eines Tages«, kicherte sie.

Und beinah wütend:

»Ich bin hergekommen. Ich hab versucht, hier zu

leben. In der ersten Woche habe ich gebrüllt vor Verzweiflung. In der zweiten bin ich weggerannt und hab nie wieder einen Fuß zwischen diese Mauern gesetzt.«

Er hatte jetzt seine zwei Glas Wein getrunken und zögerte, die Flasche zu verkorken.

»Später wirst du es verstehen«, hatte sie geseufzt, enttäuscht über den verpfuschten Sonntag. »Kutscher! Zurück nach Paris!«

In die Menge, ins Licht, ins Fieber. Sie fuhren keine zwei Kilometer, da ließ sie anhalten, um in einem Ausflugslokal etwas zu trinken.

So war es. Man nannte sie damals, nannte sie immer noch »die unvergessliche Künstlerin«.

Man nannte ihn »den großen Maugin«.

Geistlos scherzte er mit der Flasche:

»Komm her, Kleine!«

Und fast, als wolle er ihr den Hals umdrehen, goss er die blauschimmernde Flüssigkeit ins Glas.

»Wer ist da?«

»Ich, Chef.«

Er konnte sich nicht erinnern, dass er die Tür abgeschlossen hatte.

»Der Scheck?«, fragte er, kaum war Jouve eingetreten.

»Was für ein Scheck?«

»Ich meine den Brief.«

»Sie haben gesagt, ich soll nicht auf Antwort warten.«

»Hat er ihn genommen?«

»Ja, natürlich.«

»Wusste er, von wem er kommt?«

»Ich hab's ihm gesagt. Außerdem hat er mich erkannt.«

»Was hat er erzählt? Wo war er?«

»Im Hof vom Krankenhaus, mit der alten Cadot und einer Frau, die hat er mir als seine Schwägerin vorgestellt. Den Namen hab ich vergessen.«

»Hat er geweint?«

»Er hatte geweint, das konnte man sehen. Seine Augen waren rot, auch die Nase. Jeder hatte seinen Regenschirm dabei.«

»Ist das alles?«

»Ich soll Ihnen bestellen, dass er den Zeitpunkt für das Begräbnis noch nicht festlegen konnte, aber er sagt Bescheid.«

»Er hat den Umschlag nicht vor dir aufgemacht?«

»Er wollte. Beinah hätte er's getan. Aber die alte Dame gab ihm ein Zeichen, deutete auf die Schwägerin. Als ich ging, lief er mir hinterher und sagte, er zähle auch auf mich.«

»Wobei?«

»Bei der Trauerfeier.«

»Siehst du! Nett von ihm! Er hat Gewissensbisse, weil er dich nicht eingeladen hat. Die Runde geht nämlich auf seine Rechnung!«

»Chef!«

Jouve musterte ihn auf einmal besorgt.

»Wie? Was ist los?«

»Nichts. Sie waren gerade so komisch.«

»Und jetzt?«

»Weiß nicht. Nein. Es ist weg. Hat Ihnen was wehgetan?«

»Die grünen Fensterläden haben mir wehgetan, Monsieur Jouve!«

Die Flasche stand noch da, auch das Glas.

»Haben die noch nicht angefangen mit den Anschlüssen?«, fragte der Sekretär, denn er wagte nicht anzusprechen, was ihn wirklich beunruhigt hatte, außerdem fürchtete er die Stille.

»Wie du siehst.«

»Übrigens, die Rosen habe ich in die Avenue George V geschickt.«

»Rosen, ja.«

Das hatte er ganz unwillkürlich gesagt. Erst hinterher überraschte ihn das Wort.

»Ach! die Rosen! ...«

Man konnte nicht erraten, ob er ironisch war, bitter oder nur gedankenverloren. Jedenfalls war sein Stirnrunzeln wieder da, als er fragte:

»Wie viel? ...«

»Ein Dutzend ...«

»Ich will nicht wissen, ob du die Blumen gezählt hast. Ich will wissen, wie viel hast du bezahlt?«

»Ich habe sie nicht bezahlt. Ich habe sie auf Ihre Rechnung setzen lassen.«

»Ohne nach dem Preis zu fragen, einfach so, der feine Herr! Damit mir die Gauner berechnen, was sie wollen!«

»Ich hab gedacht ...«

»Das Denken habe ich dir verboten, Monsieur Jouve!«

Allmählich erwachten seine Lebensgeister. Die Rädchen griffen ineinander. Noch ein Glas Wein, sicherheitshalber eine Pille. Es gibt Leute, die sterben nicht mit fünfundsiebzig, die werden achtzig und älter. Es gibt sogar Hundertjährige.

Heute würde er die Dosis nicht überschreiten. Es passierte selten, dass er die Dosis überschritt.

Gerade so viel, dass er sicher auf seinen dicken Beinen stand und sich nicht um solchen Blödsinn kümmern musste wie grüne Fensterläden und dergleichen.

»Hast du schon mal Lust gehabt auf ein weißes Haus mit grünen Fensterläden?«

»Ich weiß nicht, Chef. Vielleicht eines Tages, ein Häuschen im Süden, nicht allzu weit vom Meer …«

»Und eine Frau? Gören?«

Zufällig fiel sein Blick genau in diesem Augenblick auf Jouve, und der errötete zu seiner Überraschung wie ein Mädchen.

»Sag mal, bist du verliebt?«

Jetzt wurden die Ohren des jungen Mannes dunkelrot.

»Sag mir ihren Namen.«

»Niemand, Chef.«

»Du willst mir ihren Namen nicht sagen?«

Er geriet in Zorn, so gewöhnt war er an die Folgsamkeit seiner Entourage.

»Ich schwöre …«

»Ich befehle dir, sag mir den Namen, hast du gehört?«

Es war absurd! Bestimmt wirkte er ganz und gar lächerlich. Er wusste selber nicht, was in ihn gefahren war, und jetzt legte seine Stirn sich in Falten, seine Augen wurden kleiner und stechender, argwöhnisch, sein Mund öffnete sich für einen Satz, den er nicht aussprach.

Er sagte nur:

»Aha!«

Und während er sich an den Tisch setzte, um seine Schminke auszubessern, brummte er unfreundlich:

»Geh und sag, ich bin so weit, wir können anfangen.«

Er folgte ihm mit dem Blick, im Spiegel.

Zehnmal an diesem Nachmittag ertappte er sich während der Aufnahme, wie er ihn belauerte, und jedes Mal, wenn er mit irgendwem über ihn sprach, nannte er ihn »Idiot«.

5

Sie half ihm, so zu tun, als sei nichts gewesen. Als er zu Baba gegangen war, um ihr gute Nacht zu sagen, war sie ihm ins Kinderzimmer gefolgt, hatte dicht neben ihm gestanden, ihn leicht berührt, während er seine Fratzen schnitt. Er hatte ein großes Repertoire, es wuchs von Woche zu Woche, das Kind kannte alles auswendig und verlangte die richtige Reihenfolge, registrierte die kleinste Abweichung.

»Jetzt trag mich.«

Auf den Schultern zuerst, dann auf dem Kopf. Heute sagte Alice nicht, obwohl es später war als sonst:

»Pass auf, dass du sie nicht zu sehr aufregst. Sie sollte längst schlafen.«

Beim Nachhausekommen hatte er bemerkt, dass jemand in der Diele die durchgebrannte Glühbirne am Lüster ausgewechselt hatte, und er war gerührt. Es war ein alter Lüster, schwer und verschnörkelt – er gehörte zum Consuelo-Erbe –, und seit mindestens zwei Monaten warf die defekte Birne einen unangenehmen Schatten. Jeden Abend zog er die Brauen hoch oder knurrte oder tat einen tiefen Seufzer, je nach Laune.

»Camille würde ihn nur kaputtmachen, und ich kann nicht von der Köchin verlangen, dass sie auf eine Leiter steigt. Und ich, du weißt doch, ich werde so leicht schwindelig.«

Die Glühbirne jedenfalls war jetzt ersetzt, trotz der wackligen Leiter. Es gab ein gutes kleines Abendessen, und beide vermieden jede Anspielung auf unerfreuliche Themen. Bevor sie zu Tisch gingen, hatte er einen Blick ins Schlafzimmer geworfen und festgestellt, vier Kissen lagen auf dem großen Bett.

»Bist du nicht furchtbar müde?«

»Wir haben gut gearbeitet. Morgen wird nicht gedreht.«

»Vergiss nicht, du hast Nachmittagsvorstellung.«

»Aber ich muss nicht aufstehen und ins Studio.«

Das Esszimmer glich einer Sakristei, manchmal fragte er sich, was sie beide hier verloren hatten, warum dieses Haus, diese Möbel, diese ganze Einrichtung, die weder zu ihrem Geschmack passten noch zu ihrem Leben. Dann wieder sagte er sich, anderswo wäre es genauso.

Es freute ihn an diesem Abend, dass Alice fröhlich schien und alles besänftigt war, dass sie ihm mit ihrer normalen Stimme erzählte, was Baba tagsüber gemacht hatte.

»Kommst du gleich nach dem Theater heim?«

Sie korrigierte sich sofort:

»Entschuldige.«

Er küsste sie zärtlich auf die Stirn, bevor er ging, und als er auf den Fahrstuhl wartete, hatte er wirklich das Gefühl, ein wichtiger Teil seiner selbst blieb hier zurück. Er hatte sich oft gefragt, ob er sie liebte. Er war nicht sicher, ob er an Liebe glaubte. Wenn er heute Abend an sie dachte, wie sie dort saß im kleinen Salon, neben den roten Rosen, die im Lampenschein noch prachtvoller wirkten, war er verwirrt, hatte Eile, nach Hause zu kommen.

Er war guter Laune, sogar mit Maria, die sich aus Widerspruchsgeist brummig zeigte.

»Haben Sie Neuigkeiten von der armen Madame Cadot?«

»Mutter oder Tochter?«

»Die Frau von Monsieur Cadot, natürlich! Stellen Sie sich nicht so dumm. Wie geht es ihr?«

»Es geht ihr überhaupt nicht, meine arme Maria. Sie ist tot.«

»Das sagen Sie ja beinah fröhlich.«

»Ich habe mir früher mal erzählen lassen, in jeder Sekunde oder in jeder Minute, ich weiß nicht mehr, stirbt ein Mensch. Stell dir vor, wir müssten Trauer tragen oder auch nur einen mitleidigen Gedanken haben für jeden einzelnen! Denk nur, im selben Augenblick gibt es Tausende, ja Millionen, die miteinander schlafen.«

»Spricht nicht gerade für die Menschheit!«

»Ist lustiger, als zu sterben, und erlaubt ebendieser Menschheit, dass sie nicht ausstirbt.«

»Monsieur Cadot ist bestimmt ganz gebrochen.«

»Am Boden zerstört, meine arme Maria, ein Häufchen Elend, unter seinem Regenschirm, den er traurig hochhält wie eine Kerze. Nicht die Flasche.«

»Wie bitte?«

»Ich sagte: Gib mir nicht die Flasche. Kein Cognac heute Abend.«

»Wird Sie aber nicht dran hindern, in der zweiten Pause was zu verlangen, unter dem Vorwand, dass Sie hundemüde sind und außerstande, das Stück *ohne* bis ans Ende zu spielen.«

»Schandmaul!«

Es stimmte, nach dem zweiten Akt zögerte er.

»Maria!«

»Ja, Monsieur Maugin?«

»Nein!«

»Wollen Sie oder wollen Sie nicht?«

»Ich will nicht. Lass die Touristen rein!«

So nannte er sie, wenn er guter Laune war. Zuweilen hielt er ihnen dann sogar eine kleine Rede, wie der Fremdenführer vor einem historischen Bauwerk.

»Beachten Sie diesen Spiegel, der nach gar nichts aussieht, Generationen von Fliegen haben ihn ganz prosaisch vollgeschissen: Einst spiegelte sich in ihm das Gesicht des großen Mounet-Sully. Dieser – sagen wir mal pissgelbe – Vorhang aus Cretonne hat seine Jugend in der Garderobe der Réjane verbracht, und was drunter vorschaut – weil ich mich hinter ihm ausziehe –, das sind meine Pantoffel.«

Das fanden die Leute komisch.

»Und Maria, die ist selbst schon fast eine nationale Sehenswürdigkeit, denn bevor sie am Theater endete, übel endete, war sie Köchin bei Paul Painlevé, diesem zerstreuten Herrn.«

Auf der Bühne gönnte er sich den Spaß, seine Kollegen durcheinanderzubringen, indem er einen anderen Text sprach, halblaut skurrile Bemerkungen vor sich hin brummelte. Er versetzte seinen Partner während einer schwierigen Szene gut fünf Minuten in Panik, indem er ihm ständig zuflüsterte:

»Dein Hosenschlitz!«

Der andere, einen Stapel Bücher in Händen, konnte seine – natürlich vollkommen korrekte – Kleidung nicht überprüfen und wusste nicht, wie er sich hinstellen sollte, darum zeigte er sich dem Publikum nur im Profil. Er war dann allerdings der Einzige, der im dritten Akt lautes Gelächter provozierte, immerhin eine kleine Rache.

Während er sich gerade umzog, meldete sich Laniaud am Telefon.

»Machst du noch was, Émile?«

»Nein.«

»Komm doch zu uns ins Maxim's. Ich bin da mit ein paar Leuten aus Hollywood.«

»Umso besser, ich selbst geh nämlich ins Bett.«

Er fand kein Taxi am Ende der Sackgasse, ging zu Fuß die Straße hinunter und warf einen bösen Blick auf das Café vom Vorabend. Es regnete nicht mehr. Die Pflastersteine waren trotzdem nass, glänzend, wie lackiert. Erst an der Trinité konnte er ein Taxi heranwinken.

»Wo soll es hingehen, Monsieur Maugin?«

»Nach Hause.«

»Immer noch Avenue George V?«

Er war versucht, einen Schlenker über die Rue de Presbourg zu machen, denn er hätte gern erfahren, was genau passiert war am Vorabend. Schon dachte er, so unglücklich sei er gar nicht gewesen auf seinem Hocker, am Ende der Theke, den Rücken zur Wand. Alles wuselte. Alles lebte.

Was ihn zu Hause erdrückte, in ganz gleich welchem Zuhause, war die Stille, die Reglosigkeit der Luft, eine gewisse unabänderliche Ruhe, als wäre die Zeit angehalten, für ewig. Ein ähnliches Gefühl beschlich ihn, wenn er von draußen in fremde Wohnungen blickte. Und das war nichts Neues. Dieses Unbehagen hatte er immer verspürt.

Wenn er zum Beispiel vom Gehsteig aus eine Familie um den Tisch versammelt sah, die Gesichter erleuchtet wie auf einem Gemälde von Rembrandt, dann war das für ihn, als sei die Szene ein für alle Mal festgebannt, als seien die Personen, Vater, Mutter, Kinder, das stehende Dienstmädchen, erstarrt bis ans Ende der Zeit.

Wände, geschlossene Türen weckten in ihm ein Gefühl von Unsicherheit, Angst. Er wusste, daran hatte Yvonne nicht gedacht bei ihrem Haus mit den grünen Fensterläden, aber für ihn war es genau das. Er fürchtete sich vor Familienalben mit ihren Seiten voll toter Verwandter, mit ihren Seiten voll Lebender, denn einmal da drin, lebten sie nur noch halb.

»Der da, das war dein Onkel Marcel.«

Aber das Baby, weiter hinten, auf seinem Ziegenfell, auch das war ein künftiger Onkel, und eines Tages endete es auf einem der vorderen Blätter. An der Ecke zu den Champs-Élysées klopfte er gegen die Scheibe, betrat das Fouquet's, wo er an fast jedem Tisch haltmachen musste, um Hände zu schütteln, die sich ihm entgegenstreckten, und überall roch es nach nassem Pelz.

»Ein kleiner Rotwein, Monsieur Émile?«

Der Barkeeper bediente nur ihn; er blieb zehn Minuten so stehen, betrachtete die Leute, dachte ans Presbourg, unschlüssig, ob er noch ein zweites Glas trinken sollte.

Er tat es nicht, durchschritt seufzend den Toreingang seines Hauses und musterte grimmig die Marmorsäulen im Vestibül, die pompöse Treppe, die aussah, als warte sie auf einen Festzug. Im ersten Stock waren Büros, eine Filmgesellschaft, die seit Jahren am Rande des Bankrotts dahinschlitterte, und im zweiten lebte ein amerikanisches Paar – sie hatten drei Autos und zwei Chauffeure –; im dritten ein Graf; im vierten schließlich wechselten die Mieter nahezu jedes Vierteljahr.

»Du bist noch nicht im Bett?«

»Ich dachte, du freust dich, dass ich warte.«

»Und wenn ich nicht gekommen wäre?«

»Dann hätte ich weitergelesen.«

Ohne dass er darum gebeten hätte, war sie aufgestanden, um ein Glas Wein einzuschenken, und es war merkwürdig, den einfachen Roten in geschliffenem Kristall zu sehen, der Wein hatte nicht denselben Geschmack.

Gern hätte er zärtliche Worte gesagt, um ihr zu danken, damit sie spürte, er war kein Grobian, um die Erinnerung an die Nacht ganz auszulöschen. Doch er wusste nicht einmal, wo er sich hinsetzen sollte. Er ging auf und ab, suchte einen Platz, fühlte, dass sie verstand, er war hier nicht zu Hause, war es nirgendwo gewesen, und sie beide führten keine richtige Ehe.

»Was meinst du, sollen wir morgen in der Stadt zu Mittag essen, nur wir zwei?«

»Sehr gern. Aber hast du nicht eine Verabredung?«

»Um elf, mit Weill. Ich habe keine Lust, mit ihm zu essen.«

Er war hundemüde, unterdrückte ein Gähnen, Blut stieg ihm in den Kopf, die Augen brannten.

»Wollen wir nicht ins Bett gehen?«

»Warum nicht ...«

Ob sie Lust hatte, noch mit ihm zu schlafen? Natürlich wäre das netter. Hätte mehr nach Versöhnung ausgesehen. Als er sich auszog, überlegte er, ob er es schaffen würde, leider hatte er sich am Morgen das Hausmädchen vorgenommen. Wusste Alice, dass er am selben Tag Camille gevögelt hatte, während sie noch im Kinderzimmer war? Würde sie verstehen, warum?

Er kam zu ihr ins Bett, zögerte, rückte näher auf eine Art, die sie kannte. Die beiden Lampen brannten auf den Nachttischen. Der übrige Raum war von Schatten bevölkert wie Professor Biguets Röntgensaal.

»Bist du nicht mehr traurig?«, flüsterte er.

»Ich war nicht traurig.«

»Warum?«

»Ich wusste ja.«

»Was wusstest du?«

»Ich kenne dich, Émile. Gib zu, du bist müde.«

»Ja.«

»Du willst gar nicht mit mir schlafen.«

Denn er hatte ohne große Überzeugung angefangen, sie zu streicheln.

»Ich weiß nicht.«

»Mach ein schönes Nickerchen.«

»Und du?«

»Ich auch.«

»Ein friedliches Nickerchen?«

»Ja.«

»Glücklich?«

»Ja.«

Und sie löschte die beiden Lampen, hüllte sich und ihn schlagartig in Dunkel und Reglosigkeit.

Zweimal, bevor er einschlief, tastete er mit der Hand, vergewisserte sich, dass er nicht allein war, berührte warme Haut.

»Schläfst du nicht?«, fragte sie leise.

»Fast.«

Er hatte ein wenig Angst, weil er sich erinnerte, vorhin, in seiner Garderobe der Buttes-Chaumont, hatte er unabsichtlich die Hände über der Brust gefaltet, während er vor sich hin döste. Und wahrscheinlich würde er in diesem Zimmer sterben, in diesem Bett, oder hier aufgebahrt werden nach seinem Tod. Das Bett war jahrhundertealt, vielleicht aus der Zeit Karls V., mit geschnitzten Wappen auf Kopf- und Fußteil. Zu Consuelos Zeit besaß es außerdem Säulen und Vorhänge. So wie es jetzt war, war es immer noch eindrucksvoll, und man spürte, in ihm hatte ein Haufen Leute mit dem Tod gerungen, ausgestreckt, wachsbleich, im Kerzenlicht, fürs letzte Possenspiel.

»Schläfst du?«

Man hätte meinen können, sie errate seine kindlichen Ängste und berührte ihn deshalb unauffällig, wie vorhin im Kinderzimmer, sozusagen aus Versehen. Er musste wohl als Erster eingeschlafen sein, und es verging ziemlich viel Zeit, ehe man ihn anklagte.

Er leugnete auch gar nicht, getötet zu haben. Die Tatsache an sich hatte in seinen Augen keinerlei Bedeutung, genauso wenig in den Augen derjenigen, die ihn ausfragten. Alles geschah auf einer anderen Ebene, einer viel höheren, doch was ihn ängstigte, war der Umstand, dass sie offenbar seine Erklärungen nicht begriffen.

»Geben Sie sich einen Ruck, und Sie werden sehen, es ist ganz einfach«, sagte er ihnen. »Sie können es selbst versuchen, dann wird Ihnen klar, es ist *un-aus-weich-lich*. Ich hatte die Hand erhoben, so, mit geballter Faust, beachten Sie das. Während sie dem Gesicht näher kam, öffnete sich meine Faust, ganz von selbst, und die Finger spreizten sich langsam, bis sie an die Kehle griffen.«

Diese Leute hatten keinen »technischen« Berater, wo man doch für den kleinsten Film jede Menge davon anstellt. Es empörte ihn, dass sie nicht daran gedacht hatten, diesen Posten zu schaffen.

Am Anfang war er sich mehr oder weniger sicher, er hatte Alice umgebracht. Das schien naheliegend. Als er dann Cadot im Gerichtssaal wiedererkannte, schwarz gekleidet, mit dem Regenschirm am Arm, da begriff er, es ging um Viviane.

Das veränderte natürlich die ganze Angelegenheit, er kannte ja nicht einmal das Haus, in dem Viviane wohnte.

Und das Haus, das war der Hauptpunkt seiner Verteidigung. Auch das begriffen sie nicht, blieben feindselig, während er sich abmühte und ihnen die Rolle des Hauses erklärte.

»Ich zum Beispiel habe eins besessen …«

Na schön! Jetzt wusste er nicht mehr, ob er von der Avenue George V sprach oder von der Cabane im Marais, wo sein Bett im Winter zu einer Insel wurde, »ringsum von Wasser umgeben«. Vielleicht meinte er sogar die Wohnung in der Rue Chaptal, wo Yvonne gestorben war?

»Ich war nicht mehr dort, verstehen Sie? Der andre war dort, der Nachfolger.«

Auch das drang nicht durch bis in ihren Verstand. Für sie waren der andre und er ein und dasselbe, genauer gesagt, sie schienen in ihrer besonderen Logik zu meinen, der andre sei nur eine Art Einspringer – sie hatten das Wort Einspringer gesagt, als gehörten sie zum Theatermilieu –, *und für den sei er weiterhin verantwortlich*.

»Nein, meine Herren! Ich kann auf den Vorschlag nicht eingehen.«

Und hinter ihm rief eine Stimme ganz fröhlich:

»Vorschlag abgelehnt. Der Nächste, bitte!«

Bloß der Nächste, das war wiederum er. Mit diesen Leuten musste man die Sache anders angreifen. Da sie nicht empfänglich waren für vernünftige Argumente, versuchte er jetzt ihr Herz zu rühren. Das hatten sie offenbar vorausgesehen, denn man brachte ihm ohne langes Gefackel eine Flasche Rotwein.

»Das ganze Leben lang, meine Herren, habe ich mich angestrengt ...«

Warum schaute der kleine Jouve, der ihm eben den Wein serviert hatte, auf einmal so beschämt, als wäre er peinlich berührt, dass Maugin sich in Widersprüche verstrickte?

Und es stimmte, er verstrickte sich in Widersprüche. Angestrengt wobei?

»Ich habe gekämpft ...«

Gekämpft wogegen?

»Ich habe ...«

Was? Was? Was? Die Frage, auf so fatale Weise seinen Lippen entschlüpft, hallte immer lauter, wie Krähengeschrei, und alle wiederholten, mit strenger Miene und der krächzenden Stimme der schwarzen Vögel:

»Was? Was? Was?«

Das bedeutete offenbar die Verurteilung. Bestimmt sogar, denn alles wich beiseite, um den Henker durchzulassen. Es war Dr. Biguet, im weißen Chirurgenkittel, die weiße Kappe auf dem Kopf, das Stethoskop um den Hals. Im Gehen schüttelte er den Kopf und seufzte:

»Ich habe es Ihnen ja gesagt.«

»Verzeihung! Sie hatten mir fünfundsiebzig Jahre versprochen.«

»Hinter Ihnen, mein Freund, hinter Ihnen! Nicht vor Ihnen!«

Und ganz leise, verdrossen:

»Spielen Sie die Szene anständig, mein alter Maugin, mein großer Maugin. Hier mag man keine ›Anschlüsse‹.«

Seine Augen standen offen. Er war sicher, er hatte nicht geschrien. Hatte nicht einmal gejapst, denn Alice war nicht aufgewacht. Er spürte etwas wie eine heimtückische, einlullende Bedrohung in seinem Bett, und sachte, lautlos schob er ein Bein, dann das andre aus den Laken. Sie seufzte, als er die Matratze von seinem Gewicht befreite, doch weil sie letzte Nacht nicht viel geschlafen hatte, vielleicht überhaupt nicht, war ihr Schlaf bleiern.

Er wagte nicht, Licht zu machen, dabei hätte ihn das beruhigt. Tastend suchte er nach dem Sessel zwischen Bett und Wand, ein lächerlicher Sessel wie für eine Krönungsszene, aus derselben Zeit wie das Bett, schwarz und vergoldet, ebenfalls mit Wappen verziert, der Samtbezug verschlissen.

Er schlief nicht mehr, träumte also nicht mehr. Sein Alptraum war vorbei, löste sich auf zu Fetzen. In wenigen Minuten würde er sich an nichts erinnern. Doch unter diesen allmählich verblassenden Traumgesichtern war eins, das sich ganz im Gegenteil immer schärfer abzeichnete, erstaunlich klar hervortrat, ein Kerl, der neben dem Richter stand, und er war sicher, den hatte er schon irgendwo gesehen, im Zusammenhang mit nicht lange zurückliegenden, unangenehmen Ereignissen.

Vorsichtig streckte er die Hand nach dem Wasserglas auf dem Nachttisch, und dasselbe Gesicht trat ins Alltagsleben, wurde zu einem großgewachsenen jungen Mann, blond, sehr hellblond, goldblond, und er trug Kläppchenkragen, weiße Krawatte, einen elegant geschnittenen schwarzen Frack.

Es war der Gast mit den zwei Frauen, der im Presbourg herangekommen war, ihn zur Rede stellen wollte, und den der Wirt dann rasch beiseitegenommen hatte. Er schien um die dreißig. Er war rosig, bei bester Gesundheit, gepflegt wie ein Luxustier. Sicher betrieb er Reitsport im Bois de Boulogne, Tennis und Schwimmen im Parc de Bagatelle, Golf in Saint-Cloud.

Maugin spürte eine Woge von Hass die Kehle hochsteigen, gegen diesen Mann und seinesgleichen, die abends nach Generalproben daherkamen und ihn beglückwünschten, mit gönnerhafter Vertraulichkeit.

Er fühlte sich wohl in seiner Haut, dieser blonde

Mann, fühlte sich wohl in seinem Haus, in seinem Leben, immer und überall.

»Wo bist du, Émile?«

Aufrecht im Bett suchte Alice den Lichtschalter, blickte verwundert zu Maugin, der mit böser Grimasse in seinem Sessel hockte, wie auf einem Gemälde von Velázquez.

»Was ist los?«

»Mir war heiß. Ich bin kurz aufgestanden.«

Langsam trank er ein Glas Wasser.

»Du bist doch nicht krank? Soll ich den Arzt rufen?«

»Ich fühl mich sehr gut.«

Es war vorbei.

»Weißt du, Kleine, ich bin nicht so böse, wie ich aussehe.«

»Wer hat denn jemals gesagt, du bist böse?«

»Ich.«

»Du bist verrückt, Émile. Du bist der beste Mensch auf der Welt.«

»Nein, aber auch nicht der schlechteste. Eines Tages, wenn ich Zeit habe, erklär ich's dir.«

Die Worte »wenn ich Zeit habe« überraschten sie nicht; sie hielt es für eine Anspielung auf seine allzu ausgefüllten Tage.

»Willst du ein Schlafmittel?«

»Brauch ich nicht. Ich werde schlafen.«

Er schlief tatsächlich bis zum Morgen. Wenn er nicht ins Studio musste, wurde er nicht um sieben geweckt. Er hatte Zeit, lauschte von seinem Bett aus, wie nach und nach die gedämpften Geräusche im Haus einsetzten. Er klingelte nicht nach Camille, damit sie ihm sein

Frühstück brachte, sondern ging im Morgenrock, das Haar verklebt auf der Stirn, ins Kinderzimmer, wo eben Madame Lampargent eintraf.

Um seine Frau zu amüsieren, schnitt er eine Fratze hinter dem Rücken der Nanny, dann begab er sich in die Küche, zur Köchin, die es nicht ausstehen konnte, wenn er sich selbst Kaffee einschenkte, »weil er überall was verschüttete«.

Es regnete nicht mehr. Der Boden war nicht mehr nass. Gehsteige, Häuser, Himmel trugen ein hartes Grau, das an Allerheiligen gemahnte, nichts fehlte, nicht einmal der Wind im Kamin.

Selten kam es vor, dass er einfach herumtrödeln konnte, und er zögerte sein Bad hinaus, blieb so lange wie möglich in Morgenrock und Pantoffeln.

Die meisten seiner Filme enthielten eine Szene im Morgenrock, und die Regisseure bestanden darauf, denn sie wussten, so war er unwiderstehlich. In einem der Weidenkoffer, einem der zweiunddreißig Weidenkoffer im hinteren Zimmer, lagen alle Morgenröcke, die er auf der Bühne getragen hatte oder im Film.

Der heutige war aus dicker Seide, zusammengehalten von einer schweren Kordel. Am liebsten hatte er Seide, und die Leute im Zuschauerraum, die darüber lächelten, konnten sich nicht vorstellen, dass er seinen ersten Morgenrock erst mit zweiunddreißig getragen hatte, in einem komischen Sketch, dass er bis achtundzwanzig weder Pyjama noch Nachthemd besaß, dass er in seinem Hemd von tagsüber schlief und, weil er keine Pantoffeln hatte, morgens zum Waschen mit nackten Füßen in die offenen Schuhe schlüpfte.

Seither ließ er sich gewohnheitsmäßig für jeden Film, für jedes Stück vom Produzenten oder Regisseur einen Morgenrock schenken. Das war seine kleine Rache. Und Perugia fertigte ihm, natürlich »auf deren Rechnung«, die passenden Pantoffeln, er besaß inzwischen einen ganzen Schrank voll.

Wie würde die Wohnung aussehen, *am Tag danach*? Nun ja. Am Tag nach dem Tag oder der Nacht, wenn … Es war besser, das Wort nicht zu denken. Würde großes Durcheinander herrschen? Alice suchte bestimmt Zuflucht in dem kleinen Raum neben dem Kinderzimmer, wo sie in der vorletzten Nacht geschlafen hatte.

»Madame ist nicht zu sprechen!«, würde Camille antworten und ihre Rolle sehr ernst nehmen.

Die Journalisten drängelten dennoch herein, und auch die Fotografen. Das alte Luder Juliette Cadot würde sich in die vorderste Reihe schmuggeln, und endlich wäre der Augenblick für sie da, auf ihre Rechnung zu kommen! Und Cadot? Vielleicht noch in Trauer wegen seiner Frau? (Er klopfte auf Holz.) Maria, seine Garderobiere, fände sofort den Weg in die Küche, dort würde sie sich eine Tasse Kaffee einschenken und auf einen Stuhl fallen, »wegen ihrer armen Beine«.

Käme auch seine Schwester Hortense, ganz würdevoll und gewissermaßen vorbereitet durch ihre Witwenschaft?

Seit Monaten, seit Jahren hatte er sie nicht gesehen, und heute war ein Wetter wie geschaffen für sie. Er wusste nicht warum, aber die wenigen Male, die er sie besucht hatte in Villeneuve-Saint-Georges, da war es gewesen, als ginge er auf den Friedhof.

Er zögerte. Er hatte hin und wieder an sie gedacht, in den letzten Tagen, und neulich auch Biguet von ihr erzählt – ja, sie war diejenige von seinen Schwestern, die Nicou befummelt hatte, und ihm selbst hatte es fünf Sou eingebracht.

»Hallo! Hôtel de l'Étoile? Ich möchte Monsieur Jouve sprechen, bitte. J wie Jules, O wie Oscar, U wie Urinal, V wie … Pardon, Mademoiselle. Ich wusste nicht, dass Sie verstanden haben.«

Auch er hatte lange im Hotel gelebt, wie Jouve, und damals plagte ihn unbändiges Verlangen nach einem eigenen Heim, er starrte auf die Hausfassaden und die Familien unter ihren Lampen wie der Bettler ins Schaufenster eines Delikatessengeschäfts.

»Ja, Chef.«

»Stör ich dich? Liegt sie noch im Bett?«

»Da ist niemand, Chef. Ich schwör's!«

»Ist mir doch egal.«

»Mir nicht.«

Er zuckte leicht zusammen, erinnerte sich an den winzigen Zwischenfall tags zuvor, an Jouves Erröten in der Garderobe.

»Ruf Weill an, ich komme nicht zu unsrer Verabredung.«

»Ich auch nicht?«

»Geh hin, wenn du willst, aber versprich nichts.«

»Soll ich in der Avenue George V vorbeischauen?«

»Nicht nötig.«

»Sind Sie sicher, dass Sie mich nicht brauchen?«

»Sicher, Monsieur Jouve. Wiederhören!«

Das Insistieren des Burschen war erklärlich, denn jedes Mal, wenn Maugin ihm freigab, rief er ihn ein, zwei Stunden später wieder zu sich, ließ überall, wo er regelmäßig verkehrte, nach ihm suchen, weckte ihn manchmal sogar mitten in der Nacht.

»Alice!«

»Ja.«

»Adrien verbringt den Tag auf dem Land, mit seiner Freundin.«

»Er hat eine Freundin?«

»Wusstest du das nicht? Eine Rothaarige, wunderbar, und solche Brüste.«

»Ich kann mir Jouve gar nicht vorstellen mit einer Frau.«

»Mit was denn sonst? Mit einem Mann?«

»Vielleicht.«

Sie hatte ein unschuldiges Gesicht. Alle haben sie unschuldige Gesichter. Auch Consuelo, die ihn mit jedem Kerl betrog, wenn der nur pomadisiertes Haar hatte und dunkle Haut, und hinterher rannte sie zur Beichte in die unglaublichsten Kirchen, besaß dafür einen besonderen Riecher, suchte sich ihre Beichtväter in bizarren Orden, von deren Existenz die meisten nicht einmal etwas ahnten.

Wenn er gewisse ausgefallene Dinge mit ihr trieb, sagte sie ganz ernst, mit ihrem Akzent, der alles noch komischer machte:

»Das ist Sünde, Émile!«

Im Restaurant griff sie nach seiner Hand:

»Du begehst eine Todsünde. Heute ist Freitag.«

Sie lebte in einer Welt, wo die Sünde einen wichtigen Platz einnahm, fast wie eine Art Individuum, gab sich Mühe, dieses zu umgarnen und gut mit ihm auszukommen.

Zuweilen, wenn er sie genommen hatte, ohne ihr einen Orgasmus zu verschaffen, bat sie:

»Mach mir jetzt die Sünde.«

Das Schönste aber, sie hatte es schließlich geschafft, ihm zwar nicht Angst einzujagen oder Hemmungen, doch immerhin ihn zu verstören, ein kleines Schuldgefühl zu wecken.

»Ist Post gekommen, Kleine?«

»Ich habe alles auf Monsieurs Schreibtisch gelegt.«

Yvonne Delobel hatte ihm das Bild von den grünen Fensterläden eingeimpft. Das war nicht schlimm. Trotzdem, nach den beiden war er nicht mehr ganz derselbe Mann.

Die Sünde, die grünen Fensterläden, das zog jede Menge unerwarteter Folgen nach sich, und man sah sie nicht auf den ersten Blick.

War das genauso mit allem, was er tat, was er den lieben langen Tag sagte?

Na schön! Da war's! Er hatte sich beeilt, der Schelm! Eine stattliche Traueranzeige mit schwarzem Rand, der an den Händen abfärbte, mit kleinem aufgedruckten Kreuz und einer Litanei von Namen, irgendwelche Aupins, Legals, Piersons, Meurels …

»*… ihr Vater, ihre Mutter, Schwestern, Brüder, Cousins, Cousinen, Großcousins …*«

Wie würde die Liste bei ihm aussehen? Nicht Cadot, auf keinen Fall. So dreist wären die nicht. Und noch weniger die alte Cadot. Alice stünde darauf und Baba, außerdem …

Es war gar keine so schlechte Idee, Hortense einen Besuch abzustatten, aber dann müsste er sein Bad sofort nehmen, ein Taxi nach Villeneuve-Saint-Georges zahlen, oder er verbrachte fast eine Stunde in der Metro. Lieber streifte er in der Wohnung umher, beobachtete diesen oder jenen bei seinem Treiben. Alle, einschließlich Alice, fühlten sich durch seine Anwesenheit gestört, durch die Tatsache, dass er nichts zu tun hatte, dass er mitten im Raum herumstand und ihnen zusah bei der Arbeit.

»Ziehst du dich nicht an?«

»Gleich.«

»Ich dachte, du hast eine Verabredung?«

»Abgesagt.«

»Geht's dir gut?«

»Großartig.«

Er spielte mit der Kleinen, vor den Augen von Madame Lampargent, die verkniffen dreinschaute. Kurios, aber seine Schwester Hortense, die allen Jungs im Dorf ihren Hintern gezeigt hatte, war inzwischen eine achtbare Dame. Was sie durchgestanden hatte, wusste er nicht genau, er wusste nur, dass sie Mädchen für alles bei einem Buchhändler gewesen war und Tellerwäscherin in einem Restaurant.

Heute war sie Madame Rolland, Witwe, bewohnte das größte und gediegenste Haus in Villeneuve-Saint-Georges, ein Steinhaus aus dem letzten Jahrhundert, mit Gitterzaun rund um den Garten, gediegen und finster wie ein Panzerschrank.

Das Porträt von Léon Rolland, dem verblichenen Ehemann, bei Lebzeiten Kommissionär in den Markthallen, mit seinem buschigen Schnurrbart, lauerte in jedem Raum, umgeben von einem Hofstaat unbekannter Frauen und Männer in kleinerem Format, alle aus der Familie Rolland oder Bournadieu. (Rollands Mutter war eine Bournadieu aus Agen.)

Dennoch war Hortense noch immer in Verbindung mit den Schwestern, und von ihr hatte er erfahren, was aus ihnen geworden war.

»Keine einzige ist auf die schiefe Bahn geraten!«, verkündete sie stolz. »Und keine einzige lebt in Armut!«

»Vielleicht haben unser Vater und unsre Mutter genug vermasselt, das reicht für mehrere Generationen?«

»Ich erlaube dir nicht, vor mir so von unseren Eltern zu sprechen.«

Élise, die jüngste, sie konnte kaum laufen, als er abhaute, war heute verheiratet mit dem Eigner einer Fischerei in La Rochelle.

»Sie bedauert nur, dass sie keine Kinder haben. Trotzdem sind die beiden glücklich. Sie haben sich im La-Genette-Viertel ein hübsches Haus gebaut.«

»Und Marthe?«

Sie besaß einen Milchladen in Lyon. Auf welchem Weg sie nach Lyon gelangt war, das hätte Hortense wahrscheinlich erklären können, aber daran lag ihm nichts.

»Einer ihrer Söhne kommt demnächst zum Medizinstudium nach Paris.«

»Dann wird er mich wohl aufsuchen?«

»Das ist doch selbstverständlich, oder? Du bist sein Onkel!«

Dieses Wort verblüffte ihn, machte ihm beinahe

Angst, verursachte fast das Gefühl von Im-Sand-Versinken, von Festkleben, wie letzte Nacht im Bett.

»Was Jeanne betrifft …«

Denn es gab ja noch eine, verheiratet mit einem Siedler in Marokko, und er war sich nicht ganz sicher, vielleicht war sie über ein Bordell dahingekommen.

»Du siehst, wegen der Familie musst du nicht rot werden. Nicht jeder kann Schauspieler sein.«

Er würde Hortense heute Vormittag nicht besuchen, es war entschieden. Er hatte auf nichts Lust, außer genüsslich vor sich hin zu knurren, und zum Knurren ging er ein bisschen in die Küche, bevor er durch den großen Samstagsputz verjagt wurde.

Es gibt Tage, an denen ist alles reglos, an denen scheint alles ewig – oder gar nicht vorhanden. Im Grunde wäre es das Beste: gar nicht vorhanden!

»Ich glaube, Émile, du solltest dich langsam anziehen. Jedenfalls, wenn du immer noch mit mir zum Mittagessen in die Stadt willst.«

Sie lächelte wie ein großes Kind, und sie, die Arme, war gerade mal zweiundzwanzig, stand erst am Anfang.

»Hallo! Café de Paris? Reservieren Sie mir einen Tisch für zwei, ganz hinten. Die Sitzbank. Hier Maugin … Maugin, ja. Danke, Kleiner.«

Nicht weil er Alice eine Freude bereiten wollte, führte er sie ins Café de Paris, denn sie mochte diese Restaurants nicht. Er genausowenig. Er hatte die Nase voll vom Maxim's, vom Fouquet's, vom Armenonville, wo man immer den gleichen Typen begegnet, als ob sie im Kreis liefen, wie Karussellpferde.

Dennoch, von Zeit zu Zeit tat es ihm gut, ihnen frech

ins Gesicht zu blicken, einfach mal nachzuschauen, wie die so waren. Es tat ihm gut oder auch nicht. Er bekam eine Stinklaune. Aber vielleicht würde er ihre Masche ja eines Tages kapieren?

Seit Jahren schon beobachtete er sie, und noch nie hatte er einen gesehen, der in Lachen ausbrach – oder in Tränen –, wenn er seine Freunde anschaute oder sich selbst im Spiegel.

Denn sie waren eine Art Bande. Man ließ ihn herein, sich setzen, knurren, seine kleine Rolle spielen, und man drückte ihm sogar die Hand.

»Wie geht's, Émile?«

Oder:

»Nicht schlecht, sag mal, dein Film, der mit dem Kerl, dem Dingsda, dem Typen, der sich ins Wasser stürzt … Du hast es wirklich raus! … Sieht man dich in Longchamp?«

Am liebsten hätte er geantwortet:

»Nein, Monsieur! Ich komme nicht nach Longchamp! Ich bin ein anständiger Mensch, und ein anständiger Mensch geht arbeiten! Ich bin ein Trottel, Monsieur, und glaub immer noch alles, was man mir erzählt. Und der Gnädigsten schenke ich ein höfliches Lächeln … Verzeihung, Herr Richter … Guten Tag, Herr Minister … Bitte um Entschuldigung, verehrter Meister …

Das ist nicht wahr, ich glaub's nicht.

Aber ich, Monsieur, ich handle so, als würde ich's glauben.

Mich, Monsieur, mich stört, dass ich es nicht glaube.

Oder es nicht mehr richtig glaube.

Vielleicht auch nur ein bisschen glaube.

Und seit Jahren warte ich, ob nicht irgendwann mal einer von euch sich so mies fühlt in seiner Haut, dass er auspackt …«

Genug! Das war Schwachsinn! Höchste Zeit, die zwei Gläser Wein zu trinken, die ihm zustanden. Er hatte die Zeit vergessen.

Er öffnete die Tür zum Badezimmer seiner Frau, und als er sie in der Wanne liegen sah, kamen ihm so Gedanken. Aber sie mochte das sicher nicht, sie musste sich ankleiden, fürs Essen in der Stadt. Er hatte keine Lust auf Camille. Am Vortag hatte ihr Geruch noch stundenlang an ihm gehangen, es stimmte, Rothaarige riechen.

»Ziehst du dich an?«

»Ja, ich zieh mich an, ich zieh mich an, Kleine!«

Um ihr eine Freude zu machen. Er tat einen Haufen Dinge nur den Leuten zuliebe, und hinterher war er ihnen böse.

»Trottel!«

Er begann zu pfeifen, entledigte sich seines Pyjamas, während das Wasser in die Wanne lief.

»Telefon, Monsieur.«

»Wer ist dran?«

»Monsieur Jouve.«

Er ging splitternackt an den Apparat, mit rausgestrecktem Bauch, und hatte leider nicht das Glück, Madame Lampargent zu begegnen.

»Was? Ob ich nicht zu Mittag essen will? Sag Weill, ich esse mit *meiner Frau*. Nein, Monsieur. Mit meiner Frau, ganz allein, und nicht mit ihr und Monsieur Weill. Wir mögen keinen Mischmasch. Beste Grüße.«

Immerhin, das war gut so, denn Weill gehörte zu den Typen, an die er vorhin gedacht hatte.

Es war amüsant, sich gleichzeitig anzukleiden, beide Badezimmer offen, und er spielte mit dem Schaum, schmierte sich groteske Masken ins Gesicht. Alice lachte.

Sie band ihm seine Krawatte. Sie trug ein hübsches schwarzes Kostüm, das machte sie blutjung, und alles wirkte noch bezaubernder, als sie Baba hochhob und vor dem Weggehen küsste.

Sie nahmen ein Taxi an der Ecke Champs-Élysées. Ein bisschen Gelb zwischen den Wolken ließ hoffen, dass es noch irgendwo eine Sonne gab und sie wieder hervorkam.

»Café de Paris.«

»In Ordnung, Monsieur Maugin.«

»Ihr Tisch ist reserviert, Monsieur Maugin.«

»Hier entlang, Monsieur Maugin.«

»Salut, Émile!«

»Grüß dich …«

Er kam an den Tisch, es war derselbe wie immer, hinten an der Wand, von dort überschaute er den ganzen Raum. Alice setzte sich als Erste, er wartete kurz, bevor er neben ihr Platz nahm, riesenhaft, von oben herab um sich blickend.

Endlich schob man den Tisch heran, als wollte man sie einsperren.

»Was hast du?«

Alice schaute nicht in die Karte, die ihr der Oberkellner hinhielt, sie starrte an ihm vorbei auf einen bestimmten Punkt im Saal, auf ein speisendes Paar, eine überaus hübsche Frau, die das auch wusste, wusste, dass sie perfekt herausgeputzt war, bis hin zum kleinsten Diamanten, und ein großgewachsener, goldblonder junger Mann, der halblaut zu ihr sprach, ein Lächeln um die Mundwinkel, während er quer durch den Raum zu ihnen beiden herübersah.

Es war der Typ aus dem Presbourg. Und aus seinem Traum.

6

Er hätte nicht zu hoffen gewagt, dass sie so tapfer war, und vor allem nicht, dass sie als Erstes ihre behandschuhten Finger auf seine legte. Er begriff, es kostete sie Überwindung, die Augen zu schließen, und eine ganze Weile presste sie die Lider fest zusammen, mit reglosen Zügen, nur die Nasenflügel bebten, die Mundwinkel zuckten.

Jetzt war es vorbei: Sie blickte zum Oberkellner, auch wenn sie ihn nicht sah oder bloß verschwommen.

»Wenn ich mir eine Empfehlung erlauben darf, Madame, dann riete ich zu einem leichten Soufflé, danach Wachtel auf Kanapee.«

»Später«, knurrte Maugin mit heiserer Stimme, unwirscher Geste.

»Möchten Madame inzwischen einen Cocktail?«

»Lassen Sie uns in Frieden!«

Die beiden Hände auf der Sitzbank bewegten sich leicht, und Maugins schwere Pranke bedeckte Alices immer noch behandschuhte Finger, streichelte sie behutsam. Das war ein Weg, hier unter den vielen Leuten mit seiner Frau zu reden. Das war auch ein Weg für ihn selbst, sich zu einer gewissen Ruhe zu zwingen. Er schnaufte geräuschvoll, wartete, bis sein Atem regelmäßiger ging, dann schob er mit der freien Hand den Tisch langsam zurück.

»Ich polier ihm die Fresse!«

»Ich bitte dich, Émile! Mir zuliebe!«

Sie war dankbar, dass er ihr Fragen ersparte. Er hatte nicht gesagt:

»Ist er das?«

Er brauchte keine Erklärung, um zu begreifen. Das Paar gegenüber war immer noch mit ihnen beschäftigt. Das Kinn auf die angewinkelten Finger gestützt redete der Mann, während er Maugin und seine Frau unter halbgeöffneten Lidern durch den Zigarettenrauch hindurch beobachtete, und nach der spöttischen, leicht verächtlichen Falte um die Lippen, nach der Art, wie er die Silben fallen ließ, konnte man sich seine Worte mehr oder weniger denken.

Sie gingen bestimmt nicht so bald. Eben erst hatten sie ihre Hors-d'œuvres beendet, und jetzt brachte man ihnen eine Flasche Chambertin. Hierbleiben war unmöglich, ein ganzes Essen lang, mit Alice, die zitterte, nicht wusste, wo sie hinschauen sollte, und dennoch, weiß Gott, um welchen Preis, hatte sie ein freundliches Lächeln im Gesicht.

»Ober!«

Er sprach mit seiner dröhnenden Stimme, als stünde er auf der Bühne, erhob sich zu voller Größe, rempelte gegen den Tisch, der ihn einzwängte und den der Oberkellner seines Erachtens nicht schnell genug wegzog.

»Komm, Kleine.«

»Speisen Sie nicht, Monsieur Maugin?«

»Ich kann nichts essen beim Anblick von Visagen, die mir den Appetit verderben.«

Ungefähr in der Mitte des Raums hatte er die Worte

gesagt, die Silben voneinander abgesetzt, jede einzelne betont, während alle Augen sich auf ihn richteten. Maugin blickte dem Blondschopf ganz bewusst ins Gesicht. Er wartete kurz, gab ihm Zeit zu reagieren, falls er Lust hatte, und als der andere sich nicht rührte, ließ er seiner Frau den Vortritt und wandte sich zur Tür.

Der Geschäftsführer folgte ihm aufgeregt.

»Ich hoffe, Monsieur Maugin, es hat Ihnen nichts missfallen bei uns?«

»Nur ein Schnösel, dem müsste ich sonst gleich die Ohren langziehen.«

Wo er einmal seine Frau zum Mittagessen in der Stadt einlud, unter vier Augen!

In der Avenue de l'Opéra legte er seine Hand beschützend um ihre Schulter, und immer noch hatte er den kurzen, heißen Atem einer großen, wilden Bestie.

»So ein Flegel!«

Ein paar Schritte.

»So ein Schnösel!«

Noch ein paar Schritte, und er betrachtete sie aus den Augenwinkeln, sah, sie war leichenblass, nah der Ohnmacht.

»Verzeih mir, Kleine. Ich sollte das nicht sagen!«

»Es geht nicht um ihn.«

»Um wen dann? Wie bitte, es geht nicht um ihn? Was soll das heißen?«

»Dass es mir nicht seinetwegen wehtut.«

»Sondern?«

»Deinetwegen.«

»Wie bitte, meinetwegen? Was hab ich denn getan?«

Er war mitten auf dem Gehsteig stehengeblieben, und

die Vorübergehenden, die ihn erkannten, drehten sich nach ihnen um.

»Komm, Émile. Ich habe mich schlecht ausgedrückt. Dir tut das weh. Und weil es dir wehtut …«

Er war plötzlich viel zu gerührt, um weiter über das Thema zu reden.

»Wir müssen trotzdem was essen. Komm, hier rein.«

Es war das erstbeste Restaurant, das sich bot, mit grüngestrichener Fassade, in einer Quergasse. Man gab ihnen einen Platz am Fenster, und er reichte seiner Frau die hektographierte Speisekarte.

»Bestell etwas.«

Damals, als er schüchtern davon gesprochen hatte, sie zu heiraten und das Kind anzuerkennen, das sie erwartete, da hatte sie sich lange gewehrt, doch am Ende stellte sie eine Bedingung.

»Versprich mir, du versuchst nie herauszufinden, wer er ist.«

»Und du? Wirst du nicht versuchen, ihn wiederzusehen?«

»Niemals.«

Danach war von ihm nicht mehr die Rede. Er hatte zuweilen an ihn gedacht, vor allem in letzter Zeit, vor allem, wenn er mit Baba spielte und für sie Fratzen schnitt, aber dennoch blieb der Mann als etwas Hypothetisches vorhanden, und er vermied, ihm feste Umrisse zu geben.

Die festen Umrisse, die hatte er jetzt!

»Was hast du bestellt?«

»Kutteln.«

Sie korrigierte ihr Make-up, wie um ein neues Gesicht zu bekommen, wie man sich die Hände wäscht, nach der Berührung mit schmutzigen Händen.

»Siehst du, Émile, du hättest besser mit Weill gegessen.«

Man hatte ihm einen zugigen Platz gegeben, natürlich, und Mäntel, die nach nassem Hund rochen, hingen in seinem Rücken.

»Bist du sicher, Alice, das macht dir keinen Kummer?«

»Nicht meinetwegen.«

»Wusstest du's?«

»Ich habe mir nichts vorgemacht.«

Es war nicht dramatisch. Es war schmutzig, jener kleine alltägliche Schmutz, der die Menschen und das Leben entwürdigt. Der andere, der mit einer hübschen Frau speiste – gewiss nicht die seine –, der hatte wahrscheinlich gesagt, als er sie beide hereinkommen sah, als er die riesige, alles verdrängende Gestalt des Schauspielers den Raum durchqueren sah:

»Ah, der Betrogene!«

Zwischen den Zähnen, so, wie man an einem Stückchen Holz kaut, es wieder ausspuckt. Am Vortag, fürs Studio, hatte Maugin einen marineblauen Zweireiher getragen; selbst in dem Zweireiher wäre er nicht unbemerkt geblieben, aber nicht ganz so auffällig wie in dem großkarierten Tweed-Jackett, für das er sich heute Morgen entschieden hatte. Vielleicht hatten die Leute gesagt:

»Dieser Clown!«

Er machte das absichtlich, er wollte so aussehen. Und betrogene Ehemänner waren beinah seine Spezialität, das lag an seinen breiten Schultern, an seinem Alter, und er spielte ständig welche, auf der Bühne und auf der Leinwand. Er spielte sie sogar auf eine Weise, dass er eine neue Tradition begründet hatte, dass die Betrogenen nicht einfach nur komisch waren, sondern dass man zwischen zwei Lachsalven im Zuschauerraum auch Leute sah, die sich schnäuzten.

Glaubte Alice, er wollte dem Schnösel deshalb die Fresse polieren?

»Zwei Monate vor seiner Hochzeit hab ich mit dem Mädchen geschlafen, das er geheiratet hat.«

Vielleicht hatte er noch intime Details hinzugefügt? Na, los! Genier dich nicht, du kleiner Saukerl de luxe! Zwischen den Hors-d'œuvres und dem Coq au Vin, während du eine Zigarette qualmst und das Glas Château d'Yquem schlürfst.

»Seine Tochter ist sechs Monate nach der Hochzeit geboren ... Rechne mal nach!«

Ja, ja! Zeig deine hübschen Zähne! Was für ein Spaß!

Selbst hier, um vornehm zu tun, servierte man ihnen die Kutteln auf kleinen Wärmeplatten, aber aus Messing statt aus Silber.

»Iss!«, befahl er.

Er vergaß, er war es selbst, der Kutteln mochte.

»Ich versuch's.«

Er musste sich noch immer beherrschen, denn anfallsartig überkam ihn die Lust, seine Frau für einen Augenblick allein zu lassen, zurückzugehen ins Café de Paris und den Lackaffen am Schlafittchen zu packen, der im Handumdrehen so vieles kaputtgemacht hatte.

»Du begleitest mich am Nachmittag ins Theater.«

»Ich kann nicht, Émile. Heute ist Madame Lampargents Ausgehtag.«

»Ruf an, gleich von hier, und sag, du kommst erst abends nach Hause.«

»Du weißt, wie sie ist.«

»Gut! Ich telefoniere selbst.«

Er setzte sich sofort in Bewegung, durchmaß den kleinen Raum, den er vollständig zu füllen schien. Sie sah ihn durch die Glastür in der Kabine reden, mit bockigem Gesicht.

Sie hatte nicht geweint, und er war ihr dankbar. Er fand das sehr gut. Er kam zurück, geheimnisvoll, nachdem er in einer Ecke mit der Kellnerin in schmuddeliger Schürze gesprochen hatte, und wenig später brachte man ihnen eine Flasche Rheinwein, den sie besonders mochte.

»Auf unsere *Gesundheit*, Kleine!«

Wie vorhin presste sie die Lider fest zusammen. Nach ihrer Hand tastend fügte er hinzu:

»Auf Baba!«

Seine Stimme wurde bei der letzten Silbe weich. Das durfte nicht passieren. Es war dumm. Er riss sich am Riemen.

»Was der verdient, wenn ich ihm noch mal übern Weg laufe, das ist eine saftige Ohrfeige.«

Er hätte sie gern zum Lachen gebracht. Er wusste, sie würden sicherlich noch oft auf diese Sache zurückkommen, doch vorläufig war es besser, nicht mehr davon zu sprechen, nicht daran zu denken.

»Hab ich dir erzählt, dass Viviane gestorben ist?«

»Viviane?«

»Die Frau von Cadot.«

Um sie abzulenken, hätte er ihr beinah Cadots wahre Geschichte verraten, aber er merkte rechtzeitig, dass nichts daran komisch war.

»Weißt du was, Alice, ich glaube wirklich, dass ich dich liebe.«

In diesem Augenblick wurde es beiden bewusst, noch nie hatte er das so ernsthaft zu ihr gesagt. Sie waren seit fast zwei Jahren verheiratet, und von ihrer Liebe war noch niemals die Rede. Im Süden, vor Babas Geburt, lebten sie zusammen wie gute Freunde, oder, genauer gesagt, bei ihrem Altersunterschied wie Onkel und Nichte. Manchmal sagte er den Leuten wirklich zum Spaß:

»Meine Nichte!«

In Paris dann war er etwas in Verlegenheit geraten, als sie mit dem Kind zu ihm kam, denn er wusste nicht, welches Zimmer er ihr geben sollte, der Raum neben dem Kinderzimmer war schmal und ging auf den Hof.

»Brauche ich wirklich ein Zimmer?«, hatte sie gefragt.

Länger hatte es gedauert, bis sie sich an die Dienstboten gewöhnt hatte, die sie ein bisschen einschüchterten.

»Maria wird sich freuen, wenn du sie besuchst, ihr könnt miteinander plaudern, während ich auf der Bühne bin.«

Er versuchte ihr das als kleine Abwechslung hinzustellen.

»Trink, Kleine. Ist er nicht gut?«

Er trank ebenfalls, obwohl er Weißwein nicht mochte. Fast hätte er sich eine Karaffe einfachen Roten bestellt, aber sie hätte das vielleicht missverstanden, geglaubt, er trinke aus einem anderen Grund.

Sie war es, die von Zeit zu Zeit auf die Uhr schaute.

»Wir müssen uns beeilen, Émile.«

Seltsames Mittagessen. Keinem von beiden kam es vor wie Alltag. Sie hatten den Eindruck, sie seien auf der Reise, speisten in einer unbekannten Stadt, und noch als sie das Restaurant verließen und ins Taxi stiegen, fanden sie das alles merkwürdig.

Er hatte ihr versprochen, sie nicht nach dem Namen des Mannes zu fragen, und er würde nicht fragen, auch jetzt nicht, da er sein Gesicht kannte. Um ihn zu erfahren, musste er sich nur beim Oberkellner im Café de Paris erkundigen oder bei dem Barkeeper im Presbourg. Maugin war ihm sicher schon oft begegnet, ohne auf ihn zu achten.

»Es wird schneien!«, erklärte er mit Nachdruck.

Und das kam so unerwartet, schien so unwahrscheinlich, trotz des weißlich-trübgrauen Himmels, dass Alice ihn anstarrte und beinah lachen musste.

»Armer Émile!«

»Warum arm?«

»Weil dir ein Haufen Leute im Nacken sitzt und keiner versucht, dir Kummer zu ersparen.«

»Wer macht mir Kummer?«

»Sogar ich!«

»Findest du es besonders schlau, wenn wir jetzt in Katastrophenlaune verfallen, nur weil dieser kleine Idiot glaubt, dass er sich im Restaurant aufspielen muss? Fahrer! Na sowas! Fahrer ...«

»Was denn, Monsieur? Sie sagten, zum Theater ...«

»Künstlereingang!«

Ein Taxifahrer, der ihn nicht erkannt hatte, der ihn beim Zahlen gleichgültig ansah, einzig und allein am Trinkgeld interessiert.

»Tag!«, rief er hinüber zum Concierge, als sie an der verglasten Loge vorbeigingen.

Trank er bis zum Abend unseligerweise auch nur eine Flasche Wein, dann würde er aus der ganzen Geschichte eine Riesenaffäre machen. Er kannte seine Gedanken sogar im Voraus. Im Grunde dachte er sie schon jetzt, aber nicht auf dieselbe Art, noch nahm er die Dinge nicht tragisch.

»Rat mal, wen ich dir mitbringe, Maria!«

»Oh! *Mademoi …* Madame Maugin!«

»Du kannst ruhig Alice zu ihr sagen, wie früher!«

»Was haben Sie sich verändert!«

»Verändert?«, knurrte er.

»Ich meine, sie ist viel schmaler, mehr Dame. Bevor ich's vergesse, Monsieur Émile, Sie wurden gerade am Telefon verlangt.«

»Von wem?«

»Monsieur Cadot.«

»Schon wieder?«

»Er bittet um Entschuldigung, er kann nicht vorbeischauen, hofft aber, dass Sie verstehen.«

»Mir auch lieber so.«

»Er möchte wissen, ob Sie die Absicht haben, am Begräbnis teilzunehmen, dann bestellt er noch einen Wagen mehr.«

»Einen zweiten Leichenwagen?«

»Sei still, Émile!«

»Gut, gut! Wenn er noch mal anruft, sag ihm, ich bedaure, ich wäre furchtbar gern gekommen, aber mein Arzt verbietet mir Begräbnisse, wegen meinem Herz.«

Und da ihn seine Frau überrascht und besorgt ansah:

»Ist natürlich ein Scherz.«

»Hast du heute Morgen nicht Tabletten genommen?«

»Für die Stimme.«

Den Frisiermantel über den Schultern schminkte er sich und dachte, der Nachmittag würde lang werden, dann käme noch das Essen, schließlich war der Abend durchzustehen. Sollte er Alice die ganze Zeit dabehalten?

Er wollte sie nicht gern allein lassen, trotzdem dachten sie beide an dasselbe, jeder für sich, und irgendwann mussten sie darüber reden.

»Auftritt in zehn Minuten, Monsieur Émile!«, verkündete der Bühnenmeister.

Und erst auf der Bühne, gegen Ende des ersten Akts, während die fünf Stenotypistinnen ihn umringten, wurde ihm klar, welche Dummheit er begangen hatte, als er schlau sein wollte. Er hatte seine Frau mitgenommen, um sie auf andere Gedanken zu bringen, damit sie den Kerl vergaß. Schön!

Aber gerade im Theater hatte sie – wenn man sich ans Datum hielt – den Typen höchstwahrscheinlich kennengelernt, als sie eine der fünf Stenotypistinnen spielte.

Sicher hatte er eines Abends am Künstlereingang auf sie gewartet, ihr ein Kind gemacht.

»Idiot!«

»Bitte?«

Er machte weiter, spielte ruppiger als sonst, verschluckte immer wieder einen Satz. Es war völlig egal. Zuweilen wurde die Nachmittagsvorstellung nur so hingeschludert, ruck, zuck, vor allem samstags.

Was würde am nächsten Tag geschehen, und an den folgenden? Und heute Nacht, beim Nachhausekommen, wenn sie ins Kinderzimmer ging, um Baba zu küssen?

»Du bist heute wohl nicht in Form«, sagte Lecointre, als der Vorhang fiel.

Er hatte Lecointre zwischen zwanzig und dreißig kennengelernt, und er war der Einzige aus jener Zeit, der sich an ihm festgeklammert hatte, in aller Bescheidenheit, mit so viel Takt, dass Maugin in seinen Stücken immer eine Nebenrolle für ihn fand, manchmal eine Statistenrolle oder ein paar Sätze in einem Film.

Er hatte ein Hungerleidergesicht, kreidebleich, tiefe Schatten unter den Augen, bis auf die Wangen. Auch er hatte sich dem Rotwein ergeben, mied jedoch die Bistrots, in denen Maugin verkehrte.

Er endete mal als Clochard. Er war der Typ dazu. Ohne seinen Freund schliefe er längst unter den Brücken, und zuweilen verbrachte er die Nacht auf dem Polizeirevier, still und höflich, sodass niemand ihn grob anfasste.

»Die Leber?«, fragte er und schlüpfte hinter ihm durch die Kulissen.

»Die Leber hat mir noch nie wehgetan.«

»Erinnerst du dich an Gidoin?«

»Der …«

»Pst!«

»Der uns falsche Banknoten drucken sollte?«, ergänzte er laut. »Na und? Hat ja nicht geklappt, und wir haben sie nicht in Umlauf gebracht.«

»Für dich ist es vielleicht egal, aber ich hab hin und wieder mit der Polizei zu tun. Was wollte ich sagen … Ach ja, wir sprachen von dir, letzte Nacht, mit Gidoin …«

»Der lebt noch? Hat noch ein paar Fetzen übrig von seiner Lunge?«

Denn ihr Freund Gidoin hatte schon mit fünfundzwanzig geklagt, er habe »eine völlig zerfressene Lunge«. Zur Bekräftigung zeigte er Röntgenaufnahmen, als wären es Schulzeugnisse. Die Backen rosarot hustete er gekrümmt, hielt sich den Bauch mit beiden Händen.

»Ich werd bestimmt nicht alt …«

»Er hat ein kleines Atelier, Rue du Mont-Cenis, im Hinterhof. Er macht Stiche, Ansichten von der Place du Tertre und Sacré-Cœur, er verkauft sie in den Cafés von Tisch zu Tisch. Lange macht er's nicht mehr, und er will dich gern sehen. Er traut sich nicht, herzukommen und dich zu stören. Schafft es nicht mehr runter vom Montmartre. Wenn du möchtest, am Abend …«

Sie waren kurz vor der Garderobe, und Maugin spitzte die Ohren, seine Stirn verfinsterte sich, er erkannte die Stimme von Jouve, die von Alice, und die zwei schienen sich fast fröhlich zu unterhalten.

»Mal sehen«, sagte er zerstreut zu Lecointre. »Entschuldige.«

Er drehte geräuschlos den Türknauf, öffnete abrupt. Jouve, an den Schminktisch gelehnt, die Arme verschränkt, eine Zigarette zwischen den Fingern, war von einer Lebendigkeit, die Maugin nicht an ihm kannte, wirkte unbefangen, fast schon spritzig, ohne jede Spur von Schüchternheit.

Als er zu seiner Frau blickte, hatte sie, falls das nötig war, die Zeit gehabt, sich zusammenzunehmen.

Was ihn am meisten erstaunte, war der herzliche, beinah familiäre Ton, der hier mit Maria herrschte, und sie war ebenfalls fröhlicher als sonst.

Kaum war er eingetreten, hatte seine Masse diese leichte Luft schon aus dem Raum verdrängt. Alle drei erstarrten, der kleine Jouve löste seinen Hintern vom Tisch, ließ die Arme hängen, Maria ging und holte aus dem Schrank die Sträflingsperücke.

»Ich habe von Weill ein festes Angebot, Chef, weit vorteilhafter als alles bisher. Er kauft Ihren Vertrag von der Société Siva und macht mit Ihnen einen neuen, für drei oder sechs Jahre und für eine Anzahl von Filmen, die Sie selbst festlegen.«

»Darüber hast du dich mit meiner Frau unterhalten.«

»Ich ...«

Sie kam ihm zu Hilfe.

»Er sagte, er hat ein Marionettentheater entdeckt, du wirst nie erraten, wo?«

Er wollte es nicht wissen. Was scherten ihn Marionetten. Hatten sie auch von der Rothaarigen gesprochen, mit der Jouve angeblich das Wochenende verbrachte?

»Sag Weill, ich unterschreibe gar nichts.«

»Er hat es nicht eilig. Ihm liegt nur daran, dass er Sie persönlich sieht, bevor Sie eine Entscheidung fällen.«

»Er wird mich nicht sehen, und meine Entscheidung ist gefallen.«

Weshalb war seine Stimme lauter bei den letzten Worten, und weshalb dieser dramatische Tonfall, als er hinzufügte:

»Verstanden?«

Man hätte meinen können, er fordere sie alle heraus, seine Frau ebenso wie den kleinen Jouve und die Garderobiere, auch Weill forderte er heraus bei dieser Gelegenheit, und noch andere, einen ganzen wimmelnden Haufen, den nur er selber sah.

»Flasche!«

Er wurde ärgerlich, weil Maria seiner Frau einen fragenden Blick zuwarf und diese zu antworten schien:

»Gib sie ihm.«

Es war noch schwieriger, noch komplizierter als in seinem Traum. Und am schlimmsten, anfangen musste er immer wieder von vorn.

Würde er jemals an ein Ende kommen? Er war glücklich gewesen, beinah glücklich, vorhin in dem Restaurant, dessen Namen er nicht einmal kannte, während er mit Alice Rheinwein trank, behutsam seine schwere Pranke über die Hand seiner Frau legte, damit sie spürte, er war da, er beschützte sie, er war stolz auf sie, denn sie hatte sich so tapfer gezeigt.

Jetzt ließ er einen leeren Blick durch die Garderobe schweifen, oder einen, der übervoll war mit unaussprechlichen Dingen, und gleich würde er von Neuem bösartig werden; er hatte regelrecht Lust.

Wenn ihr Liebhaber im Zuschauerraum gesessen hatte – und er dachte das Wort mit Absicht –, beobachtete Alice ihn dann durch das kleine Loch im Vorhang? Alle Anfängerinnen machen das. Die Leute im vorderen Parkett sehen nur ein Auge, doch der Betroffene erkennt es, und er lächelt blöde, zufrieden, denn er fühlt sich, als gehöre er schon irgendwie dazu, zum Theater.

Ja, der andre hatte recht: ein Betrogener!

Ein richtiger! Nicht einer von seinen betrogenen Ehemännern, die den Zuschauerinnen Tränen entlockten. Ein Betrogener, ganz simpel, ganz ungeschminkt, der sich ein kleines Mädchen ins Bett geholt hatte und sich einbildete, damit habe er es geschafft.

Und der Beweis, sie waren fröhlicher, wie befreit von einer Last, sobald er nicht dabei war; Jouve wirkte dann sogar wie ein Mann, brachte die beiden zum Lächeln, und Maria bekam instinktiv die beschützende Miene einer angeheiterten alten Puffmutter.

Er musterte im Spiegel seine Visage, betonte die Linien, um daraus die Sträflingsvisage im zweiten Akt zu machen, und abgesehen von der unumgänglichen Übertreibung für die Bühne hätte er nichts ändern müssen.

»Hat's euch die Sprache verschlagen?«

Die Worte fielen in tiefes Schweigen, und alle wirkten peinlich berührt.

»Soll ich ihm absagen?«

»So ist es! Geh und sag's ihm!«

»Morgen brauchen Sie mich nicht?«

»Nicht im Mindesten.«

»Dann ziehe ich mich zurück.«

Der Ausdruck erinnerte an ein obszönes Bild, und er öffnete den Mund, beherrschte sich rechtzeitig.

»Auf Wiedersehen.«

»Auf Wiedersehen, Chef. Auf Wiedersehen, Madame. Auf Wiedersehen, Maria.«

»Auf Wiedersehen, Stuhl. Auf Wiedersehen, Wand. Auf Wiedersehen, *Tür!*«

»Warst du absichtlich so grob mit ihm?«

Wäre er das gleich auch mit ihr? Damit er sie dann morgen um Verzeihung bat, herumstotterte am Telefon und ein Dutzend Rosen schickte?«

Er war nur ein altes Arschloch – fünfundsiebzig, hatte Biguet gesagt, der kannte sich aus –, und hielt besser den Mund.

Typen wie Lecointre und Gidoin machten nicht so viel Trara, verschwanden in Würde, gewissermaßen. Mit dem Strom, der sie ganz langsam davontrug.

Und gestorben war Merlaut, denn einer muss immer bezahlen; der Sohn eines Drogisten aus Orléans hielt sich für einen begabten Sänger und schaffte es zuweilen, sich in die Opernchöre zu schmuggeln, wenn an manchen Abenden viele Leute gebraucht wurden.

Er war dabei gewesen bei der Sache mit den falschen Banknoten, die Gidoin nie hingekriegt hatte, er hatte das Ganze sehr ernst genommen, spielte den abgebrühten Burschen, zwei Jahre später wurde er wegen irgendwelcher Wechsel verhaftet, die er mit dem Namen eines Onkels unterschrieb, und schließlich hatte er sich im Gefängnis aufgehängt, mit herausgeschnittenen Stoffstreifen von seinem Hemd.

»Der Kindergarten soll reinkommen.«

Er wusste, wer samstagnachmittags draußen stand, wenn es in der Pause an der Tür klopfte: junge Mädchen und Gymnasiasten, die ihre Autogrammalben signiert haben wollten. Es gab dicke Mädchen, magere, kühne, schüchterne, vielleicht war eine darunter, die später zum Lebensinhalt eines Mannes würde, vielleicht auch eine Künstlerin wie Yvonne Delobel, andere, die es zu gar nichts brachten, Statistinnen, oder solche, die sich anschließend zwischen die Beine fassen ließen, in irgendeiner Toreinfahrt.

Er signierte in großer Schrift, füllte mit einem einzigen Wort die ganze Seite. Die Tür blieb offen. Der Bühnenmeister kam vorbei.

»Germain!«

»Ja, Monsieur Émile.«

»Ist der Direktor da?«

»Wahrscheinlich bei der Einlasskontrolle.«

»Kannst du ihn mal rufen, Alter?«

Die Cognacflasche stand auf dem Tisch; er hatte sie vorhin aus Marias Händen entgegengenommen und bisher nicht an den Mund gesetzt.

»Schluss mit dem Kindergarten! Ab jetzt mit euch. Ich muss mir die Hose ausziehen.«

Und weil die Mädchen auf Alice blickten und auf Maria:

»Das ist meine Frau. Ja! Meine Frau! Die darf hierbleiben. Die andere, die kleine Dicke mit den geschwollenen Beinen, das ist meine Garderobiere, und die ist raus aus dem Alter. Verstanden? Los, verschwindet jetzt!«

Und zu Maria:

»Wie viel Minuten?«

»Sie haben noch zwölf bis zum Auftritt.«

»Das reicht.«

Alice, die schräg hinter ihm saß, betrachtete ihn im Spiegel, und jeder sah den Kopf des andern von der

Seite. Das war komisch. So, mit dem leicht verzerrten Gesicht, glich sie ganz und gar einer Kleinbürgerin, und er hätte auch ihr ein Autogramm geben können.

»Ich mach dich drauf aufmerksam, dass ich noch nichts getrunken habe und dass ich schon *vor* dem Trinken entschlossen war, Cognat zu rufen.«

Er entkorkte die Flasche, nahm einen großen Schluck, warf sie in den Papierkorb, wo sie langsam auslief.

»Kommen Sie rein, Herr Direktor. Setzen Sie sich. Verzeihung, da ist kein Stuhl mehr; setzen Sie sich nicht. Geht's Garraud gut?«

»Ich vermute. Habe ihn lange nicht gesehen.«

»Schade. Sie sollten ihn unverzüglich anrufen und bitten, dass er heute Abend vor der Vorstellung im Theater ist.«

In den letzten drei Jahren hatte Garraud, der sein Einspringer war, keine zehnmal Gelegenheit gehabt, die Rolle des Baradel zu spielen.

»Wollen Sie damit sagen, Sie kommen nicht?«

»Genau.«

»Fühlen Sie sich nicht wohl?«

»Je nachdem.«

»Ich verstehe Sie nicht.«

»Wenn Sie mir die Frage als Freund stellen, antworte ich, ich habe mich noch nie so wohl gefühlt. Wenn Sie als Direktor sprechen, schicke ich Ihnen vertragsgemäß ein Attest meines Arztes mit der Bescheinigung, dass ich am Ende bin.«

Er zwinkerte hinüber zu Alice, sprach im Stehen weiter, während er hinter den Vorhang trat, um seinen Sträflingsanzug überzustreifen:

»Das ist alles, mein alter Cognat. Ich fahre in den Süden. Freunde?«

»Haben Sie einen Grund?«

»Hunderttausend Gründe.«

»Sagen Sie nur den wichtigsten.«

»Mir reicht's.«

»Ihre Filme?«

»Auch! Mir reicht's, Cognat, und ich will mit neunundfünfzig Jahren zum ersten Mal in meinem Leben etwas ganz Ungewöhnliches tun: Ich will mich ausruhen.«

Der Direktor schaute zu Alice, als wollte er von ihr eine Bestätigung dieser Neuigkeit erhalten.

»Das kommt so unerwartet ...«

»Ja.«

»Das Publikum ...«

Er erschien in seinem Aufzug für den zweiten Akt, die Miene hart und trotzig.

»Komm mit, Kleine. Stell dich brav neben den Feuerwehrmann, damit ich dich sehe.«

Die Mädchen von vorhin, die Leute in der Samstagnachmittagsvorstellung wussten von nichts. Sie sahen Maugin, Maugin in *Baradel & Co.*

Hin und wieder zwinkerte er in Richtung Kulisse, wo Alice mit den Tränen kämpfte.

Einmal, als er in Lecointres Nähe kam, flüsterte er:

»Ich verdufte.«

Sodass auch der alte Schauspieler fragend hinüberblickte zu Alice. Wusste sie mehr als er? Was hatten sie beide verstanden, er und sie?

Maugin fügte dem Text mehr hinzu als gewöhnlich,

wirkte wie ein Jongleur, der schwierige Bälle wirft, hoch zum Schnürboden, und sie mühelos auffängt. Im dritten Akt war er so entfesselt, dass die Schauspieler kaum noch wussten, wohin mit ihren Antworten.

Seine Stimme war lauter denn je, als er rief:

»Baradel, dieser Drecksack!«

Und nie zuvor hatte er so gekonnt die Luft aus den Backen gepresst, aus seiner ganzen Gestalt, um gleich danach mit hängendem Kopf, auf seine Schuhspitzen starrend, zu brummen:

»Armer Alter!«

Er sagte noch etwas. Er sagte:

»Arme Scheiße!«

Lautes Auflachen im Zuschauerraum, nach einem Augenblick der Bestürzung; nicht allen Schauspielern auf der Bühne gelang es ernst zu bleiben.

»Komm.«

»Du machst mir Angst, Émile.«

»Ich mir auch.«

»Willst du wirklich weg?«

Er dachte an den andern, den sie damals gesucht hatte, durch das Loch im Vorhang, und entgegnete argwöhnisch:

»Behauptest du etwa auch, ich hab kein Recht, mich auszuruhen?«

»Nein, aber ...«

»Aber was?«

Sie kamen zur Garderobe.

»Ich möchte nicht, dass du es für mich tust.«

»Es ist nicht für dich.«

»Sondern?«

Während er seine gewaltigen Schultern hochzog, gab er eine Antwort, bei der Maria sich verstohlen bekreuzigte:

»Für den lieben Gott!«

Er hätte sich bücken können und die Flasche aus dem Papierkorb fischen, denn ein bisschen war noch drin vom Cognac. Er zögerte, hatte Hemmungen und begann sich knurrend abzuschminken.

Zweiter Teil

1

Er betrachtete angewidert in zehn Meter Tiefe all die Tiere, die sich etwa so wie Kühe verhielten, in einer Umgebung, die nicht viel anders war als mancher Landstrich. Das dunkle Grün wogte sanft, legte sich zuweilen wie unter leichtem Wind, und die meisten Fische verharrten reglos, kauten oder verdauten; einige wechselten langsam den Platz, bloß um gleich wieder zu erstarren, schnupperten hin und wieder an einem vorbeikommenden Artgenossen.

Das waren die Bewohner des Hochlands, und sie waren nicht sehr groß; ihr Rücken war dunkel, und Silberglanz sah man nur, wenn sie sich ein wenig drehten und ihren Bauch herzeigten.

Die großen waren weiter unten, im Tal, in einer schmalen, hellen Spalte, die beinahe leuchtete, durch den Sand am Grund. Hier lebten verschiedene Gattungen, auf verschiedenen Ebenen, jede auf ihre Art; die ganz großen waren nur flüchtige Schatten, dicht am Boden, und ein Stück höher, bei einer Felsmulde, konnte man, sofern man den Köder geschickt bewegte, den misstrauischen Kopf eines alten Meeraals hervorlocken.

Das alles machte Maugin schwindlig, verursachte ihm Übelkeit. Er schaute anderswohin, und der Schwindel blieb noch eine ganze Weile. Das Meer war spiegelglatt, von sattem Blau, goldgesprenkelt, und dennoch atmete es, mit einer gewaltigen, ruhigen, kaum wahrnehmbaren Atmung, und genau das hasste er am meisten, diese langsame Bewegung, die er, auch wenn er wieder zurück war an Land, den ganzen Tag nicht mehr loswurde, und nachts schwankte sogar noch das Bett.

Die Sonne stand bereits hoch, glühend. Die nackte Haut brannte ihm auf Schultern und Brust.

»Ich glaube, du musst aufpassen vor einem Sonnenstich«, hatte Alice gesagt.

Am Anfang wandte er voller Ekel den Blick von den Leuten, die am Strand brieten, sich umdrehten wie in der Pfanne, wenn eine Seite durch war, nicht nur junge Leute, Gigolos und kleine Damen, sondern auch reife Männer, Alte, Menschen, die bedeutende Firmen leiteten, große Verantwortung trugen und die dennoch allen Ernstes dieses Spiel spielten, vorsätzlich, Spezialbrillen aufsetzten, unter denen sie aussahen wie Schwammfischer, und sich den Körper einrieben mit Öl.

»Mir ist zu heiß«, hatte er einmal gestöhnt, als er sein Hemd auszog, mit einem unschlüssigen Blick auf Joseph.

»Mit bloßer Haut wird Ihnen noch heißer.«

»Na, und der Wind?«

»Und die Sonne?«

Mit der Zeit wurde er ihnen bestimmt »immer ähnlicher«. Was fehlte noch? Das Boot hatte er schon. Er hatte Joseph, der eine Kapitänsmütze trug. Ein Fernglas nahm er noch nicht mit an Bord, doch in der Villa lag eins, am Fenster in seinem Zimmer.

Als sie gestern in den Hafen einfuhren, vormittags kurz vor elf, da hatte er Joseph verkündet:

»Morgen gehen wir nicht angeln.«

»Glauben Sie wirklich, Monsieur Émile?«

»Ich glaube es nicht. Ich weiß es. Entscheiden tu ich, oder?«

»Werden wir ja sehn.«

Denn hier, Maugin hin oder her, wurde er geneckt, und man nahm ihn sogar hemmungslos auf die Schippe. Ein ausgelassener Tag, das war genug, um die Routine zu brechen und sich selbst zu beweisen, er konnte seine Zeit auch anders verbringen, falls er Lust hatte.

Dann hatten ihn morgens die Geräusche im Haus geweckt, die Geräusche draußen, die Sonne, die Fliegen, das Leben, das durch die offenen Fenster in sein Zimmer drang und fast genauso wimmelte wie unter Wasser. Er musste gar nicht aus dem Bett, um das Meer zu sehen, einen Teil der weißen Mauern von Antibes, die aus dem Hafen fahrenden Boote.

»Meinen Kaffee, Camille!«

Ihm gefiel es, ungewaschen, unrasiert wie die andern in die blaue Leinenhose zu steigen, dazu ein weißes Hemd, Espadrilles.

»Steht das ›Automobil‹ unten?«

Er hatte auch ein Auto kaufen müssen, denn die Villa in Cap d'Antibes lag zu weit entfernt von der Stadt, als dass man zu Fuß hinkonnte. Mit einem gewissen Stolz und ironischer Emphase sprach er stets nur vom »Automobil«.

Und der Chauffeur Arsène! Der kleine Strolch schien sich immer über ihn lustig zu machen und schlief ganz sicher mit Camille. Drei Viertel des Tages machte er keinen Finger krumm. Niemand machte hier einen Finger krumm, auch der Gärtner nicht, der alte Fredin, den man ihm aufgebrummt hatte, beim Anmieten der Villa, und auch Joseph nicht, der gerade dabei war, seine Angel einzuholen, mit einem großen rosa Sägebarsch am Ende.

Warum musste er jedes Mal, wenn er einen Fisch fing, irgendwie herumspötteln?

»Dreiundzwanzig!«, verkündete er. »Und Sie, Chef? Na, komm her, Kleiner, lass dich operieren!«

Operieren bedeutete, ihm zwei Finger in die Kiemen zu drücken, damit er Angelhaken und Köder ausspuckte, danach ließ er ihn in den Behälter gleiten, den er zurück ins Wasser senkte.

»Will keiner anbeißen, Monsieur Émile?«

»Ich angle nicht.«

»Machen wohl nur bisschen die Schnur nass, wie? Ich wette, wenn ich die einhole, hängt was dran.«

Maugin holte sie selber ein, überzeugt, es werde nichts dranhängen, und als er sie aus dem Wasser zog, sah er dort einen kleinen Fisch, schon ganz erschöpft, ebenfalls ein Sägebarsch, halb so schwer wie der von Joseph.

Es war wie verhext. Nie fing er Fische von eindrucksvoller Größe, und wenn, dann waren es »Teufel«, stachelige Viecher, die er nicht anzufassen wagte und aus denen er den Angelhaken nicht rauskriegte.

»Nicht den Mut verlieren, Monsieur Émile. Das wird schon. Denken Sie an Monsieur Caussanel. Als der aus Béziers hierhergekommen ist, vor zehn Jahren, da konnte er die Grundel nicht vom Meerjunker unterscheiden.«

War Caussanel älter als er? Das fragte er sich. Drei,

vier Jahre vielleicht? Er war ein ehemaliger Weingroßhändler und hatte sein Handwerk nicht verlernt, denn es war ihm gelungen, Maugin ein Fass anzudrehen.

Da drüben war er, ein Stückchen weiter, unter dem Sonnenschirm. Denn er hatte sein Boot mit Sonnenschirm ausgerüstet. Er saß auf einem richtigen Stuhl.

Alle waren da. Es war gewissermaßen wie auf der Terrasse des Fouquet's um die Aperitifzeit.

Man beobachtete einander. Man winkte diskret. Wenn man sah, dass einer ordentlich fing, schipperte man unauffällig näher.

»Beißen sie hier?«

»Nicht besonders.«

Caussanel war kleiner als er, nicht so breit, aber dicker, mit einem Kugelbauch, den er stolz vor sich hertrug. Man hatte ihn nicht nur als Angler akzeptiert, sondern auch bei der nachmittäglichen Boule-Partie, im Schatten der zwei rosa Häuser.

Würde auch er, Maugin, bald so weit sein?

»Warum gehst du nicht angeln, Émile?«, bekam er zu hören, wenn er grummelnd im Haus herumschlich. »Das bringt dich auf andre Gedanken.«

Wenn er sah, wie Joseph, den er teurer bezahlte als einen Facharbeiter, ihm vor der Nase die Fische wegfing und sich über ihn lustig machte? Wenn er auf den Meeresgrund starrte, wo all diese Tiere in ihrem Leben geschäftiger wirkten als die Menschen?

Und wie raffiniert! Ganz, als ob da oben ein lieber Gott in Rente unsichtbare Haken herabhängen ließ, mit Beefsteaks am Ende, um Menschen zu fangen, Heuballen, um Kühe zu fangen!

Fische schrien nicht. Bluteten nicht, sozusagen. Beim Herausziehen des Angelhakens knackten die Knorpel. Etwas Braunes rann aus dem kleinen Loch im Bauch. Und man wühlte in all dem herum, Kacke eingeschlossen. Man hantierte mit glitschigen Würmern, die man lebendig aufspießte, oder mit Einsiedlerkrebsen, deren Schale man auf der Bootsbank mit dem Hammer knacken musste, dann wurden Beine und Kopf abgerissen, übrig blieb nur der rosa Wanst.

Auch der Geruch, an Tagen wie heute, ohne den leisesten Windhauch, verursachte ihm Übelkeit. Das Boot stank. Seine Hände stanken. Er hatte das Gefühl, sogar der Weißwein in der Ballonflasche, die zum Kühlhalten im Wasser hing, roch nach Fisch und Würmern.

Es war sinnlos, Joseph zu sagen, er komme nicht mehr. Was sonst sollte er tun? Er konnte die Villa sehen, da drüben, im dichten Grün der Bäume, mit der weißen Balustrade ums Dach und mit offenen Fenstern. Manchmal erschien eine kleine Gestalt im Fensterrahmen, und das war ungefähr so, wie wenn er Fische sah, die ihre Nase aus einem Felsloch streckten.

»Fahren wir heim?«, sagte er.

»Noch zwei Minuten, ich hab ihn gleich, spür was an der Rute.«

Man wusste nicht, wohin mit all den Fischen. Meistens warf die Köchin sie weg, denn Cap d'Antibes ist kaum die Gegend, wo man seinen Fang an die Nachbarn verschenkt. Hatte er überhaupt Nachbarn? Er kannte nicht einmal ihre Namen. Man redete von ihnen nach den Inschriften: »Villa del Mar«, rechts; »Les Marguerites«, links.

»Geben Sie mir mal den Wein, Monsieur Émile?«

Sie tranken beide aus der Flasche! Doch Joseph berührte den Hals nicht mit den Lippen, er hob den Ballon hoch über den Kopf, kippte ihn genau im richtigen Winkel, und die Flüssigkeit rann ihm in die Kehle.

Maugin also trank inzwischen sogar Weißwein, einen dichten, schweren Wein, der trotz allem nicht so widerlich war wie stundenlang in der Sonne mitgeschleppter Rotwein. Er hatte es probiert mit dem Roten und ihn ausgekotzt.

Unter seiner Schädeldecke rumorte es, vom Wein oder von der Sonne oder vom Meer, und zuweilen betrachtete er es voller Hass, und manchmal auch mit einem diffusen Grauen, wegen all der Dinge, die er dort entdeckte. (Blumen, zum Beispiel, die kleine Fische fressen.)

Besser, er hätte es nur gesehen wie auf Postkarten von der Croisette in Cannes, von der Promenade des Anglais in Nizza, mit beruhigenden Palmen, mit Straßenlaternen und Balustraden, und niemals hätte er sich selbst überzeugen müssen, dass es eine noch kompliziertere Welt war als unsere, eine noch grausamere, noch ausweglosere.

Merkten die Leute das nicht? Für Caussanel zum Beispiel war alles nur eine Frage des Gewichts. Er hatte immer eine römische Schnellwaage auf seinem Boot, sodass er bei der Ankunft im Hafen verkünden konnte:

»Achteinviertel Pfund!«

Und bei Monsieur Bouton handelte es sich gewiss um Senilität. Caussanel bewohnte ein Häuschen direkt in Antibes, und das konnte man nicht als Villa bezeichnen.

Er hatte seine Frau dabei, die ihm ein Dienstmädchen ersparte, und lebte bescheiden. Die Boutons dagegen waren in Cap d'Antibes Besitzer einer großen, gepflegten Villa, noch ein Stück weiter draußen als Maugin. Er war ein ganz kleiner hagerer Mann, stets im weißen Anzug, auf dem Kopf ein Tropenhelm. Er war steif wie ein Spielzeug, und seine ruckartigen Bewegungen erinnerten an eingerostete Gelenke. Sah man ihn mit seiner Frau auf der Straße, hatte man immer das Gefühl, sie müsse ihn von Zeit zu Zeit aufziehen, damit er weitermarschierte.

Jeden Tag, morgens um sechs, wenn in Antibes die ersten Glocken läuteten, fuhren sie mit ihrem Boot aus dem Hafen, das Gebrumm des Motors war leicht zu erkennen, greller als andere. Sie fuhren nicht weit, immer im Umkreis ein und derselben Boje. Madame Bouton saß vorn, kümmerte sich weder um das Boot noch um den Fischfang oder das Meer. Einen Helm aus Korkrinde auf dem grauen Haar strickte sie, wahrscheinlich für ihre Enkelkinder, während Monsieur Bouton mit einem großen Stein geduldig Muscheln zerquetschte, sie auf seine Körbe verteilte, die er anschließend ins Wasser warf, jeweils versehen mit einem Tau, an dessen Ende eine Boje hing.

Hatte er einen Korb im Wasser versenkt, ließ er wieder den Motor an, warf ein Stück weiter den nächsten aus, dann den übernächsten und so fort, bis zum zwölften. Das Ganze bildete einen großen Kreis aus Korkbojen auf dem spiegelglatten Wasser, und er machte die Runde von Neuem, um einen nach dem andern wieder hochzuziehen.

Er fing nur Meerjunker, konnte nichts anderes fangen, schimmernde kleine Fische, blau und rot gestreift, fünfzehn bis zwanzig Zentimeter lang, brauchbar nur für Suppe oder bestenfalls als Frittüre mit allzu viel Gräten.

Aßen sie jeden Tag Suppe oder Frittüre?

Dreimal, viermal, fünfmal am Vormittag füllte er seine Körbe mit ruhiger und gelassener Sturheit, ohne einen Blick für die anderen Fischer, für den Himmel oder die Landschaft, und nur durch Zufall wusste man seinen Namen, hatte gehört, er war einstmals und immer noch Besitzer einer der größten Spinnereien im Norden.

Würde auch Maugin am Ende Reusen auslegen?

Er konnte nicht einmal irgendwem die Schuld zuschieben. Am Anfang hatte niemand ihm geraten, dass er angeln sollte. Auf eigene Faust war er gleich an den ersten Tagen im Hafen herumgestreunt.

Jouve, dieser Esel, hatte gesagt:

»Sie sollten es mit Golf versuchen, Chef.«

Weiß Gott! In seinem Alter anfangen, auf einen kleinen weißen Ball einzudreschen, mit komplizierten Stöcken, die ihm irgendein Bürschchen hinterhertrug, in einem Sack mit Monogramm! Er konnte sie sehen, wenn er im Auto hinüberfuhr nach Cannes oder Nizza. Plätze von einem unglaublichen Grün, besser gegossen als jeder Gemüsegarten, gestriegelt wie ein Luxushündchen, mittendrin kleine Löcher, kleine Tafeln und Leute, die großtuerisch hinter dem Ball hermarschierten! Auch diese Leute waren bekannt, manche sogar berühmt. Und es gab das Clubhaus. Man musste Mitglied sein im Club.

Lieber hätte er Boule gespielt. Wer weiß, ob er nicht

mit einem gewissen Verdruss darauf wartete, dass jemand ihn einlud?

Anfangs hatte er den Fischern beim Ausbessern der Netze zugeschaut, wenn sie in ihrem Boot saßen oder auf dem warmen Stein der Kaimauer und mit dem großen Zeh die Maschen spannten.

Dann hatte er angefangen, sich Boote anzuschauen, vor allem die der Freizeitangler.

»Eine kleine Rundfahrt, Monsieur Maugin?«, hatte ein Typ in gestreiftem Pullover angeboten, und das war niemand anders als Joseph.

An jenem Morgen war er nicht drauf eingegangen. Am nächsten Tag hatte er Männer gesehen, wie er selbst einer war, zumindest in seinem Alter, von seiner Korpulenz, die allein aus dem Hafen fuhren, an der Ruderpinne ihrer Barke. Es wirkte einfacher, als ein Auto zu lenken, und zeichnete anmutige Kurven auf das Wasser.

»Eine Rundfahrt durch die Bucht, Monsieur Maugin?«

Joseph hatte ihn geangelt. Er hatte ihn ans Ruder gelassen, versteht sich, und tatsächlich war es einfach, war es angenehm, man hörte das Gluckern des Wassers am Bootsrumpf.

»Stimmt es, wollen Sie hier bauen?«

»Wer sagt das?«

»Alle. Es scheint, Sie haben ein Grundstück gekauft.«

Er hatte es nicht gekauft, stand aber kurz davor.

»In dem Fall brauchen Sie ein Boot.«

Im Moment hatte ihm das eingeleuchtet. Weil er nicht mehr in Paris lebte, wo seine Produzenten ihm Autos zur Verfügung stellten, war er gezwungen, sich ein

»Automobil« anzuschaffen. Aus ähnlichen Gründen brauchte man am Meer ein Boot.

»Aber sehen Sie sich's gut an, dass man Sie nicht reinlegt.«

Sie waren an der Villa vorbeigefahren, während Alice am Fenster stand mit Baba, und er hatte ihnen beschützend zugewinkt. Dann hatte Joseph an einer Felsspitze ganz aufgeregt gerufen:

»Schnell, drosseln Sie den Motor. Der Hebel links, ja. Sie müssen ihn nur runterschieben auf die zweite Stufe. Vorsicht! Umdrehen, damit wir zurückkommen, an dieselbe Stelle ...«

Barfuß und geschickt balancierte er übers Boot, wie ein Akrobat auf dem Seil, trat auf das Dollbord, ohne das Gefährt zum Kentern zu bringen, das nicht länger war als fünf Meter. Er griff sich eine Art Spieß mit mehreren Zacken, einen Fischspeer, den er über dem Kopf schwang.

»Bisschen nach rechts ... Noch mehr ... Hier ist es tief, keine Angst ...«

Jetzt hatte er das Ding geworfen, der Stiel ragte etwas aus dem Wasser, und als er es nach einem weiteren Balanceakt wieder heraufzog, zappelte am Ende ein prächtiger Wolfsbarsch.

»So einfach ist das, sehen Sie. Den bringen Sie Ihrer Frau.«

Er kaufte das Boot, und nie wieder hatten sie Wolfsbarsche gefangen. Den ganzen Nachmittag spielte Joseph Boule oder erzählte den Touristen am Quai Geschichten.

Es war ein teurer Spaß. Noch nie hatte Maugin so viel

Geld ausgegeben. Alle bekamen etwas fürs Nichtstun, und sie verlangten immer mehr und immer aus den besten Gründen.

Selbst das Gehalt von Madame Lampargent hatte er um hundert Prozent aufstocken müssen, damit sie Paris verließ, wo sie eine verheiratete Tochter hatte und Enkelkinder – jetzt saß sie bei allen Mahlzeiten mit am Tisch, sodass er fast nie mehr allein war mit Alice!

Und sogar sie war jetzt von früh bis spät beschäftigt. Es sah aus, als müsse ein ganzes Regiment schuften, damit ein einziger Mann leben konnte.

Sie hatten eine neue Köchin. Die in Paris hatte sich geweigert, die Hauptstadt zu verlassen.

»Ich sterbe ohne Paris.«

Dabei verließ sie die Wohnung nur einmal im Monat, und dann besuchte sie ihre Familie in Courbevoie!

Sie hatten nun auch ein zweites Hausmädchen, Louise, denn durch Madame Lampargent, die ganz bei ihnen lebte, gab es mehr Arbeit. Es entstanden ein Wäsche-, ein Bügel- und ein Einkaufsproblem.

»Fährst du in die Stadt, Émile? Würde es dir etwas ausmachen, wenn Arsène kurz beim Lebensmittelhändler anhält? Ich habe die Bestellung telefonisch durchgegeben. Das Paket liegt bereit.«

Arsène wurde nach Nizza geschickt, um Dinge zu besorgen, die man offenbar weder in Antibes noch in Juan-les-Pins auftreiben konnte. Jouve musste zum Zug gebracht oder vom Bahnhof abgeholt werden. Und schließlich war immer damit zu rechnen, dass zu Hause irgendwelche Leute aufgetaucht waren, wenn er vom Angeln kam.

»Hallo! Alter Émile. Eine Überraschung, was? Wir waren grad in der Gegend und haben uns gesagt, du machst uns bestimmt eine Bouillabaisse. Du kennst meine Frau. Darf ich vorstellen, meine Schwägerin und ihr Mann ...«

Joseph frohlockte.

»Hab ich nicht gesagt, ich krieg ihn? Und das ist kein Sägebarsch. Das ist ein Mordsvieh!«

Tatsächlich, der Kerl zog kräftig, im Zickzack, und zuletzt holte Joseph einen riesigen Drachenkopf mit gruseligen Augen aus dem Wasser.

»Jetzt können Sie den Anker lichten, Monsieur Émile.«

Denn an Bord kommandierte zumeist Joseph. Maugin stand auf, die Schultern feuerrot, fast blutig, beugte sich vor, um den Anker hochzuziehen, betrachtete noch einmal die Unterwasserlandschaft, schnitt ihr eine Fratze – und zugleich auch seinem Abbild, denn er sah sich, schwankend, verzerrt, im Spiegel der See –, und plötzlich brüllte er einen Fluch, hob den Fuß, verlor beinah das Gleichgewicht.

»Was ist los?«

»Ein verdammter Angelhaken!«, brummte er.

Durch den Stoff der Espadrilles hatte sich ein fetter Angelhaken in seinen Fuß gebohrt, und nachdem Joseph geholfen hatte, ihn herauszuziehen, war auf dem Stoff ein großer rötlicher Kreis.

Das passierte an einem Dienstagmorgen, wenige Minuten nach zehn, am ersten Dienstag im Juni, vier Monate nach ihrer Ankunft in Cap d'Antibes.

Eine Kabellänge entfernt war auch Caussanel, nachdem er seinen Sonnenschirm zugeklappt hatte, damit beschäftigt, den Motor anzuwerfen. Der Richter, ein Stückchen weiter, döste bestimmt in seinem blauen Boot. Und was die Boutons anging, sie strickte, und er hatte noch ein halbes Dutzend Körbe einzusammeln.

Maugin hatte nicht mehr als einen Liter Wein getrunken. Rot war er wegen der Sonne. Joseph hatte gegrummelt:

»Ich hab immer gesagt, dass Sie die Angel zusammenlegen, bevor Sie irgendwas andres machen.«

Arsène wartete schon im Hafen, das Auto voll mit Lebensmitteln. In der Villa war Bügeltag, und Alice musste mithelfen, wenn sie wollte, dass die Hausmädchen fertig wurden.

Es war heiß. Die Hitze kam mehr vom Wasser als vom Himmel, und der flache, unmerkliche Seegang, der bloß einen leichten Spitzensaum an den Felsen des Caps hinterließ, verursachte ihm Übelkeit.

Er wusste nicht, ob er unglücklich war, doch er fühlte sich unwohl in seiner Haut, und als er an Land ging, wunderte er sich, dass er Jouve nicht sah, denn der musste aus Paris zurück sein, und Arsène sollte ihn im Vorbeifahren am Bahnhof abholen.

»Monsieur Jouve wollte lieber zu Fuß zur Villa gehen. Sein Gepäck ist im Kofferraum.«

Das »Automobil« war ein großer amerikanischer Kasten mit jeder Menge Chrom.

Zwischen Quai und Auto machte er zweimal kurz halt, und das lag nicht an seinem Fuß, der noch nicht wehtat. Er hatte es sich so angewöhnt, wann genau, hätte er nicht sagen können, wahrscheinlich gleich, seit er hier war im Süden. Er fühlte sich dicker, bei unverändertem Gewicht.

Seine Schenkel erschienen ihm fett, und er ging mit gespreizten Beinen, damit sie nicht aneinanderrieben. Als sei er außer Atem, blieb er ab und zu stehen, mit offenem Mund, wie ein Fisch.

Zum ersten Mal hatte er das wohl gemacht, weil der Garten der Villa so steil anstieg. Er hob den Kopf, schaute hoch zu den Fenstern, wo er fast immer Baba erblickte, blieb dann stehen, und so konnte er verschnaufen.

Inzwischen machte er es überall; selbst auf flachem Gelände. Er hatte noch andere Gewohnheiten angenommen, er trank zum Beispiel Weißwein, nicht nur an Bord der *Girelle* (der Name hätte besser zu Boutons Boot gepasst, aber das hieß *Albatros*), sondern auch in der kleinen Bar mit der blauen Fassade, an der Ecke zum Hafen, bei Justin.

In Wirklichkeit trank er weniger als in Paris, jedenfalls nicht mehr, doch manchmal wirkte es stärker, und es wirkte anders. Vielleicht fühlte er sich wegen der Sonne rasch so schwerfällig, bekam Kopfschmerzen, dazu eine fast ständige Übelkeit, die ihm den Appetit verdarb.

Er hielt lange Mittagsschlaf, in seinem Zimmer, bei offenen Fenstern, verfolgt vom Meeresrauschen und dem Zirpen der Zikaden, erwachte griesgrämig, und wenn er auch weiter alle um sich herum anrempelte, so tat er es weniger selbstbewusst, beinahe duckmäuserisch, vielleicht ein bisschen verschämt.

Kurzum, die anderen machten nicht viel, um sich ihr Geld zu verdienen, doch er, er machte überhaupt nichts.

Beim Angeln war Joseph, der ein paar Häuser weiter neben dem Leuchtturm geboren war und bis drei Meilen vor der Küste das kleinste Loch am Meeresgrund kannte, natürlich gewiefter als er.

Arsène ganz genauso, in seinem Auto.

»Glauben Sie nicht, der Motor wird zu heiß, Arsène?«

»Nein, Monsieur.«

»Es stinkt nach verbranntem Gummi!«

»Das ist die Straße.«

Alle wussten irgendwas besser als er.

»Wird heute nicht gegossen?«

»Sinnlos, Wasser zu vergeuden. Heute Abend gibt's Gewitter.«

Acht- von zehnmal behielt der Gärtner mit seiner Idiotenvisage recht.

»Nein, Monsieur«, erwiderte Oliva, die Köchin. »Man tut keine Trüffeln in den Coq au Vin.«

Er war noch immer Maugin, gewiss. Am Hafen drehten sich alle nach ihm um. Autos fuhren langsam an der Villa vorbei, manchmal hielten sie sogar, und es gab Leute, die ihn fotografierten. Zuweilen wurde er angesprochen, auf der Place du Marché.

»Sie gestatten, nur eine Sekunde, Monsieur Maugin? Es macht Ihnen doch nichts aus, wenn meine Frau und der Kleine sich neben Sie stellen?«

Man nahm ihn trotzdem nicht allzu ernst. Caussanel sagte verschmitzt:

»Das ist ein prima Beruf! Hätte ich als junger Mann gewusst, dass der Film eine richtige Industrie wird ... Aber damals waren alle überzeugt, das ist nur Firlefanz ...«

Und Joseph:

»Mir hätte das gefallen, mein ganzes Leben lang so zwischen lauter Schauspielerinnen. Sie haben sicher 'ne Menge aufs Kreuz gelegt!«

Er sprach in der Vergangenheit. Und es stimmte beinah. Maugin schlief mit Alice nicht mehr in einem Bett, obwohl keiner etwas dafürkonnte. Es hatte sich so ergeben, aus der Zimmeranordnung in der Villa.

Er hatte von einem kleinen Haus geträumt, das man ausfüllen kann mit seinem eigenen Geruch, und gemietet hatte er schließlich eine Riesenbude im Stil von 1900, mit unzähligen Räumen, Kammern, kleinen Salons, Boudoirs – und sogar einem Billardsaal im Souterrain! Das alles in Cremeweiß, alles, die überladenen Decken, die Balustrade, die Pergola, die brückenartige Verbindung im ersten Stock zwischen Hauptgebäude und Pavillon. Die Möbel waren edel, massiv, mit geschwungenen Linien.

»Würden Sie die heutzutage anfertigen lassen ...!«, hatte der Immobilienmakler voller Bewunderung gesagt.

Doch auf den Gedanken käme kein Mensch mehr. Maugin hatte gar keine Wahl. Sie brauchten wirklich alle diese Räume. Das schien unglaublich, doch beim Besichtigen anderer leerstehender Villen war es ihnen klar geworden.

»Wo sollen wir Madame Lampargent unterbringen?«

Denn sie musste unbedingt neben Babas Zimmer wohnen.

»Und Jouve, wenn er da ist?«

Er hatte Jouve behalten. Er konnte ihn nicht entbehren. Zunächst hatte er vorgehabt, ihn die meiste Zeit in Paris zu lassen, von dort sollte er hin und wieder herunterkommen in den Süden.

Er war fast immer da.

»Und zum Bügeln?«, fragte Alice den Immobilienmakler. »Wo wird hier im Haus gebügelt?«

»Ich vermute, die vorigen Bewohner haben ihre Sachen rausgegeben in die Wäscherei.«

Hier hatten sie alles. Bloß in dem großen, besonders schön gelegenen Schlafzimmer stand ein Bett, das theoretisch wohl für zwei Personen vorgesehen war, doch für Maugin und Alice war es zu schmal.

»Wir können ja immer noch unseres aus Paris holen lassen.«

Einstweilen hatte sich Alice im Nebenzimmer eingerichtet, denn für ein zweites Bett war kein Platz. Er hatte sich den langen Mittagsschlaf angewöhnt, dann abends im Bett Drehbücher zu lesen, dabei sein letztes Glas Wein zu schlürfen, etwas ungepflegter zu leben. Er hatte das Bett aus Paris nicht mehr erwähnt, obwohl von dort nach und nach ein Haufen andrer Dinge hergeschafft worden war, und jedes Mal hatten sie sich geschworen, jetzt sei Schluss.

»Im Süden brauchen wir gar nichts.«

Jede Woche, oder fast, kamen neue Koffer, auf die er sich gierig stürzte.

In acht Tagen, falls er seine Meinung nicht in letzter Minute noch änderte, musste der Kauf des Grundstücks erledigt sein, in La Garoupe, und der Architekt konnte anfangen mit seinem Entwurf, von dem er bereits grobe Umrisse gezeichnet hatte.

»Warten Sie einen Augenblick!«

Er ging noch zu Justin einen trinken, mit Joseph, der vor der Tür auf ihn wartete, als gehöre das zu seinen Pflichten.

»Sie sollten die Fische mit nach Hause nehmen, Monsieur Émile. Seit mindestens zwei Tagen haben Sie keinen mehr gegessen. Ihre Frau mag Fisch.«

Er wies ihn an, den Beutel ins Auto zu legen, damit er nicht mit leeren Händen heimkam. Auf dem Weg zum Angeln und zurück setzte er sich neben den Chauffeur. Sonst nahm er auf der Rückbank Platz.

Als er ausstieg, begann sein Fuß wehzutun, aber nicht übermäßig, und das war auch nicht der Grund, warum er beim Hinaufgehen zweimal stehenblieb. Er hatte sein Hemd wieder angezogen. Er sah weder Jouve noch seine Frau, was ihn ärgerte, und so ging er nicht zu Baba, um sie zu begrüßen, obwohl er ihre Stimme hörte, unter den Zitronenbäumen, hoch oben im Garten.

»Wo ist Adrien?«

Er war in die Küche getreten, wo Alice mit der Köchin gerade einen Kuchen verzierte.

»Komm nicht näher, Émile. Adrien habe ich nicht gesehen. Ich dachte, er ist bei dir. Bleib draußen mit deinem Fisch. Geh schnell hoch, nimm ein Bad und mach dich fein.«

Auch auf der Treppe blieb er mindestens einmal stehen und verschnaufte.

»Camille!«, rief er. »Mein Bad!«

Er vögelte weniger oft. Mit ihr noch am ehesten. Obwohl er sie im Verdacht hatte, dass sie mit Arsène schlief, vielleicht auch mit Joseph, und er hatte Angst, sie könnte ihm eine Krankheit anhängen.

Mit seiner Frau war das nicht dieselbe Art von Vergnügen. Es lag auf einer anderen Ebene, in einem andern Bereich. Mit Alice hatte er nie so gevögelt wie mit den anderen.

Und bei Louise, dem neuen Hausmädchen, hatte er sich noch nicht bis zum Äußersten gewagt. Sie ließ sich befummeln, und er zog ihr sogar den Schlüpfer runter, doch sie blieb abwesend, blickte anderswohin, zeigte weder Gefallen noch Missfallen, was ihn ein wenig hemmte.

Zweimal hatte er's in der Küche mit Oliva gemacht, sie war mindestens vierzig und ihre Röcke rochen nach Knoblauch. Sie reagierte ganz anders. Hatte wohl schon so manches erlebt. Sie lachte, als würde man sie kitzeln, ohne sich umzudrehen, dann sagte sie, während sie sich schüttelte wie ein Huhn:

»Sind Sie fertig? Höchste Zeit. Sonst kriegen Sie einen angebrannten Braten.«

Vielleicht fehlte ihm das? Er wusste es nicht. Wahrscheinlich fehlte ihm nicht nur das.

Von Biguet, dem er ausführlich geschrieben hatte – einen handschriftlichen Brief, den er nicht diktiert und selbst zur Post gebracht hatte –, bekam er die Antwort:

»Ich glaube, es ist am besten, das Experiment noch eine Zeit lang fortzuführen. Es ist zu früh, dass man irgendein Ergebnis feststellen könnte.«

Biguet schien nicht begeistert von seinem Entschluss. Der Brief, den er weggeworfen hatte, war geschraubt, sehr reserviert.

»Die Gemütsverfassung spielt in Ihrem Fall wahrscheinlich eine größere Rolle als die Organe. Vor allem: vermeiden Sie *Langeweile*.«

Er hatte das Wort unterstrichen, denn auch er schrieb mit der Hand, was Maugin durchaus zu schätzen wusste.

»Was hat Monsieur da am Fuß?«

Er hatte sich eben im Badezimmer ausgezogen, wo Camille Messer und Rasiercreme bereitlegte.

»Sieht aus, als ob es anschwillt«, bemerkte er.

»Hat Sie ein Tier gestochen?«

»Ein Angelhaken.«

»Da sollten Sie besser ein Desinfektionsmittel drauftun.«

Er bereute beim Blick in den Spiegel, dass er in letzter Zeit seinen Oberkörper der Sonne ausgesetzt hatte, denn so splitternackt war die untere Hälfte käsig, obszön.

»Bin ich eklig, Camille?«

»Nicht mehr als jeder andre, Monsieur. Bei Männern kommt man nicht durch Anschauen auf seine Kosten.«

»Und mit mir, kommst du da manchmal auf deine Kosten?«

»Fast immer. Außer Sie lassen mich mittendrin hängen.«

»Willst du jetzt?«

»Ich hab Arbeit im Wäschezimmer, aber wenn Sie schnell machen …«

»Danke.«

»Sind Sie mir böse?«

»Gar nicht. Ich hatte auch keine Lust. Zeig deinen Hintern, mal sehen, ob ich Lust kriege.«

Sie zeigte ihn, rundlich prall im Jersey-Schlüpfer.

»Reicht schon, danke.«

Es machte ihm jetzt Angst, in gewissen Stellungen zu vögeln, denn nach einer Weile spürte er ein Ziehen in der Brust und war überzeugt, es sei das Herz. Mit seiner Frau passierte das jedes Mal, vielleicht weil er mehr Glut hineinlegte, mehr Gefühl, vielleicht weil er trotz allem immer noch ergriffen war und auch weil die Angst ihn quälte, er verschaffe ihr keine Lust.

Sie mochte ihn, davon war er überzeugt, doch wahrscheinlich liebte sie ihn »anders« und war bemüht, ihm das nicht zu zeigen, denn sie wollte ihm Kummer ersparen.

Von dem andern, dem Blondschopf, hatte sie sich ein Kind machen lassen, obwohl sie genau wusste, woran sie mit ihm war, und sie nahm es ihm nicht übel, er war sicher, nicht einmal den Vorfall im Café de Paris hatte sie ihm übel genommen.

Hatte eine Frau ihn jemals so geliebt, auf solche Weise, mit solcher Liebe? Ein Kind von ihm zu wollen, auf den Gedanken wäre Yvonne Delobel zum Beispiel nie verfallen. Juliette Cadot hatte ihres nicht absichtlich gekriegt. Sondern aus Dummheit. Und Consuelo, die ließ ihn kaum zu Ende kommen, schon stürzte sie ins Badezimmer und drehte dort offenbar alle Wasserhähne gleichzeitig auf.

Er kleidete sich in Weiß, wie Monsieur Bouton, genauer gesagt in Cremeweiß, weite Kleidungsstücke, sehr locker, in denen er, das war ihm selbst aufgefallen, aussah wie ein Elefant.

Ah! Das Auto kam zurück. Er hörte die Tür zuschlagen und konnte sich nicht erinnern, dass er Arsène in die Stadt geschickt hatte. Anscheinend hatte der Chauffeur jemanden mitgebracht, denn Schritte knirschten auf dem Kies. Maugin beendete seine Toilette, mürrisch, nachdem er ein Glas Rotwein getrunken hatte, denn er verwahrte ein paar Flaschen im Zimmerschrank, wie früher in seiner Garderobe in den Buttes-Chaumont.

»Bist du fertig, Émile?«, rief Alice unten an der Treppe.

Er hinkte. Er hatte Jodtinktur auf die kaum sichtbare Wunde gepinselt, die bestimmt wegen des Schuhs ein wenig pochte.

Am Fuß der Treppe schwante ihm, dass etwas Ungewöhnliches bevorstand, und als er in den großen Salon trat, kam Baba auf ihn zu, ganz in Weiß, eine Schleife im Haar, einen großen Strauß roter Nelken im Arm, und versuchte einen ungeschickten Knicks.

»Alles Gu … Gute zum Geburts … tag, Papa!«

Alice hinter ihr, leicht rosig, auch sie mit Blumen und einem kleinen verschnürten Päckchen; ein verlegener Jouve, beladen mit einem Paket, einem riesigen Paket; und zuletzt Madame Lampargent, würdig, ausnahmsweise lächelnd, die ihm eine winzige Schachtel hinhielt, darin sicherlich eine Medaille.

Im Esszimmer standen überall Blumen, auf dem Tisch Gänsestopfleber, ein erlesenes Diner, und der Kuchen, den sie vorhin verstecken wollten, erschien mit sechs brennenden Kerzen.

Eine für jedes Jahrzehnt! Die Kerzen, sie lösten die Erschütterung aus, und plötzlich verspürte er das Bedürfnis, sich zu schnäuzen, schaute suchend nach Baba, die zum ersten Mal mit am Tisch aß, dann nach Alice, deren Augen genauso glänzten wie seine.

Sein Blick glitt rasch über die alte Dame hinweg, fiel schließlich auf Adrien Jouve, der den Kopf senkte, und genau in dieser Sekunde spürte er im rechten Fuß den ersten Stich.

2

Auch wenn er dick war und schwerfällig, das Bett ausfüllte mit seiner Masse, Wein und Schnaps schwitzte, so fühlte er sich an diesem Nachmittag im tiefsten Innern, dort, wo Vernunft und Selbstachtung ihr Recht verlieren, dennoch wie ein schwaches und wehrloses Kind. Und wie ein Kind kämpfte er gegen den Schlaf, der ihn immer wieder übermannte, lauschte hartnäckig auf die Geräusche im Haus, fragte sich, ob »sie« kommen werde und ihn küssen.

Normalerweise erschien sie während des Mittagsschlafs nicht in seinem Zimmer, und wahrscheinlich hätte er sie an einem anderen Tag auch unfreundlich empfangen. Er hatte nichts gesagt, sie nicht aufgefordert, heute zu kommen. Er glaubte, er habe auch keine Traurigkeit erkennen lassen. Bloß der kleine Moment der Rührung, als er die sechs Kerzen sah, deren tanzende Flammen Babas Gesicht erhellten.

Das Fest war gut verlaufen. Alle waren freundlich zu ihm, und er hatte sich bemüht, diese Freundlichkeit zu erwidern. Den Kaffee hatten sie auf der Terrasse getrunken, mit Blick übers Meer, genau wie auf den Fotos berühmter Familien, die man in Zeitschriften sieht.

Die Medaille von Madame Lampargent – denn es war natürlich eine Medaille – war ein heiliger Christophorus für das »Automobil«, er hatte sofort Arsène gerufen, damit er sie auf dem Armaturenbrett befestigte.

Jouve hatte in einem Fachgeschäft für Jachtsport eine Persenning aus weißem Leinen bestellt, für die *Girelle*, mit abnehmbarem Gestänge, und derart aufgetakelt würde das Boot wahrscheinlich aussehen wie eine Gondel. Rundherum baumelten sogar Troddeln, wie bei den letzten Fiakern in Nizza.

Jouve hatte es gut gemeint und sich große Mühe gegeben.

Und Alice hatte ihm etwas geschenkt, was er seit zwanzig Jahren haben wollte und sich niemals geleistet hätte, auch wenn er nicht wusste, warum: einen Füller aus massivem Gold.

Der hatte bestimmt ein hübsches Sümmchen gekostet, und gekauft hatte sie ihn im Grunde mit seinem Geld, denn sie besaß kein eigenes Vermögen. Er hatte ein paar Wochen zuvor neidvoll von einem Zeitungsherausgeber erzählt, der zu seinem fünfzigjährigen Jubiläum als Journalist einen Goldfüller bekommen habe, und beim Lesen der Klatschspalte hatte er noch hinzugefügt, das Ding stamme vom Goldschmied Mauboussin.

»Mir«, hatte er gegrummelt, »mir schicken die Leute Zigarrenkisten, weil ich nicht rauche!«

Wie hatte sie das angestellt? Er gab ihr Geld für den Haushalt, für die Dienstboten, für ihre Kleider und persönlichen Ausgaben, doch er war eher knauserig. Das Geschenk bewies im Grunde, man konnte etwas beiseiteschaffen, und er hatte dort unten lieber nicht daran gedacht; er mochte heute an nichts Unangenehmes denken.

Gerade als er hochgehen wollte, hatte Jouve gesagt:

»Ich nehme an, von der Weill-Sache erzähle ich Ihnen besser nach dem Mittagsschlaf?«

Nicht deshalb, nein, gewiss nicht deshalb, hatte er geantwortet:

»Das erinnert mich daran, du musst mit dem Auto nach Nizza.«

Jouve war nichts aufgefallen. Alice dagegen wurde ein wenig verlegen, wie jedes Mal, wenn Maugin es irgendwie einrichtete und Adrien aus dem Haus schickte, damit er nicht allein mit ihr blieb. Oft brachte sie das so durcheinander, dass man es ihr als Schuldgefühl auslegen konnte. Sie übertrieb die Vorsichtsmaßnahmen, um nicht plötzlich allein zu sein mit dem Sekretär, und gerade dadurch geriet sie in zweideutige Situationen.

Jouve hatte sein Zimmer im Pavillon, den man über besagte Brücke zwischen den zwei Gebäuden erreichte. Alice als perfekte Hausherrin hätte hin und wieder nachprüfen müssen, ob die Mädchen es in Ordnung hielten und auch nichts fehlte. Doch es war der einzige Raum, in den sie niemals einen Fuß setzte, und wenn Baba auf dieser Seite des Gartens spielte, rief sie das Kind schleunigst zurück. Sie vermied es, aus den Fenstern in Richtung Pavillon zu schauen. Bei Tisch bat sie Jouve bewusst nicht um Salz oder Pfeffer, und wenn er ihr etwa zuvorkommend Wasser reichen wollte, sagte sie lieber nein und trank keines.

Maugin hatte sich ihr zugewandt.

»Heut Abend zeige ich dir meinen Film.«

Es war der letzte Film, den er in Paris gedreht und am Tag vor ihrer Abreise fertiggestellt hatte, nun lief er zwei Tage im Palais de la Méditerranée.

»Wenn du magst, essen wir beide in der Stadt zu Abend, und danach gehen wir ins Kino.«

»Was soll ich anziehen?«

Ihm lag daran, seine Freundlichkeit noch zu steigern, wann, wenn nicht heute.

»Abendkleid. Dann können wir, falls uns der Sinn danach steht, hinterher noch eine Flasche Champagner trinken, im Casino.«

Pech! Er würde seinen Smoking anziehen. Sie hatte so selten Gelegenheit, ein Abendkleid zu tragen!

Er schickte Jouve, Plätze zu reservieren, und niemand wagte ihm zu sagen, das sei überflüssig, man könne doch anrufen. Wichtig war nur die Lösung für das tägliche kleine Problem, Jouve während seines Mittagsschlafs außer Haus zu schaffen.

»Also los! Bis nachher, Kinder ...«

Sonst war nichts geschehen. Oder vielmehr, was geschehen war, lag tief verborgen in seinem Innern, und Alice hatte ihn bestimmt nicht durchschaut.

Würde sie trotzdem kommen? Er war nicht nackt wie an einem anderen Nachmittag, sondern hatte einen frischen Pyjama übergezogen. Er hatte sogar die Haare gekämmt, wenn sie auf der Stirn klebten, wirkte er hart und verstockt.

Baba lag in ihrem Bettchen. Madame Lampargent las wahrscheinlich Zeitung auf ihrem Balkon (jeder im Haus hatte seinen Balkon). Sie beschlagnahmte immer sofort alle Zeitungen, als würde sie dort eines Tages eine wichtige Nachricht finden. Ja, und als er vorhin schon hochwollte, da war noch Oliva gekommen, sich die Hände an der Schürze wischend.

»Herzlichen Glückwunsch zum Geburtstag, Monsieur.«

»Danke, Kleine.«

Wohl oder übel drückte er die feuchten Hände. Auch Camille hatte ihm auf der Treppe gratuliert.

Er war jetzt ein alter Esel von sechzig Jahren, und die Unterlippe schob sich ein wenig vor wie bei einem Baby, das gleich anfängt zu weinen, weil man es in seiner Wiege allein gelassen hat!

Er hatte gehört, wie sich das Auto entfernte und mit ihm Jouve. Was machte Alice noch da unten? Nichts hielt sie mehr zurück in der Küche. Er hörte sie nicht hin und her gehen. Wenn sie nicht bald kam, würde er schlafen, denn er hatte bei Tisch viel Wein getrunken, und zum Kaffee hatte man Chartreuse serviert, es war ja ein Festtag.

Die Weill-Sache verschaffte ihm vielleicht einen Vorwand, nach Paris zu fahren. Er würde nicht lange bleiben. Er hatte keine Lust, länger weg zu sein; es machte ihm sogar ein wenig Angst, sich dort ganz allein aufzuhalten mit Jouve.

Er verließ das Haus nur noch widerwillig, ohne dass er sich den Grund dafür eingestand, es sei denn in Augenblicken wie diesem, mit geschlossenen Augen, dann hatte er seine Gedanken nicht mehr ganz unter Kontrolle.

Ihn schreckte, er könnte allein sterben, etwa im Auto, auf der Straße, in einem Café oder auf einem Boot, nur mit Joseph, das Haus vor Augen, nah und dennoch unerreichbar. Bestimmte Seiten in den Zeitungen las er nicht mehr, aus Furcht vor Berichten über plötzliche Todesfälle.

Alice ahnte nichts. Er hatte kein Wort gesagt. Sie wusste nichts von seinem Besuch bei Biguet und den Briefen, die sie gewechselt hatten. Sie glaubte wirklich, die Pillen, die er regelmäßig schluckte, habe man ihm für den Hals verschrieben.

»Alle Schauspieler tun was für ihren Hals, müsstest du doch wissen.«

Sein Herz klopfte. Er hörte ein Geräusch auf der Treppe, wie von einer Maus, nah oder fern, das konnte er nicht beurteilen, er musste fester eingenickt sein, als er dachte, denn sie berührte seine Stirn, als er sie noch nicht im Zimmer glaubte.

»Schlaf … Entschuldige … ich wollte dir nur einen Kuss geben, allein sein mit dir für eine Sekunde …«

Er öffnete die Augen, sah sie in der Sonne, die ihr das Gesicht wie mit einem Heiligenschein umgab, und sagte voller Überzeugung:

»Du bist schön!«

»Pst!«

»Ich bin froh, dass du gekommen bist.«

»Ich hätte deinen Geburtstag lieber zu zweit gefeiert, zu dritt, aber das ging nicht. Du bist nicht allzu enttäuscht?«

Sie sprach leise, und auch er flüsterte, bemüht, nicht ganz aufzuwachen.

»Nein.«

»Du bist nicht unglücklich mit mir?«

Sie beugte sich über sein Bett, als wäre er ein fiebriger kleiner Junge, und umschloss seine Hand mit der ihren.

»Ich bin glücklich …«, versuchte er zu sagen.

Sie flüsterte wieder:

»Pst!«

Sie wusste, dass es nicht stimmte, dass es unmöglich war, dass er sein Bestes tat, wie sie selbst.

»Ich bin gekommen, weil ich dir sagen wollte, ich liebe dich, Émile.«

Er schloss die Augen, sein Adamsapfel trat stärker hervor, die Unterlippe bewegte sich.

»Wir sind so glücklich, Baba und ich, und wir möchten so sehr, dass du es auch bist! Vielleicht bin ich manchmal etwas ungeschickt. Verzeih mir.«

Dabei hätte er selbst sie gern um Verzeihung gebeten, wegen Jouve. Er wusste ja längst, dass sie nicht verliebt war in Adrien, sie betrachtete ihn als Freund. Er wusste auch, dass Jouve ihm, weiß Gott warum, eine Verehrung und Hingabe entgegenbrachte, die jede Kränkung überstanden hatte. Und wenn die beiden jungen Leute hin und wieder ein Komplott schmiedeten, heimlich ein paar Worte wechselten, dann nur, um ihm, wie heute, eine Überraschung zu bereiten, ihm Ärger zu ersparen, einander vielleicht ihre Sorgen über ihn zu gestehen?

War es seine Schuld, wenn das schon reichte, ihn zu quälen, wenn er sechzig war, wenn die beiden jung waren? War es seine Schuld, wenn ihm schon beim Gedanken, ein andrer Mann atme im selben Raum wie seine Frau, der kalte Schweiß ausbrach?

Und wenn ihn das jedes Mal an den andern erinnerte, den Saukerl?

Er kannte jetzt den Namen. Alice hatte er nichts erzählt, doch er war überzeugt, sie durchschaute alles. Er hatte sich nicht selbst drum gekümmert, denn sie waren sofort aus Paris verschwunden, am Sonntag, also am Tag nach der letzten Vorstellung, hatten fast nichts mitgenommen, wie auf der Flucht.

Hier, zunächst im Hotel, wo sie acht Tage wohnten – es regnete die ganze Zeit, und fast wären sie entmutigt wieder abgereist –, und anschließend in der Villa hatte er fünf Wochen durchgehalten, dann schrieb er Lecointre und gab ihm den Auftrag.

Er hatte den Namen erfahren, die Adresse, eine Menge Details, die er lieber nicht gewusst hätte.

»Graf Philippe de Jonzé, Rue Villaret-de-Joyeuse 32c.«

Die Straße kannte er vor allem wegen eines Bordells.

Seit er Bescheid wusste, fiel ihm auf, dass seine Frau niemals den Vornamen Philippe aussprach, auch nicht, wenn es zum Beispiel um einen ihrer Freunde ging, der in Juan-les-Pins wohnte, sie redete von ihm mit seinem Familiennamen oder nannte ihn irgendwie anders.

Auch die Rue Villaret-de-Joyeuse wurde nie erwähnt, und ebenso wenig die École Normale.

Einmal erzählte Jouve unglücklicherweise von einem Freund, der in der Rue d'Ulm studiert hatte, und Alice wechselte sogleich das Thema.

Sogar das Ministerium für Kunst und Kultur …

Dort nämlich arbeitete dieser Jonzé als Ministerialrat, und so weit gekommen, wie man erwartet hätte bei seinem Namen und seinem Vater, war er also nicht.

Er gehörte auch nicht zu jenem mehr oder weniger abgewirtschafteten Adel, der sich zurückzieht auf ein altes Schloss. Sie hatten Geld. Seit Generationen waren die Jonzés in der Eisen- und Stahlindustrie und im

Eisenbahnbau. Sie waren »harte Geschäftsleute«, härter als irgendwelche Weills und sämtliche Filmmogule zusammen.

Wegen des Ministeriums für Kunst und Kultur hatte Maugin keine Lust mehr auf die Rosette der Ehrenlegion, die ihm zum 14. Juli versprochen war.

»Gib zu, Émile, du willst nur mir zuliebe heute Abend ausgehen.«

»Glaub mir, ich will wirklich sehen, was sie aus dem Film gemacht haben.«

»Aber doch keinen Smoking anziehen! Davor graut dir.«

»Kleine Abwechslung zu meiner Anglerhose.«

»Bist du sicher, dass du nicht lieber im Jackett gehst?«

Sie spitzte die Ohren. Der alte Fredin pfiff wieder im Garten, genau unter den Fenstern, und die Töne stiegen zu ihnen herauf, nervtötend, schrill, getragen, in der reglosen Luft. Schon hundertmal war Maugin aus dem Bett gesprungen.

»Können Sie nicht das Maul halten, wenn ich schlafe?«

Einmal hatte ihm der gute Mann geantwortet:

»Bitte um Verzeihung. Ich denke nie dran, dass wer schläft.«

»Ich sage ihm, er soll still sein.«

»Nein.«

Er hielt sie zurück. Es war auch um des Alten willen. Fredin rauchte nicht, trank nicht, hatte keine Familie mehr und schlief in einem Hasenstall. Er pfiff von früh bis spät, und wenn man es ihm verbot, fing er gleich wieder an, ohne dass er es merkte.

»Ich schlafe sowieso nicht.«

»Du wirst aber schlafen.«

»Ich glaube nicht.«

»Warum nicht?«

Was hätte er noch sagen können? Sie legten beide so viel Zärtlichkeit, so viel Wärme, wie sie nur konnten, in ihre Worte, die für sich genommen keinerlei Bedeutung hatten. Was sie dachten, durfte keiner von ihnen aussprechen.

»Irgendwann bist du glücklich, du wirst sehen!«

»Ja.«

»Du hast es so sehr verdient!«

»Im Ernst?«

»Sei still. Rühr dich nicht. Lass die Augen zu. Schlaf.«

Sie küsste ihn auf Lider, Stirn. Wahrscheinlich einer Kindheitserinnerung wegen malte sie mit dem Daumen ein Kreuz.

»Schlaf …«

Er hörte sie nicht weggehen. Sie blieb wohl an seinem Bett, reglos, mit angehaltenem Atem, bis er eingeschlafen war, wie sie es bei Baba machte, aber gleich danach holte ihn das Pfeifen des alten Fredin zurück nach Cap d'Antibes, und er lag ganz allein, heiß und feucht in seinem unbequemen Bett, mit einem neuerlichen Stich im rechten Fuß.

»Der Typ ist nicht das, was man sich vorstellen würde«, hatte ihm Lecointre geschrieben. »Ich habe mich erinnert, ich hatte einen Onkel bei der Polente, darum hab ich meine Nachforschungen gemacht wie ein richtiger Flic.«

Wahrscheinlich hatte er sich verkleidet, der arme Kerl, damit er sein Geld auch wirklich verdiente. Denn Maugin hatte ihm natürlich eine Anweisung geschickt, »für die Unkosten«.

»Kein bisschen Groschenroman, der junge Graf. Ich sage jung im Vergleich zu uns, aber er ist zweiunddreißig. Ein Musterschüler, einer, der büffelt, ganz das Gegenteil von einem jungen Mann, der ein flottes Leben führt. Das weiß ich von einem ehemaligen Mitschüler an der École Normale.

Der Vater dagegen ist uralte Schule, astrein. Ich glaube, er ist außerdem noch Reservegeneral. Gerade mal, dass er in seinen Aufsichtsräten keinen Bratenrock trägt, und jeden Morgen geht er fechten, reitet im Bois de Boulogne, speist Avenue Hoche, in seinem Club. Hätte nicht gedacht, dass es sowas noch gibt, außer im Theater.

Der Sohnemann hätte in die Geschäfte einsteigen können, die sein Papa beaufsichtigt, hat sich aber nach dem Studium lieber zu den Spahis gemeldet und war dann fünf, sechs Jahre in der Wüste.

Als er zurückkam nach Paris, hat er sich endgültig mit dem Alten verkracht, er hat nämlich in einem Verlag am linken Seineufer gearbeitet und eine Tippse geheiratet.

Durch den Einfluss des Verlegers ist er ins Ministerium gelangt, und jetzt hat er zwei Kinder. Er ist nicht reich. Angeblich arbeitet er an einem Buch, an was für einem, weiß ich nicht.

Eines Tages wird er seinen Vater beerben, er ist das einzige Kind, könnte aber gut sein, dass er noch lange warten muss, darum schlägt er sich so durch, denn sein Geschmack ist kostspielig und er hat es mit den Frauen. Er steckt bis zum Hals in Schulden …«

Hätte der arme Lecointre gewusst, dass jedes Wort für Maugin eine Qual war, er wäre sparsamer gewesen mit den Details. Ganze Seiten hatte er vollgeschrieben. Weitere Briefe waren gefolgt, denn er wollte dem alten Freund etwas liefern für sein Geld. Im Grunde war er ein Pedant, wie die meisten armen Schlucker.

»Seine Marotte ist, er verkehrt gern in Künstlerkreisen …«

Auch das noch! Und? Was hatte er damit zu tun? War er sechzig, ja oder nein? Mit dem Herzen eines Fünfundsiebzigjährigen und statt der linken Herzkammer eine Art Birne, matschig und kraftlos.

Er stank nach Wein, stank nach altem Mann. Manchmal machte er es absichtlich, wollte sie alle anekeln, die Reaktionen in ihren Augen beobachten. Nur Oliva – sie roch aus allen Löchern nach Knoblauch – wagte es zu sagen:

»Sie riechen nach saurem Weinfass.«

In einer Schublade seines Arbeitszimmers – denn er hatte ein richtiges Arbeitszimmer, mit Balkon hinaus aufs Meer – lag ein schwarzumrandeter Brief, von Cadot, natürlich.

»Mit Betrübnis habe ich von Ihrem Aufbruch erfahren, doch wenn die Erholung am Meer Ihnen wohltut und Sie aufmuntert, kann ich mich nur mit Ihnen darüber freuen.«

Das war alles in allem nicht schlecht ausgedrückt. Aber die Fortsetzung war nicht ganz so gut:

»Ich zögere, Ihren Mittelmeerhimmel mit meinen kleinen Kümmernissen zu trüben, doch wem sonst sollte ich sie anvertrauen, wenn nicht Ihnen, denn haben Sie mich nicht immer aufmerksam und nachsichtig angehört?

Seit meine Frau uns verlassen hat (und ich danke Ihnen noch einmal für alles, was Sie ihr Gutes getan haben), bin ich so etwas geworden wie ein gesellschaftlicher Sonderling, für den in der heutigen Welt kein Platz vorgesehen ist: ein Witwer mit fünf Kindern.

Versuchen Sie sich vorzustellen, was für Schwierigkeiten das mit sich bringt, Sie, dem die Vorsehung ein hübsches, lebensfrohes Baby geschenkt hat. Meine Mutter hat sich in den ersten Wochen, so gut sie konnte, um die Kleinen gekümmert und hier bei mir gewohnt. Sie ist eine alte Frau, das wissen Sie, und leidet unter zahlreichen Gebrechen …«

Kurzum, Juliette hatte aufgegeben und war zurückgekrochen in ihr Schlupfloch in der Rue Caulaincourt.

»Nachbarinnen haben mir ausgeholfen. Nachbarn haben sich verständnisvoll gezeigt und großzügig. Doch in einem bescheidenen Viertel wie dem unseren hat jeder eigene Sorgen …«

Zur Sache! Er brauchte noch drei weitere Seiten, angefüllt mit der kleinen, akkuraten Schrift eines Volksschullehrers, bis er zur Sache kam: Er hatte eine »zweite Mutter für die Kinder« ausfindig gemacht, ebenfalls verwitwet, gerade mal fünfunddreißig, »lebhaft und bei bester Gesundheit«.

Er habe gezögert, wegen des Angedenkens an die teure Tote.

Doch seine Pflicht …

Allerdings … Denn es gab ein Allerdings. Und hier

betrat er, Maugin, endlich die Bühne. Thérèse (so hieß die Anwärterin) zögerte, sich einzulassen auf derart unsichere und, um offen zu reden, deprimierende Verhältnisse. Sie entstammte einer Kaufmannsfamilie aus der Auvergne, so viel hatte er verstanden.

»Wie sie mit Recht bemerkt, wohin führen meine Mühen im Büro? Ich bin nur ein so bescheidenes Rädchen, dass diejenigen, die uns lenken, nicht einmal von meiner Existenz wissen. Aber wenn wir beide, solange wir noch jung sind, ein eignes Geschäft übernehmen, in das wir unser Bestes stecken …«

Er hatte es sogar schon gefunden, das Geschäft. Einen Lebensmittelladen, »sehr gut gelegen«, in Charenton, in einem zukunftsträchtigen Viertel, fast gegenüber der Schleuse, »und so hätte man durch die Schiffer eine regelmäßige Kundschaft«.

Maugin hatte Alice nichts davon erzählt, auch sonst niemandem. Er hatte den Laden bezahlt und erhielt als Gegenleistung einen noch längeren Brief, mit einer Fotografie der ganzen Familie, aufgereiht vor dem Geschäft.

Am überraschendsten war, dass Juliette Cadot, die alte Wanze, ihm seine plötzliche Großzügigkeit fast übel nahm.

»Ich frage mich, ob Sie klug gehandelt haben, wenn Sie so mir nichts, dir nichts das Leben dieses Jungen völlig umkrempeln, der nur allzu gern an sich glaubt und in den letzten drei Wochen kein einziges Mal Zeit gefunden hat, mich zu besuchen. Was diese Frau angeht, über die ich noch nichts sagen möchte …«

Lieber Gott, Erbarmen! Er hatte es nicht aus Güte getan. Er war nicht gut. Er hatte nicht die geringste Lust, gut zu sein, im Gegenteil. Alice irrte.

Sie war heraufgekommen in sein Zimmer. Sie hatte ihn auf die Stirn geküsst, auf die Lider, ein kleines Kreuz gezeichnet, doch sie wusste nicht, was er dachte in diesem Augenblick.

Er dachte, wenigstens würde jemand bei ihm sein, wenn der Augenblick kam, das war's!

Er hatte Schiss, allein zu sterben, »wie ein Hund«.

Das war nicht mehr ganz so schön, was? Wenn sie also anfing um Jouve herumzuschleichen, an ihren Blondschopf zu denken, bestand für ihn die Gefahr ...

Er hatte nicht geschlafen, höchstens ein paar Minuten, und irgendwo pfiff immer noch der Gärtner, weil er es nicht besser wusste; junge Männer in winzigen Badehosen gerierten sich wie Akrobaten auf einem Brett, gezogen von einem Motorboot.

Macht ruhig Krach! Als ob das Meer nicht reichte, die Zikaden, das Gepfeife des alten Fredin, die Fliegen und Baba, die nun auch dazustieß und am offenen Fenster weinte.

Jouve war zurück. Die Autotür knallte. Der Kies knirschte. Ein ganzes Orchester.

Er stand auf, missmutig, verzog das Gesicht, als er mit dem rechten Fuß auftrat, und kippte den Rest der Flasche herunter – lauwarmer Wein, fast schon Essig.

»Ich komme ins Arbeitszimmer, Monsieur Jouve«, rief er aus dem Fenster.

Er zog einen Morgenrock über, wusch sich rasch das Gesicht, fuhr mit dem Kamm durchs spärliche Haar.

»Hast du die Plätze?«

»Ja, Chef.«

»Eine Loge, wo man uns nicht anstarrt wie die Tiere im Jardin des Plantes?«

»Ja, Chef. Ganz hinten.«

Auch aus Angst, es könnte brennen, saß er lieber hinten im Saal.

»Weill?«

»Er verklagt Sie. Er hat sich geweigert, mich zu empfangen oder auch nur am Telefon mit mir zu sprechen, er hat durch seine Sekretärin ausrichten lassen, ich soll mich an seinen Anwalt wenden.«

»Bist du hingegangen?«

»Nein. Ich bin zu Maître Audubon, der hat mir geraten, gar nichts zu unternehmen.«

»Was genau sagt Audubon?«

Das war sein Anwalt.

»Er sagt …«

»Was?«

»Er sagt, Sie werden ganz sicher verlieren, und besser schließen Sie mit Weill einen Vergleich.«

»Nein!«

»Er hat der Société Siva den Vertrag abgekauft, und jetzt schulden Sie ihm fünf Filme dieses Jahr.«

»Bloß dass mir eine Klausel erlaubt, Drehbücher abzulehnen, die mir nicht gefallen.«

»In den letzten vier Monaten hat er Ihnen zwölf geschickt.«

»Die sind alle Blödsinn.«

»Unter den zwölf sind zwei, die Sie im vergangenen Dezember drehen wollten. Das haben Sie der Société Siva damals geschrieben. Er hat den Brief in seinen

Unterlagen. Maître Audubon sagt, unter solchen Voraussetzungen wird kein Gericht Ihnen recht geben, außerdem hat die Siva Ihnen einen stattlichen Vorschuss gezahlt.«

»Weill ist ein Gauner!«

»Wie Maître Audubon sagt: Er ist ein Geschäftsmann.«

Seine Karten waren schlecht, das wusste er, sperrte sich aber gegen das Offensichtliche. In einer plötzlichen Anwandlung hatte er beschlossen, an die Côte d'Azur zu fahren, und seit er hier war, lehnte er alles ab, was man ihm anbot.

»Und wenn ich krank wäre?«

»Den Fall haben wir auch geprüft. Dann lägen die Dinge anders. Die Gesellschaft, die Weill vertritt, würde einen Arzt ihrer Wahl benennen, der Sie untersucht, und der müsste im Einverständnis mit Ihrem eigenen Arzt einen dritten Mediziner bestimmen, als Gutachter.«

»Audubon ist gegen mich!«

»Er würde gern herkommen und mit Ihnen sprechen, er sitzt aber noch einen guten Monat in Paris fest, und danach ist es wahrscheinlich zu spät.«

»Sag meiner Frau heute nichts. Überflüssig, dass man ihr den Tag verdirbt. Ich fahre morgen nach Paris.«

»Nehmen Sie mich mit?«

»Ja, Monsieur Jouve, ich nehm dich mit!«

Die Geschichte plagte ihn mehr, als er zugeben wollte, denn sie kam ihn womöglich sehr teuer zu stehen. Sicher, es fehlte ihm nicht an Geld. Misstrauisch wie er war, hatte er etwas zurückgelegt, in vier, fünf verschiedenen Banken, vor allem Gold, das er immer eigenhändig in den Stahlfächern auf seinen Namen deponierte.

Doch er war bei Weitem nicht so reich, wie viele glaubten und die Zeitungen es mit enervierender Schmeichelei erzählten. Meistens waren die Zahlen nichts als ein Bluff der Filmgesellschaften. Und die Steuer verschlang ohnehin den Löwenanteil.

Was jedermann auch gern vergaß, beim Film verdiente er erst seit etwa zehn Jahren größere Summen.

Bis fünfzig lebte er nur vom Theater.

Bis vierzig wurde es am Monatsende eng.

Bis dreißig war er ein Hungerleider.

Verstehen Sie das, Graf von Jonzé, der-Sie-gern-in-Künstlerkreisen-verkehren?

Er durfte nicht krank sein! Er durfte nicht im Sterben liegen, ohne dass die Herren Gutachter das beglaubigten!

Feines Gutachten! Warum nicht gleich eine Autopsie?

»Ich vermute, heut Abend habe ich frei, Chef?«

»Warum fragst du?«

»Weil ich einem Freund aus der Kindheit begegnet bin, er ist Lehrer am Gymnasium in Juan-les-Pins, und ich würde gern ein bisschen mit ihm plaudern.«

Es war fünf Uhr. Bis sechs musste er noch herumtrödeln, dann sich anziehen, das Auto nehmen, sich in ein Restaurant setzen und appetitlos die vom Oberkellner präsentierte Speisekarte in Augenschein nehmen, eine schöne, große Karte, so groß wie nur möglich, mit komplizierten Namen, bei denen jedem Blödmann das Wasser im Mund zusammenlief.

»Hinken Sie?«

»Nein.«

Seine Frau war in der Wäschekammer, wo sie »eine kleine Änderung« an ihrem Abendkleid vornahm, denn eine Stunde außer Haus, das bedeutet für eine Frau stunden-, wenn nicht tagelange Vorbereitung. Erstaunlich, dass sie nicht auch zum Friseur musste.

»Ist dir langweilig?«

»Nein. Mir ist heiß.«

»Hinkst du?«

Wieder sagte er ungeduldig:

»Nein.«

Um diese Zeit trank er normalerweise in Antibes sein Glas Wein, unweit des Boule-Platzes, aber dazu müsste er sich schon ein erstes Mal umziehen, anschließend wieder herkommen und den Smoking anlegen. Es war unklug gewesen, einen Abend im Smoking vorzuschlagen.

Er schlich im Zimmer herum wie ein Kind, das gleich eine Dummheit macht. Er machte sie.

»Ich fahr morgen nach Paris.«

Sie zuckte zusammen, hob rasch den Kopf.

»Ach! … Hast du das eben beschlossen?«

Er wusste, er verdarb ihr den Tag, dabei hatte er Jouve eingebläut, genau das nicht zu tun, und er wusste auch, dass er es absichtlich tat, vielleicht weil es zu ruhig war in der Wäschekammer.

»Wir haben uns gerade über die Weill-Geschichte unterhalten. Audubon will mit mir sprechen.«

»Warum kommt er nicht her?«

»Er kann momentan nicht weg aus Paris. Und Weill verklagt mich.«

Das alles waren nur Worte, und sie spürten es alle beide. Seit Wochen lag diese drohende Reise in der Luft, ohne dass er oder sie davon sprach.

Was glaubte Alice, was er dort wollte? Warum ängstigte sie diese Reise, an der nichts ungewöhnlich war oder riskant?

»Fährst du mit dem Auto?«

»Ich nehme den Zug, mit Adrien.«

Sie öffnete den Mund, überlegte es sich anders, und dann verstrich eine gute Minute bis zu der Frage, die er vorhersah.

»Kann ich dich nicht begleiten?«

»Und Baba?«

»Madame Lampargent kümmert sich um sie.«

»Das lohnt nicht. Ich fahre nur hin und zurück.«

»Wie lange bleibst du?«

»Vier Tage ... fünf ...«

Das Seltsamste war, diese Reise machte ihm genauso viel Angst wie ihr, und weil er eine Zahl genannt hatte, glaubte er, er müsse heimlich auf Holz klopfen.

Seit ihrem überstürzten Aufbruch in Paris drückte er sich um eine Rückkehr, und sei es auch nur für vierundzwanzig Stunden, bislang fuhr Jouve an seiner statt.

In seiner Vorstellung war es, weiß Gott warum, keine Reise wie jede andere. Er verbrachte seine Zeit damit, auf Antibes zu schimpfen, aufs Meer, das Boot, Joseph, die Villa und den Gärtner, und dennoch zögerte er von hier fortzugehen, als wäre er anderswo nicht mehr in Sicherheit.

»Ich sage Jouve, dass er am Bahnhof anruft und Plätze reserviert.«

»Hat er das noch nicht gemacht?«

Sie erriet, er hatte sich ganz plötzlich entschlossen, und das beunruhigte sie umso mehr.

»Überleg es dir, Émile.«

»Was?«

»Nichts. Ich bin durcheinander. Achte nicht darauf. Uns geht es gut hier …«

»Ich schau rasch zu Jouve ins Arbeitszimmer und geh mich dann umziehen.«

»In einer halben Stunde bin ich fertig.«

Er trug wegen seines Stiernackens zum Smoking immer Hemden aus dicker, weicher Seide mit niedrigem Kragen. Darin wirkte er äußerst vornehm, beeindruckend. Er hatte sich ein zweites Mal rasiert, und das Weiß der Wäsche betonte sein sonnengebräuntes Gesicht.

Fast fand er sich schön.

»Du bist grandios, Émile!«

Seine Lackschuhe taten ein bisschen weh, besonders der rechte, doch er sagte nichts. Er sagte auch nicht, dass er, um nicht nach Wein zu riechen, ein volles Glas Cognac getrunken hatte. Sein Taschentuch war dezent parfümiert. Er ging Baba küssen, die schon im Bett lag und ihn mit verwunderten Augen anstarrte.

Ihre Mutter war ganz luftig in dem volantbesetzten Organdykleid, und im Kontrast zu Maugin wirkten ihre Schultern noch weißer, beinah anämisch. Sie trug die Perlenkette, die er ihr zur Geburt des Kindes gekauft hatte, als ob …

»Macht es Ihnen was aus, mich an der Place Macé rauszulassen, da habe ich einen Bus.«

Sie nahmen Jouve mit, der sich neben den Fahrer setzte. Das Wageninnere war weich gepolstert. Die untergehende Sonne tauchte alles in ein leichtes Rotviolett. Das »Automobil« glitt geräuschlos, schwebend dahin, und Alice hatte ihre Hand auf die von Maugin gelegt, der aufrechter dasaß als gewöhnlich.

Das alles glich wirklich einem kleinen Fest, wie Bürger es sich zu einem wichtigen Anlass gönnen. Jouve verabschiedete sich. Der Wagen glitt von Neuem dahin.

»Wann fährst du morgen?«

»Wir nehmen den Zug um elf und sind dann zum Schlafengehen in Paris.«

»Du wirst wohl nicht in der Avenue George V wohnen?«

Zum ersten Mal, seit er mit Alice zusammenlebte, würde er in Paris im Hotel absteigen, und er war unentschieden, welches er nehmen sollte.

»Wahrscheinlich geh ich ins Claridge.«

»Rufst du mich an?«

»Ja. Nicht oft, die Gespräche sind teuer. Ich melde mich gleich nach der Ankunft, dann weißt du, dass es mir gutgeht.«

Er fragte sich, wie es in der Villa aussehen würde, ohne ihn. Er war eifersüchtig. Würde alles weniger gezwungen sein? Würde man Geträller hören und Lachen?

»Fahren Sie uns ins Cintra, Arsène.«

Zum Aperitif. Wie jedermann. Er wölbte stolz die Brust, erprobte seine Stimme.

»Zwei Martini, junger Mann.«

Leute kamen, sprachen ihn an, er kannte sie mehr oder weniger und zeigte seine mürrische Gönnermiene.

Er beging nicht wieder dieselbe Dummheit wie in Paris, sondern wählte fürs Essen ein italienisches Restaurant, wo sie einander an einem kleinen Tisch gegenübersaßen, zwischen ihnen ein Licht mit orangegelbem Schirm. Diesmal hatte er ihr Rheinwein bestellt und für sich selbst ein Fiasco Chianti.

Wegen der Martinis und der Hitze waren sie beide sehr rosig, ihre Augen glänzten. Sie waren schön. Sie spielten Monsieur, der Madame ausführt. Doch jedes Mal, wenn sie nahe daran waren, einander ins Gesicht zu schauen, wandte einer von ihnen, nicht immer derselbe, die Augen ab.

Warum? Wovor hatten sie Angst? Fast war es, als fürchteten sie, der andere ertappe ihn bei einem Fehler.

Konnte es sein, dass jeder für sich, anstatt den Abend einfach zu genießen, seinen Ablauf so aufmerksam verfolgte wie ein Ereignis, das später einmal einen wichtigen Platz in der Erinnerung einnehmen wird?

Doch sie wollten nichts merken lassen. Sie posierten für die Zukunft, waren zärtlich, verspielt, scherzten angestrengt.

»Na los, gehen wir uns diesen verdammten Maugin anschauen, in seinem Film.«

Der Name prangte groß an den Wänden, dazu ein Bild von Maugin, die Hand verkrampft über einem nach hinten geneigten Frauenkopf.

»Die Leute erwarten wohl, dass ich die Kleine vor ihren Augen erwürge, und danach sind sie enttäuscht.«

Man schaute ihnen hinterher, im Foyer des Palais de la Méditerranée. Folgte ihnen von Weitem. Der Direktor wartete höchstpersönlich, geleitete sie in ihre Loge.

»Ich dachte, es entspricht Ihrem Wunsch, Monsieur Maugin, dass wir Ihre Anwesenheit nicht verkündet haben. Aber die Leute haben Sie gesehen. Jeder weiß, dass Sie hier sind, und ich hoffe, Sie nehmen es mir nicht übel, wenn Ihnen nach der Vorführung …«

Bestimmt hatte er für Alice Blumen gekauft, die später überreicht würden. Und er musste sich über den Logenrand beugen, sich verneigen. Sie ebenfalls.

Die Wochenschau ging zu Ende. Sein Name erschien riesengroß auf der Leinwand, dann die Litanei von immer kleiner werdenden Namen, ganz zum Schluss Maskenbildner und Requisiteur.

Herr Jedermann begann zu leben, in Schwarzweiß, umgeben von seinem Alltag, und auf seinen Schultern trug er fast sichtbar das Gewicht seines Lebens als Mann.

Plötzlich entdeckte er die Ähnlichkeit zwischen der kleinen Schauspielerin und seiner Frau. Keine Ähnlichkeit der Gesichtszüge, sondern etwas, das auf den ersten Blick weniger offensichtlich war, dafür aber tiefer, fast eine Ähnlichkeit des Schicksals. Er fühlte sich unwohl, und langsam fiel es ihm lästig, dass Alice ihre Hand ständig auf seine legte. Er ruckte an seinem Stuhl. Zuschauer, die nicht wussten, woher das Geräusch kam, machten:

»Pst!«

Fast hätte er losgeschimpft, beruhigte sich dann, sein rechter Fuß schmerzte, und er schlüpfte aus dem Schuh.

Die Szenen, in denen man ihn sah, wie er die Lokomotive führte, erinnerten ihn an die Dezembertage, als sie im Schnee herumgestapft waren, denn man hatte ihnen in Levallois Lok und Abstellgleis zur Verfügung gestellt, mit echten Maschinisten, versteht sich.

Dann kam das Bistrot, die Rückkehr in seine Wohnung, das Treppenhaus, die Tür, die er mit einem Ruck aufstieß, der stumme Schrei seiner Frau.

Im Dunkel seiner Loge glaubte er, er sähe dort verängstigt seine wirkliche Frau, befehle ihr von der Leinwand herab:

»Komm her!«

Er wiederholte:

»Komm her, *Kleine*!«

Sein Arm lag auf der Stuhllehne, hinter Alice, und mit der Hand machte er im Finstern genau dasselbe wie seine vergrößerte Filmhand.

Und sonderbar, Alice wusste es, er spürte ihre Spannung und dass sie den Atem anhielt, in Erwartung, was kommen würde.

Genau wie die andere wagte sie keine Bewegung.

Wie die andere nahm sie alles hin.

Es gab keine auf sie gerichteten Scheinwerfer, keine Toningenieure, keine Klappe. Schwarze Wolken umhüllten sie, wie in Biguets Praxis während der Röntgenaufnahme. Die Finger spreizten sich, kamen näher, er ahnte den blassen Schimmer der Perlen um den Hals seiner Frau, atmete schwer, spürte, wie ihm der Schweiß zwischen die Schulterblätter rann.

Anstelle von Paris?

Das war kein Gedanke. Dafür war es zu diffus, und dennoch, wie in seinem Traum vom Gericht, war es ganz eindeutig: *das* oder Paris. Er hatte die Wahl. Man ließ ihm die Wahl.

Ihm war, als dauerte die Szene Stunden, genau wie der Alptraum; und als die Hand nicht zupackte, als der

Mann auf der Leinwand seine Frau hinausschubste zur Treppe, ohne dass er sich die Mühe machte und brutal wurde, da hatte er das Gefühl, endlich sehe er wieder Licht, obwohl der Film weiterlief und es noch dunkel blieb im Saal.

Also nach Paris.

Er schaute nicht mehr auf die Leinwand, beugte sich hinunter, knurrte, weil er im Finstern seinen Schuh nicht richtig anbekam, während Alice ein Taschentuch hervorholte.

Der Beifall brach los. Lichter flammten, und sechshundert Gesichter richteten sich auf die Loge, wo er vornübergebeugt den Schuh fertig anzog.

Er stand auf, verneigte sich. Die Leute trampelten, und er sah ein paar, die immer noch weinten. Alice stand nicht auf. Zum ersten Mal wollte der Zufall, dass der tosende Beifall für Maugin auch ihr galt, und sie wusste nicht, wie sie sich verhalten sollte; er griff nach ihrem Arm, eine Platzanweiserin trat an die Balustrade und überreichte ihr purpurrote Nelken.

Die Leute wollten die Sitzreihen einfach nicht verlassen, und er zog Alice mit sich hinaus, sagte:

»Das war's, Kleine!«

Sehr blass, wie benommen, zwang sie sich über die Blumen hinweg zu lächeln, während er sich von ihr löste und Programmhefte signierte, die viele Hände ihm im ganzen langen Flur entgegenstreckten.

3

Er hatte während der Fahrt getrunken und geschlafen. Bis Laroche hatte er Trübsal geblasen, denn es war eine mögliche Verspätung angekündigt, dann hatte der Zug die verlorene Zeit aufgeholt, und die große leuchtende Uhr zeigte zwanzig vor elf, als sie in den Bahnhof rollten.

»Bring mein Gepäck ins Claridge und reservier mir eine Suite.«

»Ist es Ihnen lieber, wenn ich morgen nicht allzu früh störe und auf Ihren Anruf warte?«

»Ganz genau: warte!«

»Ich mache einen Termin bei Maître Audubon?«

Er hatte Jouve geistesabwesend angeblickt, als erinnere er sich nicht, dass er wegen der Weill-Geschichte nach Paris gekommen war.

Mit leeren Händen folgte er der Menge, die zur Unterführung ging, und die meisten Köpfe drehten sich in seine Richtung. Er stieg in ein Taxi, überrascht, so viele Menschen auf den Caféterrassen zu sehen, Männer in Hemdsärmeln.

»Zum Châtelet. Künstlereingang.«

Es war gerade genug Platz für das Auto, nicht weit von der Tür, und er konnte im Fond sitzen bleiben, zusammengesackt, starrte finster auf die Menge, die durch das Hauptportal aus dem Theater strömte. Auch hier war er vor langer Zeit Statist gewesen, man gab *Der Kurier des Zaren* und *In achtzig Tagen um die Welt*; damals war es das Theater, das am schlechtesten zahlte, wo man die lumpigsten Lumpen antraf, vielleicht wegen der Nähe zu den Markthallen oder weil man so viele Leute brauchte – manchmal standen über hundert Personen auf der Bühne –, und jeder x-Beliebige war gut genug. Er hatte sich Flöhe eingefangen. Er hatte sich noch was anderes eingefangen, mit einer kleinen Statistin.

Langsam kamen sie heraus, Männer und Frauen, in abgetragenen Kleidern, die meisten trotz allem stolz, dass sie dem Theater angehörten, und darum trugen sie absichtlich noch Spuren der Schminke.

»Jules!«, rief er durchs Wagenfenster, als Lecointre geschäftig aus der Tür trat.

Der arme Teufel blickte in alle Richtungen, fragte sich, wer ihn gerufen hatte und von wo, entdeckte schließlich die winkende Hand im Auto. Als er Maugin erkannte, schrie er ganz verzückt:

»Du bist es! *Du bist gekommen!*«

Als sei's ein Wunder.

»Steig ein.«

»Ich hätte nie gedacht, dass mein Brief so schnell bei dir ist, auch nicht, dass du Zeit hast.«

Maugin schwieg. Offenbar sprach sein Gefährte von einem Brief, den er vor der Abreise nicht mehr gesehen hatte. Der letzte Brief, den Lackaffen betreffend, war etwa zwei Monate her, und da erwähnte er in einem PS, nach dem Ende von *Baradel & Co.* habe er eine »kleine Rolle« am Châtelet ergattert.

»Sollen wir gleich hinfahren zu ihm? Bist du gerade erst angekommen?«

Maugin schummelte grundlos, gab nicht zu, dass er keine Ahnung hatte, worum es ging. Er wartete, bis er es erraten würde, und dann war die Sache ganz einfach.

»Diesmal, weißt du, macht er's nicht mehr lang. Der Arzt sagt, es ist eher eine Frage von Stunden als von Tagen. Du erkennst ihn nicht wieder!«

Natürlich nicht! Er hatte Gidoin dreißig Jahre nicht gesehen, und tief im Innersten nahm er ihm immer noch übel, dass er die falschen Scheine damals nicht hingekriegt hatte.

»Er hat niemand, der ihn pflegt, drum hab ich mich in seinem Atelier eingerichtet, ich schlafe da, so gut es geht, aber ich lass ihn allein, wenn ich ins Theater muss.«

»Fahrer, Place du Tertre!«

»Prima, dass du gekommen bist. Du weißt gar nicht, wie gut ihm das tun wird. Ich bin sicher, es macht ihm das Ende leichter. In letzter Zeit hat er öfter von dir und den Freunden damals gesprochen, auch von einer Kleinen, die ich nicht kenne, hatte aber offenbar einen wichtigen Platz in seinem Leben. Hin und wieder ist er nicht ganz klar im Kopf, dann wird's mühsam. Er glaubt, man will ihn ins Krankenhaus bringen, hält mich für den Pfleger und schlägt wild um sich. Übrigens, du warst da niemals, oder?«

»Wo?«

»Im Krankenhaus. Kann mir nicht vorstellen, dass du krank wirst. Victor hat die meisten Pariser Krankenhäuser von innen gesehen, und er hat Schiss, dass er da stirbt. Ich glaube, mir würde es gehen wie ihm, lieber krepier ich auf der Straße. Oder was sagst du?«

»Ich sage gar nichts.«

»Weißt du, wie viel ich noch in der Tasche habe, um ihn zu pflegen?«

Er zog die Faust hervor, öffnete sie im Halbdunkel des Taxis, ein paar Münzen auf dem Handteller.

»Ich hab meinen Mantel verkauft, und seinen auch. Wir haben schon lange keine Uhr mehr, weder er noch ich, und wenn ich nachts wissen will, wie spät es ist, muss ich warten, bis die Uhr von Sacré-Cœur schlägt. Entschuldige, dass ich solche Sachen erzähle. Du hast mir mehr Geld geschickt, als du mir schuldig warst. Bist du glücklich, da unten?«

Maugin knurrte.

»Der Kleinen geht's gut? Und deiner Frau? Ich denk oft an dich, seit du weg bist. Weißt du eigentlich, von uns allen bist du der Einzige, aus dem ein mehr oder weniger normaler Mensch geworden ist? Du bist Schauspieler, klar, und sogar ein berühmter Kerl, das sag ich ohne Bitterkeit oder Neid. Wer behauptet, du verdankst deinen Erfolg dem Zufall, ist ein Vollidiot und hat keine Ahnung. Aber was mich verblüfft, wenn ich's mir so überlege, du hast gleichzeitig eine Familie, ein richtiges Zuhause, verstehst du, was ich meine?«

Maugin starrte hinaus in die vorbeiziehenden Straßen, wo überall Leute aus dem Kino oder Theater kamen, nach Hause gingen, wo es kaum Ecken gab, die ihn nicht an irgendwas erinnerten, und dabei klang Lecointres heisere Stimme in seinem Ohr wie der hartnäckige Refrain einer alten Leierkastenmelodie.

»Weißt du, Émile, was wir tun sollten, was du tun solltest, bei dir kommt's ja nicht drauf an. Wir halten irgendwo, und du kaufst ihm eine gute Flasche Schnaps. Trinken ist ihm zwar verboten, aber in seinem Zustand jetzt ist das ganz egal. Ich bring ihm hin und wieder einen Liter Roten, wenn ich's mir leisten kann, aber der ist nicht stark genug, verstehst du? Er braucht was Hartes, auch keinen Cognac, sondern Calvados oder Marc.«

Sie fanden einen offenen Laden am Boulevard Rochechouart, auch ein Delikatessengeschäft, gleich daneben.

»Was hätte er gern? Bestell was.«

Seine zu gut geschnittenen Kleider waren ihm peinlich, und auch seine dicke Brieftasche und das Taxi, das am Bordstein wartete. Er vergaß, dass er Lecointre nicht deshalb abgepasst hatte, vor dem Châtelet.

»Ich weiß nicht, ob er noch essen kann.«

»Kauf trotzdem was.«

Es gab eine Kneipe an der Ecke, eine richtige Kaschemme mit trüber Beleuchtung, mit heruntergekommenen Typen, von denen die meisten später wohl nicht in einem Bett schliefen, und weil er an Lecointres Worte dachte, bestellte er einen Marc, kippte zwei Gläser hintereinander.

»Zum Glück hab ich letzte Woche morgens mal bei ihm reingeschaut. Am Vortag hatte es ihn schlimm erwischt, und womöglich wär er draufgegangen, ohne dass einer was merkt.«

Um diese Uhrzeit bekamen die Straßen für Maugin allmählich Geschmack und Geruch, und besonders diese Straßen hier, die kaum verändert waren, nur hatten andere Schatten die eigenen Schatten abgelöst auf dem Pflaster und vor den Schaufenstern der Läden.

Die Place du Tertre glich einem Jahrmarkt, die Caféterrassen, die den ganzen Platz überwuchern, waren voll mit Fremden – dazu ein paar armselige, langhaarige Kerle, die ihre Zeichenmappen von Tisch zu Tisch schleppten, Musiker und Sänger und an der Ecke sogar ein Feuerschlucker, sein Brustkasten im engen blauen Seemannspulli.

»Zu unsrer Zeit sah das hier anders aus, was, Émile? Behältst du das Taxi? Dann soll er links abbiegen und ein paar Meter die Rue du Mont-Cenis runter.«

Kurz vor der Steintreppe trat Lecointre, die Arme voll mit Paketen, dahinter Maugin, der die Flaschen trug, durch eine niedrige Tür und folgte im Finstern dem schmalen Weg unter freiem Himmel bis in einen Hof, der mit Brettern vollstand.

»Die Werkstatt rechts gehört einem Tischler. Drüber wohnt eine Russin, tanzt in Kabaretts.«

Hier war man weit weg vom Jahrmarkt, weit weg von Paris, zu hören war nichts mehr, zu sehen nur der orangegelbe Glanz am Himmel. Mauern mit bröckelndem Putz, Dreckwasser, das sich auf dem Weg sammelte, und ganz hinten der flackernde Schein einer Petroleumlampe mit ihrem ganz heruntergedrehten Docht.

»Es gibt im Hof keinen Strom, verstehst du? Das war ein Lagerschuppen, den hat er sich umgebaut.«

Die Fassade war fast vollständig verglast, viele Scheiben inzwischen ersetzt durch Pappe. Auf einer Art Sofa ohne Füße, nichts als ein Polster am Boden, erkannte man eine zusammengekauerte menschliche Gestalt, ein bärtiges Gesicht, zwei riesige Augen, die hinausstarrten in die Schwärze.

»Ich bin's, Victor!«

Lecointre öffnete die Tür, drehte den Lampendocht höher.

»Heut ist Weihnachten, Alter! Rat mal, wen ich mitbringe? Schau gut hin. Er ist es. Maugin.«

War da noch Fleisch unter dem Bart, unter dem langen Haar? Die Augen verschlangen den Besucher mit einem Rest Misstrauen.

»Sicher, dass er mich nicht holen kommt? Hast du geschworen, Jules! Vergiss nicht!«

»Aber ich sag doch, das ist unser Freund Maugin, erst vorgestern hast du von ihm geredet. Schon vergessen?«

»Sag's noch mal!«

Die Stimme war leise, dumpf, der Rachen verschleimt. Er hustete, eine Hand vor dem Mund, die andere auf dem hohlen Bauch, wo eine Schnur die Hose zusammenhielt.

»Émile Maugin! Und er hat dir was Feines mitgebracht. Warte, bis ich die Flasche auf habe, dann kannst du schnuppern!«

Es gab keinen Stuhl in dem Atelier, bloß einen Tisch, übersät mit Kupferplatten, Werkzeug, schmutzigen Drucken, dazwischen zwei trübe Gläser. An der Wand hatte Lecointre sich offenbar ein Bett zurechtgemacht, aus drei Kisten, darüber ein Strohsack und eine zerfledderte Decke.

»Ich erinnere mich!«, sagte Gidoin endlich. »*Der Sänger.*«

Und es stimmte. Wie merkwürdig, dieses Wort auf einmal zu hören, tief aus der Vergangenheit, denn eigentlich war es längst vergessen. Gidoin auf seinem Strohsack hatte soeben einen Sprung getan, vierzig Jahre zurück, hatte sie beide mitgerissen in die Welt, in der er sein geheimnisvolles Leben eines Sterbenden lebte.

Eine Zeit lang war Maugin in ihrer Gruppe tatsächlich der »Sänger« gewesen, und damals glaubte er fest, dazu sei er bestimmt. Er sang in drittklassigen Cafés-Concerts, wo es eine kräftige Lunge brauchte, um den Lärm von Biergläsern und Tabletts zu übertönen. Er sang im schwarzen Frack, das Haar in der Mitte gescheitelt und festgepappt an den Schläfen. Er trug eine Kamelie im Knopfloch, eine künstliche Kamelie, denn er konnte sich nicht jeden Abend eine frische Blume leisten, und manchmal putzte er sie mit Terpentin, bevor er auf die Bühne trat.

»Hast du also deinen Weg gemacht!«, sagte Gidoin und versuchte sich mit den Händen aufzustützen, ungeschickt wie ein Säugling.

Er schaffte es nicht, musterte ihn von der Seite, die eine Gesichtshälfte auf sein Lager gedrückt.

»Trink, Alter.«

Lecointre half ihm ohne Ekel, hob seinen Kopf, wischte die Barthaare beiseite, ließ die Flüssigkeit in die Kehle rinnen wie Milch, während Gidoin eine ungeschickte Hand ausstreckte, um die Wunderflasche festzuhalten.

»Willst du auch, Maugin?«

»Jetzt nicht.«

Selbst um den beiden eine Freude zu machen, konnte er nicht. Hatte er deshalb so großen Widerwillen verspürt gegen Paris? Hatte er dunkel geahnt, was er dort suchen, was er dort finden würde?

»Warte ... bis ich ... wieder ...«

»Ja, ja. Ja. Nicht aufregen.«

»... Luft ...«

»Wir haben Zeit. Ruh dich aus.«

»... Luft ... kriege ...«

Er war erleichtert, dass er's geschafft hatte, und jetzt konnte er loshusten.

»Verzeihung.«

»Wir wissen schon, wie sowas ist. Mach nur!«

»Der da nicht.«

Und es lag ein Vorwurf in diesem Blick auf Maugin, als beschuldigte er ihn, er sei ein Abtrünniger.

»Hat's bestimmt vergessen.«

»Was?«

»Wart ... Gib mir zuerst die ...«

Die Flasche. Warum nicht? Er setzte sie ab und begann leise zu summen:

»Ein kleiner Bengel aus der Vorstadt ...«

Sein Blick hing wie eine Herausforderung an der hohen Gestalt des Besuchers, und seine Stimme klang falsch, krächzend:

»... am Boulevard, am Straßenrand,
bot denen, die vorüberliefen,
bescheidne Spielzeugpuppen an ...«

Er sammelte etwas Kraft, wurde lauter, wollte das Pathos jener Zeit nachahmen.

»Soldaten, buntbemalt und schmuck,
von jedem Rang kam einer mit,
sie zückten ihre goldnen Säbel
zackig im Paradeschritt.
Und der …«

»Es reicht, Alter. Du überanstrengst dich.«

Fürchtete Lecointre, die Erinnerung könnte Maugin kränken?

»Lass ihn doch.«

Sie hätten ihn auch gar nicht zum Schweigen gebracht, der Graveur kam immer mehr in Fahrt.

»… Und der Bengel liebt sein Spielzeug,
o große Not!
Doch alles musste er verkaufen
fürs täglich Brot …«

Sonderbar, Maugin erinnerte sich nicht mehr an den Text dieses Gassenhauers, und doch hatte er ihn hundert Mal gesungen. Ganz verblüfft entdeckte er bei Gidoin seinen eigenen Tonfall aus vergangener Zeit, Schrullen, die er vergessen hatte.

»… Und jedes Mal, wenn einer fortging,
o grausamer Schmerz!
schüttelte ein stiller Seufzer
sein junges Herz!«

Warum war Gidoin ihm so böse! Sicher, er war nicht bei klarem Verstand, doch man spürte, sein Verhalten lag nicht nur am Fieber.

»Ruh dich jetzt aus, Victor. Unser Freund Maugin ist ziemlich weit hergekommen, um dich wiederzusehen.«

»Der?«

»Ja, er hat dir was zu trinken mitgebracht und jede Menge gute Sachen. Hast du Hunger?«

Er schüttelte den Kopf, suchte mühsam nach den anderen Strophen. Ein Junge aus reichem Haus stand mit seiner Gouvernante vor dem ausgestellten Spielzeug, entschied sich für das größte, das schönste, einen berittenen Offizier, den der Verkäufer sorgsam für sich behielt. Er kaufte ihn, und vom Schmerz des Kindes gerührt:

»Ich kauf ihn dir ab, doch weine nicht!
Ich schenk ihn dir!«

Die Taschentücher kamen damals wie von alleine zum Vorschein; und während der dritten Strophe stand Maugin in einem unheimlich wirkenden grünen Licht, denn die Szene spielte auf dem Friedhof. Das Söhnchen aus reichem Hause war »am Brustfieber gestorben«, und der arme Junge trug brav seine Soldaten aufs Grab.

»… und spiel im Paradies
mit den Engeln!«

Maugin fühlte sich plötzlich furchtbar unwohl, fast hätte er aus der Flasche getrunken wie Lecointre, dem

Ekel zum Trotz. Eins der schmierigen Gläser hätte er auch nicht anrühren können, obwohl ihn jetzt schwindelte, sein Fuß heftiger denn je schmerzte, seine Arme, seine Brust juckten.

»Hast du also deinen Weg gemacht!«

Das sagte er voll Bitterkeit, voll tiefster Verachtung.

»Wenn du in der feinen Welt verkehrst, bist du ja vielleicht auch mal Béatrice begegnet?«

Lecointre bedeutete Maugin, er solle nicht weiter auf das Gerede eines Sterbenden achten.

»Erinnerst dich nicht mal an Béatrice? Das war aber in der Zeit von deinem Lied, als du in mein Atelier gekommen bist, Rue Jacob. Siehst du, sie war die einzige Frau, die ich hatte im Leben.«

Gidoin redete kein wirres Zeug, wie Lecointre glaubte, denn er hatte sie beide damals noch gar nicht gekannt. Béatrice hatte es wirklich gegeben, Maugin erinnerte sich, ein ganz junges Ding, eine Pummelige mit Grübchen am Kinn und gelocktem Haar.

Sie stand in der Académie Julian Modell. Eine Zeit lang wohnte sie bei Gidoin im Atelier, er hatte ein Kindergesicht, große schwarze Augen, »die an Andalusien gemahnten«, und trug eine wunderliche schwarze Jacke, zugeknöpft bis zum Hals, dazu eine Lavallière.

»Er ist ja nett«, hatte sie gesagt, »verstehst du, aber wenn wir zusammen sind, dann erzählt er mir was vom Mond und den Sternen oder vom ewigen Kampf zwischen Gott und dem Engel. Weißt du, dass er kein richtiger Mann ist?«

Sie hatte es ihm erklärt.

»Er kann nicht. Ist nicht seine Schuld. Lust hat er

schon. Er versucht es, und ich hab ihm geholfen, so gut ich kann. Zum Schluss hat er sich an meinem Busen ausgeweint, als wär ich seine Mutter.«

Wusste Gidoin, der heutige Gidoin, der hier im Sterben lag und eben gestanden hatte, in seinem Leben habe es nie eine andere Frau gegeben, wusste er, dass Maugin mit Béatrice geschlafen hatte, und auch alle ihre gemeinsamen Freunde und noch andere, die er gar nicht kannte?

»Sie hat mich wegen einem Bildhauer verlassen, der hat den Prix de Rome gekriegt, und sie ist mit ihm runter nach Italien, da hat sie einen steinreichen Grafen geheiratet.«

Schon wieder ein Graf!

»Bestimmt hat sie Kinder, vielleicht sogar Enkel! Jemand hat mir erzählt, vor gut fünfzehn Jahren, dass er ihr in der Avenue du Bois begegnet ist, offenbar hat sie gewohnt in dem Viertel.«

Das war gut möglich.

»Sie war immer noch sehr schön.«

Er streckte die Hand nach der Flasche, und Lecointre zögerte, sah ratsuchend zu Maugin.

Ihr Freund war dabei, sich umzubringen, das war klar. Sie brachten ihn um. Maugin war aus Antibes gekommen und gab ihm jetzt mit einer Flasche Marc den Rest.

»Bist du sicher, du hast sie nie wiedergesehen?«

»Ich schwör's.«

»Du lügst nicht?«

Sein Blick verriet freiheraus, dem »Sänger« hatte er immer schon jede Lüge zugetraut.

»Hätt ich noch Zeit, würde ich dein Porträt stechen.«

Ein Hustenanfall unterbrach ihn minutenlang, den seltsamen Faden seiner Gedanken verlor er trotzdem nicht.

»Dein Porträt von früher!«

Der arme Lecointre hatte, seine menschliche Scheu überwindend, eins der Pakete aus dem Delikatessengeschäft aufgeschnürt und aß nun verschämt, mit abgewandtem Kopf.

»Ich muss gehen«, brachte Maugin mühsam hervor.

»Sein Taxi steht vor der Tür.«

Bei diesem Wort runzelte Gidoin die Stirn, wahrscheinlich packte ihn wieder die Angst vor dem Krankenhaus.

»Wenn er nur gekommen ist, mich mitnehmen ...«

»Nein, nein! Beruhige dich! Er wollte dich nur sehen.«

»Er hat mich gesehen.«

»Ja. Er kommt wieder.«

Lecointres Blick flehte.

»Morgen komm ich wieder.«

»Ja! Ja, morgen ...«

Er kicherte, begann zu zittern, ringelte sich zusammen wie ein Fötus, und man mochte kaum glauben, da liege ein ausgewachsener Mann.

»Jules«, rief er.

»Ja.«

»Du bleibst doch? Trink einen Schluck. Wir zwei müssen hierbleiben und trinken. Der ›Sänger‹ kann ruhig gehen. Der erinnert sich nicht an sein Lied. Ich stech sein Porträt, morgen, wirst schon sehen. Du weißt, was du mir versprochen hast. Morgen gehen wir ...«

Maugin schlich auf Zehenspitzen weg vom Sofa, in Richtung Tür, bedeutete Lecointre, dass er verschwinden wollte. Draußen, im finsteren Hof, verharrte er eine Weile reglos, kehrte langsam zurück ins Leben, und beim Gehen stieß er mit den Schultern gegen die Mauern der Sackgasse. Sicher wirkte er wie ein Betrunkener oder Kranker, denn der Taxifahrer stieg aus, öffnete die Wagentür und fragte:

»Alles in Ordnung, Monsieur Maugin?«

»Alles in Ordnung.«

»Rheuma?«

Er hinkte wahrscheinlich.

»Ein Angelhaken.«

»Ich wusste gar nicht, dass Sie auch Angler sind. Wohin möchten Sie?«

Er hatte keine Ahnung. Alles war jetzt anders. Um bei seiner ursprünglichen Idee zu bleiben, überlegte er, sich in die Rue de Presbourg bringen zu lassen oder den Fahrer zu bitten, dass er langsam durch die Rue Villaret-de-Joyeuse fuhr. Doch als Erstes brauchte er was zu trinken.

»Halt vor einem Bistrot.«

Und als das Taxi auf der Place du Tertre langsamer wurde:

»Nein. Ein richtiges. Weiter unten.«

Aus irgendeinem Grund fuhr der Chauffeur nicht die Rue Lepic hinab, sondern über die Place Constantin-Pecqueur, die Rue Caulaincourt, und hier wohnte Juliette Cadot, er wusste die Hausnummer, kannte aber nicht das Gebäude. Die Brasserie weiter unten mit den cremeweißen Vorhängen, Chez Manière, war sein

Heimathafen gewesen, wo er fast jeden Abend gesessen hatte, zur Zeit seiner ersten Erfolge im Varieté. Er blieb auch später noch Stammgast, einer von denen, die der Wirt duzte und die andächtig dasaßen bis zur Sperrstunde, damals, als er Yvonne Delobel begegnet war.

Seltsam. Wegen der paar Sätze von Lecointre, wegen der paar Blicke war das alles plötzlich gestorben, heute Abend. Genauer gesagt, es war, als habe es das nie gegeben, als habe ein andrer es erlebt oder als sei's nur ein Film, den er als Zuschauer gesehen hatte.

Lecointre hatte sicher nicht begriffen, was in der Rue du Mont-Cenis geschehen war.

Der andre, der Sterbende, er wusste, was er tat, als er vom Sänger sprach. Und die Erinnerungen, die ihm in glutheißen Schwaden entgegenschlugen, hatten Geschmack, hatten Geruch. Das Leben damals war keine bemalte Kulisse.

Er klopfte gegen die Scheibe, Place de Clichy, ließ den Wagen halten, um sich den Eingang zu einer Sackgasse anzuschauen, überrascht, dass sie noch existierte; an der Ecke hielten Mädchen Ausschau nach Kundschaft.

Ja! Hier hatte er gewohnt, ziemlich lange, in der Boule d'Or, einer schäbigen Absteige ohne fließend Wasser, ohne Kanalanschluss, wo es noch Gaslicht gab und Bettwäsche nur gegen ein paar Centime Aufpreis.

Er trug Mittelscheitel und trat nie ohne sein Springmesser aus dem Haus, das er stundenlang schliff. Beim Gehen wiegte er seine breiten Schultern, ließ die Muskeln spielen und erschreckte die braven Bürger, indem er ihnen wild in die Augen blickte.

Er lebte mit Maud zusammen, sie trug einen Faltenrock aus schwarzem Atlas, wie man ihn noch bei manchen Händlerinnen in den Markthallen sieht, eine bestickte Bluse mit Stäbchen im Kragen und oben auf dem Kopf einen Dutt. Wie oft hatte sie ihm das Abendessen bezahlt, was soll's. Bei manchen Gelegenheiten hatte er von ihr Geld angenommen, ohne dass er je ein Wort übers Zurückzahlen verlor, und sie kaufte ihm auch seinen ersten Anzug mit Karomuster, in der Samaritaine, den Anzug, den er trug, als er Juliette Cadot begegnet war, im Omnibus, auf der oberen Plattform.

Die Bar an der Ecke zur Sackgasse hatte noch ihren alten Namen, L'Oriental, aber man hatte sie renoviert, und Spiegel ersetzten die Mosaike.

»Wart auf mich.«

Hier ging er etwas trinken, und er hatte Lust, sich zu besaufen, ganz allein. Dazu aber hätten die Leute ihn nicht erkennen, sich nicht umdrehen dürfen nach ihm, und er wollte nicht auf allen Lippen lesen:

»Da ist Maugin!«

Na und? Wieso Maugin? Gidoin hatte recht. Sollte nicht auch der Sänger ein Wörtchen mitreden?

»Einen Marc!«

Die Gläser waren dick, rau an der Lippe, der Marc schlecht, und sicher war er auch damals nicht besser.

»Sind Sie zurückgekommen, Monsieur Maugin?«

Man wusste sogar, wo er jetzt lebte, was er tat. Die Presse hatte ein Foto von ihm gebracht, in seinem Boot, zusammen mit Joseph, und für die Aufnahme hielt er eine dicke Goldbrasse am Schwanz in die Höhe, als habe er sie gerade gefangen.

»Stimmt das, Sie wollen keine Filme mehr drehen?«

»Wer hat das gesagt?«

»Hab ich vergessen. Wahrscheinlich die Zeitung. Wär schade, es gibt keinen Zweiten wie Sie.«

Freute ihn das noch? Er kratzte sich. Ihm war, als spüre er sein ganzes Blut unter der Haut, und vor Schmerz hielt er das Bein steif.

Vielleicht war Gidoin schon tot! Vielleicht lag Lecointre betrunken neben seinem Bett, ahnungslos! Die Leute wussten von nichts, aus den Taxis quollen weiter Fremde und Provinzler, nur zwei Schritt entfernt, Place du Tertre, und im Lapin Agile sangen irgendwelche Pfiffikusse in Kleidern von damals Lieder, die sie nicht vergessen hatten. Vielleicht sang einer auch sein Lied, das von den zwei kleinen Jungs, dem reichen und dem armen, mit der Friedhofsszene als krönendem Abschluss!

»Noch einen!«

Jouve glaubte bestimmt, er habe ihn wegen eines Rendezvous so abrupt am Bahnhof stehen lassen.

»Erlauben Sie, dass ich eine Runde ausgebe, Monsieur Maugin?«

So war es immer. Man ließ ihn einfach nicht in Frieden. Er hatte Alice versprochen, dass er nach der Ankunft mit ihr telefonierte. Er durfte nicht vergessen, es gleich nachher zu tun, im Claridge.

Der Fahrer hielt ihm wieder die Wagentür auf, und das wurmte ihn.

»Fahr die Rue Blanche runter. Nein, den Boulevard des Batignolles.«

Auch das war sein Viertel gewesen, und offenbar streunten noch immer die gleichen Frauen durchs Dunkel, nicht allzu weit vom trüben Licht der Stundenhotels.

»Zum Claridge!«

Er hatte die Nase voll. Er wollte schlafen. Er fühlte sich krank. Er fühlte sich schmutzig, nach dem Besuch im Dreck der Rue du Mont-Cenis. Und das erinnerte ihn an die Zeit, als er jede Woche ein Bad nahm, gleich hier um die Ecke, in einer überheizten, dampfigen Anstalt, wo es nach Seife roch und nach Füßen.

»Sind Sie für ein paar Tage in Paris, Monsieur Maugin? Verzeihen Sie, dass ich frage, aber dann könnte ich Ihnen dienlich sein, und wir machen einen Tagespreis.«

Er sagte ja, ohne zu wissen, warum, ohne dass er richtig verstand. Er war überzeugt, er hatte Fieber. Er hatte den Taxifahrer noch in eine andere Bar mitgeschleift, Place des Ternes, und jetzt drehte sich ihm der Kopf, die Spiegel zeigten das Bild seiner roten Wangen, seiner glänzenden Augen. Er merkte selbst, dass er schwankte, wie am Abend von Vivianes Tod, als er Cadot im Café einfach nicht gehen ließ.

Cadot kam bestimmt. Morgen verkündeten die Zeitungen seine Ankunft, und dann konnte Cadot ihn finden.

»Noch mal dasselbe.«

»Nehmen Sie's mir nicht übel, Monsieur Maugin, für mich nicht. Ich muss fahren und außerdem noch zurück nach Bagnolet.«

Er erinnerte sich nicht mehr, hatte er beide Gläser getrunken? Möglich. Der Rest war im Nebel. Er hatte dem Fahrer die Hand gedrückt, der kein Geld nahm, denn am nächsten Tag wollte er wieder da sein. Der

Türsteher des Claridge hatte ihn begrüßt, und er war nur mit großer Mühe gerade durch die Eingangshalle gegangen, bis an die Rezeption.

»Guten Abend, Monsieur Maugin. Wir freuen uns, Sie wieder bei uns zu begrüßen. Wie viele Jahre ist das jetzt her? Sie haben die 303.«

»Blick auf die Champs-Élysées?«

»Leider nicht! Der stellvertretende Direktor hätte nichts lieber getan, doch er hat mich gebeten, Ihnen auszurichten, heute sei das ganz und gar unmöglich. Wir sind voll mit Touristen. Aber morgen, wenn jemand abreist ...«

»Ist die Bar offen?«

»Es ist schon nach zwei, Monsieur Maugin.«

Er hatte nicht gemerkt, wie die Zeit verflogen war. Trotz der Spiegel, Vergoldungen, Lichter wirkte alles düster, vielleicht wegen der Leere und Stille. Ein Bursche in Uniform wartete an der Fahrstuhltür, als wollte er ihn in die Falle locken.

»Gibt's hier kein hübsches Mädchen?«

Er hatte nach einem hübschen Mädchen gefragt, sicher, aber bestimmt nicht, weil er Lust hatte. Vielleicht hatte er Angst, allein hinaufzugehen in seine Suite!

»Nicht um die Uhrzeit, Monsieur Maugin, aber wenn Sie möchten, kann ich anrufen.«

Er hatte wieder draußen gestanden, war die Champs-Élysées schwerfällig hinuntergegangen, halblaut vor sich hin murmelnd.

Er fand eine, ihr wasserstoffblondes Haar leuchtete im Dunkel und weckte falsche Hoffnungen; er hatte sie aus der Nähe angeschaut, und sie hatte ihr Bestes getan, um artig zu lächeln. Sie war schon alt. Eine Traurige, eine Resignierte. Sie drängte nicht. Vielleicht hatte sie ihn erkannt! Sie lehnte sich wieder an die Hauswand, wartete auf neue Schritte.

Er ging bis zum Rond-Point.

»Hätten Sie eine Zigarette?«

»Tut mir leid, Kleine. Ich rauche nicht.«

Diese hier trug ein blaues Kostüm, ein weißes Mützchen auf dem Kopf. Sie wirkte wohlerzogen.

»Oh! Verzeihung, Monsieur Maugin ...«

»Verzeihung wofür?«

»Ich weiß nicht. Ich hatte Sie nicht erkannt.«

»Ist dir langweilig?«

»Also ...«

»Willst du mitkommen ins Claridge?«

»Glauben Sie, die lassen mich rein?«

Er hatte sie mitgenommen, und er hinkte; sie ging nicht viel schneller auf ihren viel zu hohen Absätzen, und sicher schmerzten ihr die Füße. Der Nachtportier hatte die Stirn gerunzelt, ungehalten, wagte aber kein Wort.

»Ihr Schlüssel, Monsieur Maugin.«

»Lassen Sie mir was zu trinken raufbringen, junger Mann.«

»Champagner?«

Die Kleine sagte ganz leise:

»Nicht für mich, bitte!«

»Cognac!«, erwiderte er. »Ich vermute, Rotwein haben Sie nicht?«

»Es gibt wahrscheinlich Bordeaux.«

»Eine Flasche.«

Man hatte beides gebracht, den Cognac und eine Flasche Médoc, auf einem großen Silbertablett, Eis, Sodawasser, ein halbes Dutzend Gläser verschiedener Größe.

»Stellen Sie's da hin!«

Das Mädchen hatte die Badezimmertür geöffnet und war völlig hingerissen:

»Sagen Sie, Monsieur Maugin, stört es Sie, wenn ich als Erstes ein Bad nehme?«

Auf dem Rand eines der beiden Betten sitzend betrachtete er sein Fußgelenk, das so dick war wie sein Knie. Als er sich ausgezogen hatte, entdeckte er überall auf seinem Körper rote Flecken und dachte zunächst, er habe sich bei dem Sterbenden Flöhe geholt.

Wasser rann in die Wanne. Auf dem Boden, im Türspalt, sah er ein Paar Strümpfe und Unterwäsche.

»Ich hindere Sie doch nicht, Ihr Bad zu nehmen, Monsieur Maugin?«

Er hatte sie gehört, machte sich aber nicht die Mühe einer Antwort. Er betrachtete die zwei Flaschen, die Gläser, dann seinen Fuß, seine Schenkel, seinen Bauch. Er wusste, irgendwas hatte er vergessen, doch vergeblich fragte er sich, mit finstrer und verstockter Miene, was es war.

Auf jeden Fall hatte Gidoin recht, als er vom »Sänger« sprach. Die andern hatten nichts begriffen.

Er trank zuerst Cognac, dann Rotwein, mit einem Gesicht, als frage er sich, wofür er sich entscheiden sollte. Er musste lange so dagesessen haben, denn die Kleine hatte Zeit, ihr Bad zu nehmen und wieder herauszukommen, ganz verschüchtert, vielleicht wegen dieses unverhofften Bades, vor dem Bauch hielt sie ein

Handtuch, ihre kleinen birnenförmigen Brüste wippten leicht.

»Sie liegen nicht im Bett?«

Er schaute, als habe er sie noch nie gesehen, als gebe es sie gar nicht, starrte wieder ratlos auf seinen Fuß.

»Soll ich über Nacht bleiben?«

Warum sonst hätte er sie mitgenommen? Damit sie sich mit heißem Wasser waschen konnte?

»Soll ich mich hinlegen?«

»Ins Bett hier, ja.«

Rasch schlüpfte sie hinein, fragte sich, ob sie sich wohl zudecken durfte, zog das Laken ganz langsam hoch.

Sie sah, wie er sich die Haare rieb, gegen den Strich, die Brust kratzte, den Bauch, wie er immer wieder hinunterblickte auf seinen Fuß.

Dann sah sie nichts mehr. Sie schlief.

Das Licht brannte noch, als jemand sie weckte, als Finger ihre nackte, magere Schulter berührten, doch hinter dem Vorhang war schon ein weißlicher Schimmer.

»Steh auf, Kleine.«

Sein Gesicht war blaurot, die Augen riesig, glänzend, und sie bekam Angst.

»Du musst telefonieren ... Jemand rufen ... Ein Arzt soll kommen ... Hörst du? ... Ein Arzt ...«

Er saß immer noch am Bettrand, die Füße auf dem Vorleger, wie zuvor, als sie eingeschlafen war, doch er musste sich ausgestreckt haben, die Laken waren zerknautscht, und in der Mitte der Matratze war eine Mulde.

»Schnell, Kleine ... ein Arzt ...«, flüsterte er und

schien sich mit beiden Händen festzuhalten, damit er nicht vornüberkippte.

Ohne sich darum zu scheren, dass sie nackt war, griff sie zum Telefonhörer.

Eine in die Wand eingelassene Uhr über dem Spiegel zeigte zehn nach vier.

4

Als Gidoin eintrat, lächelte er, schlau, feinsinnig, aber das Lächeln verlor sich rasch wieder in seinem Bart. Gleichzeitig hatte er gezwinkert, vielleicht um ihn aufzumuntern, vielleicht auch, um sich zu entschuldigen für das, was vorgefallen war in der Rue du Mont-Cenis. Er war überhaupt nicht schmutzig, auch nicht ungepflegt. Trotz des weißen oder vielmehr graugelben Barts hatte er ein pausbäckiges Gesicht und seine andalusischen Augen.

Eine Sekunde glaubte Maugin, er sei der Richter, höchstwahrscheinlich wegen des Barts, doch bald stellte er fest, sein einstiger Freund war nicht einmal eine der wichtigen Figuren, sondern gehörte zur »dritten Reihe«.

Es war ein viel umfassenderes »Gericht« als beim letzten Mal; offenbar war es endgültig, unwiderruflich, doch alles geschah ohne Bosheit, man könnte sagen ohne feierlichen Ton oder Förmlichkeit. Und hatte er anfangs den Eindruck, da seien irgendwelche Zuschauer, merkte er nun, dass er mehr oder weniger alle kannte.

Man bereitete ihm keinen Empfang. Niemand kam angelaufen, weil er ihn sehen wollte, niemand flüsterte:

»Da ist Maugin!«

Und doch zeigte etwas im Ausdruck der Gesichter, dass man ihn erwartete, vielleicht schon lange, nicht nur mit einer gewissen Neugier, sondern mit »geneigtem

Wohlwollen«. Am meisten verunsichert hatte ihn eine dröhnende Stimme, die er mit bäurischem Tonfall rufen hörte:

»Du bist ’n Lügner, bist ’n Schwindler, bist ’n Langfinger, bist ansteckend wie Krätze, aber gebaut wie du bist, wirst du ’n toller Kerl!«

Es war der Schmied: Er war umso überraschter, ihn hier anzutreffen, als er in den letzten vierzig Jahren wohl keine zwei Mal an ihn gedacht hatte. Es gibt Leute, die einem einfach aus dem Gedächtnis verschwinden, und das war der Fall bei Le Gallec. Kennengelernt hatte er ihn mit vierzehn, als er abgehauen war aus seinem Dorf. Er hatte sich, nach verschiedenen anderen Orten, in einem Städtchen unweit von Nantes herumgetrieben und dem Schmied dort weisgemacht, er sei sechzehn. Le Gallec hatte ein schwarzes Gesicht und kaute Tabak. Zu zweit arbeiteten sie am Amboss, mit nackter Brust, und Maugin musste sich vor allem um den Blasebalg kümmern. Und Madame Le Gallec, sehr klein und sehr rundlich, zwang ihn bei jedem Essen, vier Teller Suppe zu löffeln, unter dem Vorwand, er sei »im kritischen Alter«.

Die Anwesenheit des Schmieds beim »Gericht«, wo dieser nicht zufällig war, sondern in der »zweiten Reihe« eine wichtigere Stelle einnahm als Gidoin, lieferte einen Hinweis, und der brachte ihn vielleicht auf die Spur einer lange vergeblich gesuchten Wahrheit.

Er war nicht sicher, und jetzt war nicht der Augenblick für voreiligen Optimismus. Doch gestern Abend zum Beispiel hatte er wegen Gidoins Schabernack noch geglaubt, wichtig sei vor allem der »Sänger«.

Aber das stimmte nicht. Sein Sprung zurück in die Vergangenheit war zu kurz, und der Schmied, in Begleitung seiner sonntäglich herausgeputzten und zutiefst gerührten Frau, war der Beweis.

Die Zeit damals war viel »bedeutender«, und er fragte sich, wie hatte er bloß so lange gelebt, ohne das zu verstehen.

Das Ganze spielte außerdem nicht nur auf einer einzigen Ebene, sondern auf zweien, und auch das hatte er schon vor langer Zeit geahnt, besonders in seiner Kindheit, doch er hatte es nicht geglaubt oder so getan, als glaube er's nicht.

Er wusste genau, ein unrasierter junger Arzt war zu ihm ins Claridge gekommen (er erinnerte sich sogar an die Zimmernummer, 303), und währenddessen stand die Kleine, wieder angezogen, neben der Tür, Täschchen in der Hand, als habe sie zufällig hereingeschaut, im Vorübergehen. Der stellvertretende Direktor war auch heraufgeeilt – oder herunter, denn bestimmt schlief er im achten Stock –, ohne Hemdkragen und ohne Krawatte, etwas ganz Unerhörtes, und Maugin hatte einen Blick abgefangen, den ihm der Doktor zuwarf und der bedeutete: »Oh, oh! Ernste Sache! Schlimme Sache!«

Der Arzt fragte das Mädchen:

»Ist er schon lange in diesem Zustand?«

Sie wusste es natürlich nicht, und er selbst, vielleicht war er noch imstande zu sprechen, doch er hatte keine Lust. Er kam nicht einmal auf den Gedanken, und außerdem redete sowieso keiner mehr mit ihm.

Am meisten plagte ihn, dass er unbedingt etwas wirklich Wichtiges tun musste, und er hatte vergessen, was.

Er hatte große Schmerzen, nicht nur am Fuß, sondern in der ganzen rechten Körperhälfte, ganz besonders im Nacken. Er wusste, dass er stöhnte, dass er nach der Nadel schielte, die vorbereitet wurde für eine Spritze.

Sie warteten nicht, bis sie wirkte, sondern redeten ganz offen in seiner Gegenwart.

»Hat er Familie in Paris?«

»Seine Frau ist bestimmt an der Côte d'Azur, von da ist er gestern Abend gekommen.«

»Er muss sofort in die Klinik, ich vermute, eine Privatklinik ist ihm lieber als das Krankenhaus? Wissen Sie, ob er religiös ist?«

»Ich glaube nicht.«

»Meiner Ansicht nach wäre er im Saint-Joseph am besten aufgehoben, und die haben auch gerade Platz.«

Bei dem Heiligen war er nicht ganz sicher. Joseph oder Antoine? Nein! Wohl eher Jean-Baptiste, er kannte die Klinik, dort war ein berühmter Dramatiker gestorben, und er hatte ihn besucht, in Passy.

Die Frage war belanglos. Schon in diesem Augenblick wusste er, auf dieser Ebene waren die Dinge nicht mehr von großer Bedeutung, er fand es jedoch interessant, sie als Schaulustiger zu verfolgen. Ihn beschäftigten winzige Kleinigkeiten. Zum Beispiel hatte er dem Mädchen nichts gegeben, und Monsieur Hermant, der stellvertretende Direktor, dachte bestimmt nicht daran, auch der Doktor nicht, und so bekam sie für ihre Nacht nichts außer einem Bad.

Die Leute würden telefonieren. Der stellvertretende Direktor, ängstlich bedacht, sich von der Verantwortung zu befreien, tat geschäftig, suchte die herumliegenden Sachen zusammen und stopfte sie in den Koffer, verschloss ihn mit einem aus Maugins Hosentasche gefischten Schlüssel.

Maugin war nicht beunruhigt. Hin und wieder bekam der Schmerz, unter Einwirkung der Arznei, sogar etwas Lustvolles. Noch eine Kleinigkeit war ihm aufgefallen und bewies seinen klaren Verstand: der Blick des Arztes auf die Flaschen, dann ein zweiter in seine Richtung, wie wenn jemand voller Bewunderung einen Pfiff ausstieß.

Kaum erinnerte er sich an die Krankenpfleger, die Tragbahre, die Eingangshalle, die sie sicher durchquert hatten, es sei denn, man hatte ihn durch die Hintertür rausgeschafft. Ganz genau sah er dagegen noch das Gebäude, in dem er sich jetzt befinden musste, der große Fahrstuhl war eigens für Bahren und Krankenbetten gemacht und fuhr im Zeitlupentempo. Er hatte eine Schwester mit Flügelhaube gesehen, aber die kümmerte sich nicht um ihn.

Diese Figuren befanden sich nur auf einer einzigen Ebene, der Ebene Nummer eins, andere dagegen, wie Adrien Jouve oder Professor Biguet, auf beiden Ebenen gleichzeitig.

Er wusste nicht alles. Insbesondere hatte er kein Gefühl für die verstreichende Zeit, Stunden, vielleicht Tage, sie waren jetzt bedeutungslos. Wie war Jouve hierhergekommen, nach Saint-Joseph oder Saint-Jean-Baptiste? Ein Rätsel. Wahrscheinlich hatte er gleich am Morgen im Claridge angerufen und gefragt, ob Monsieur Maugin schon wach sei.

Sicher geriet er in Panik, als er die Antwort bekam,

dass er nicht mehr hier war, und man ihm die Adresse der Klinik gab. Und bei seiner Ankunft hing schon ein Krankenblatt an Maugins Bett, längst hatte man ihn gewaschen, ihm ein komisches Nachthemd übergezogen, im Rücken von oben bis unten offen und mit Bändern zugeknüpft wie eine Schürze; man hatte ihm Blut abgezapft, hatte ihn geröntgt, dazu sein Bett mit dem Aufzug hochgefahren in eine andere Etage, und dort hatten sich mindestens drei Ärzte über ihn gebeugt.

Er hatte ganz klar Jouves klägliche Stimme fragen gehört:

»Ist er bei Bewusstsein?«

»Er ist im Koma.«

»Für lange?«

Keine Antwort. Ein merkwürdiges Schweigen, ein richtiges Krankenhausschweigen, mit Hitzewellen, ausgehend vom Fieber und von den Heizkörpern.

»Ich muss seine Frau anrufen. Was soll ich ihr sagen? Ich vermute, es ist besser, sie kommt?«

Maugin war es gleichgültig, denn Alice war sowieso da, jedoch auf der Ebene Nummer zwei, übrigens ziemlich weit weg, und das hatte ihn irritiert: in der vierten oder fünften Reihe. Auch wenn er dachte, man habe sich gewiss an die chronologische Reihenfolge gehalten, so ahnte er doch, dass es so nicht ganz stimmte; andere, immer noch rätselhafte Erwägungen spielten eine Rolle.

»Sie wird versuchen, dass sie einen Platz im Flugzeug bekommt, das ist aber nicht ganz einfach, wegen der Regatten vom letzten Sonntag.«

Richtig, in Cannes gab es ja diese Regatten, und er war nicht hingefahren. Allein beim Wort Regatta, ganz ernsthaft ausgesprochen, musste er lächeln, auf der zweiten Ebene.

Trotz ihrer Aufgeräumtheit, wie er es nannte, blieb er misstrauisch, schließlich ging es um ein »Gericht«, verantworten musste er sich also für eine Schuld. Man hatte ihm nicht gesagt, ob Einzelkläger angehört wurden, und er drehte sich zu den einen und zu den andern, verunsichert, denn sie alle standen dicht beieinander. Er fühlte sich wie ein schrecklicher Neuling, hätte am liebsten um Verzeihung gebeten.

Yvonne Delobel, die niemals geistreicher gewesen war und eindringlicher, wenn auch von einer anderen Eindringlichkeit, erinnerte ihn an die Gewissensbisse, die ihn geplagt hatten. Nicht wegen der Dinge, die manche Leute über ihn erzählten. Die Gewissensbisse waren ihm erst an dem Tag gekommen, als er begriff, Yvonne hatte – genau wie Consuelo, genau wie fast alle, die ihm in irgendeiner Zeit nahestanden – sein zukünftiges Verhalten beeinflusst.

Consuelo mit ihrem Faible für die Sünde.

Yvonne mit ihren grünen Fensterläden. (Es gab keine grünen Fensterläden in Antibes. Sie waren blau. Aber war das nicht ein und dasselbe?)

Juliette Cadot wiederum hatte ihm eine Abscheu eingeimpft gegen alles, was für die Leute Tugend heißt.

Alle waren da, und weil unsere Taten auf das Schicksal der anderen wirken, lag es auf der Hand, dass dies auch für seine eigenen Handlungen galt.

Er würde sich verteidigen. Um Verzeihung bitten, ganz aufrichtig. Er hatte nie überlegt, dass die Worte, die er aussprach, die Gebärden, die er vollführte – manchmal nur, weil er eben gern Wirbel machte –, ein wenig so waren wie Kiesel, die man in einen Tümpel wirft und die immer größere Kreise ziehen.

Bei wem sollte er sich entschuldigen? Vielleicht war der Richter noch gar nicht da, oder alle waren Richter, und hinterher stimmten sie ab wie Geschworene.

Zerknirscht schaute er auf Yvonne Delobel, und sie nickte ihm zu. Nein! Sie bewegte nicht den Kopf. Sie sagte auch nichts. Eigentlich sagte niemand etwas, doch so verstand man sich besser als mit Worten.

Yvonne verspottete ihn freundlich, wegen seiner Idee mit den Gewissensbissen. Sie gab ihm zu verstehen, darum gehe es gar nicht, hier kümmerte man sich nicht um solchen Firlefanz. Im Grunde behandelte sie ihn noch immer gönnerhaft. Offenbar wollte sie ihm auf die Sprünge helfen, ohne mehr zu verraten, als die Vorschrift erlaubte.

Vielleicht begriff er allmählich die Spielregel? Genau darin bestand das »Gericht«: Er musste ganz allein dahinterkommen, ohne dass ihm irgendwer soufflierte.

Alice stand weit abseits, obwohl von ihr auf der anderen Ebene die Rede war, mit Worten, die in den Ohren widerhallen und auf das Trommelfell treffen wie Jagdschrot. Biguet sprach. Man hatte ihn geholt. Wie war man auf ihn gekommen? Das war noch ein weiteres Rätsel, denn Maugin hatte niemandem erzählt von seinem Besuch bei Professor Biguet. Las Jouve seine Briefe, auch seine Privatbriefe? Oder hatte Biguet andere Patienten in der Klinik und, als er bei ihnen vorbeischaute, zufällig von Maugins Aufenthalt gehört?

»Sein Herz wird zweihundertfünfzig Kubikzentimeter nicht aushalten«, erklärte er.

Dann zu Jouve:

»Ist seine Frau verständigt?«

»Ich wollte ihr keine Angst machen. Ich habe gesagt, es ist ernst, mehr nicht. Sie wollte das Flugzeug nehmen. Eben hat sie angerufen, sie kriegt keinen freien Platz. Für den Elf-Uhr-Zug war es zu spät, jetzt nimmt sie den Schlafwagen.«

Was für Umstände, die Ärmsten! Und er, er wusste noch immer nicht, was er vergessen hatte! Wenigstens war ihm der Taxifahrer eingefallen, der hatte bestimmt vor dem Claridge auf ihn gewartet, und er schuldete ihm die Nachtfahrt. Da war noch etwas anderes, er kam einfach nicht drauf, wahrscheinlich erinnerte er sich, sobald er wieder Zeit hatte, sich mit dieser Ebene zu beschäftigen. Man betatschte ihn wie ein Neugeborenes, das man auch nicht nach seiner Meinung fragt. Er war nicht gekränkt, im Gegenteil.

Sicher hielt er die Augen geschlossen, und doch überkam ihn manchmal das Gefühl, als schaue er mit ruhiger Neugier, ein wenig herablassend oder gönnerhaft, so wie Yvonne die Leute anschaute.

Die Frage nach den Reihen war viel aufregender, und ihm blieb eine Menge Arbeit zu tun, wollte er vor seinem »Gericht« noch rechtzeitig gewinnen. Wem oblag es, die Zeit zu begrenzen? Er wusste es nicht. Gidoin, nach seiner Miene zu urteilen, hätte gern glauben gemacht, er sei zuständig, doch wahrscheinlich stimmte das gar nicht.

Dass der Schmied eine Stufe höher stand als andere,

darunter die Frauen, mit denen er verheiratet gewesen war, gab ihm zu denken. Rund um Le Gallec wimmelte es von Leuten, die er vereinfacht als seine »Vierzehn-bis-zwanzig« bezeichnen konnte, all jene, die er zwischen vierzehn und zwanzig gekannt hatte, als er auf gut Glück jedem x-beliebigen Handwerk nachging und keinen Gedanken daran verschwendete, was aus ihm würde.

Tja, in den letzten vierzig Jahren hatte er an diese Figuren fast nie gedacht, außer im Traum. Und mehr noch! Im Wachzustand verscheuchte er sie, kamen sie ihm zufällig in den Sinn. Er schämte sich, spürte ein Unbehagen, vielleicht ein Schuldgefühl?

Nun aber wurde er noch viel weiter zurückversetzt, und es erschien Monsieur Persillange, nicht als unscheinbarer kleiner Statist, wie zu erwarten, sondern als Persönlichkeit in der ersten Reihe.

Dabei war das nur der Lehrer aus seinem Dorf, und noch gestern hätte er es nicht geschafft, sich an den Namen zu erinnern – so wie er es nicht geschafft hatte, den Liedtext aufzusagen.

Monsieur Persillange stand da mit seinem Spitzbärtchen, seinem Zwicker, seinem Ärmelschoner aus schwarzem Lüster, seinen tückischen Ziegenbockaugen:

»Träumen Sie schon wieder, Maugin?«

Er zuckte zusammen. Er zuckte immer zusammen, wenn Monsieur Persillange ihn aus heiterem Himmel ansprach, dabei manchmal mit seinem Lineal auf das Schreibpult schlug, und ihm war, als sei er durchs Fenster entwischt, das hinausging auf den Himmel und auf das sumpfige Wasser des Marais.

Sollte er ihn um Verzeihung bitten? Es war grausam, dieses Gefühl, dass niemand ihm half, doch er musste zugeben, es »ging nicht anders«. Sicher, er war Maugin, doch hier gab es keine Vergünstigungen rauszuschlagen, und er verlangte auch keine.

Warum sagte er es ihnen nicht, niemals hatte er welche verlangt, immer hatte er sein Möglichstes getan, keine Mühe gescheut, und wenn seine linke Herzkammer jetzt so etwas war wie eine matschige Birne, dann eben nur, weil er gekämpft hatte.

Das begriffen sie. Er vergaß, hier brauchte man nicht zu sprechen. Sie lächelten und wiegten die Köpfe, was bewies, er war noch nicht fertig. Und es war interessant, die Abstufungen ihres Lächelns festzustellen, die sich stark voneinander unterschieden.

Alice zum Beispiel, die sich auf die Zehenspitzen stellen musste und Baba auf den Schultern trug, damit auch sie etwas sehen konnte, lächelte nur sehr schwach, noch mit einem Anflug von Sorge, vielleicht Unverständnis, genau wie Cadot, der nicht weit von ihr mit seiner neuen Frau und den Bälgern beschäftigt war, dabei schaute er dauernd auf die Uhr, stirnrunzelnd, als käme er zu spät ins Büro.

Bestimmt gab es einen guten Grund, dass man sie alle vorgeladen hatte. Vielleicht um ihn zu beruhigen?

Das Lächeln von Maria, der Garderobiere, war viel offener. Man hätte meinen können, sie habe ihn längst durchschaut, und gern hätte er sie um Verzeihung gebeten für all die Boshaftigkeiten, für all die unflätigen Wörter, Wörter, einzig und allein, um sie zu ärgern.

Offenbar war das belanglos, denn sie ermutigte ihn

mit dem Blick. Consuelo ebenfalls, und Yvonne, und eigentlich alle, insbesondere die aus der ersten Reihe, die er fast nicht wiedererkannte. Seine Schwester Hortense war auch dabei, und die Kleinsten, die er damals kaum gekannt, um die er sich, wie es hieß, nie geschert hatte, und dennoch schienen sie eingeweiht in das Geheimnis. Abbé Cœur war da, er hatte ihm die Erstkommunion erteilt und das Messbuch geschenkt, das sein Vater ihm nicht kaufen wollte.

»Wir können nichts unternehmen, erst muss die Injektion Wirkung zeigen.«

Das waren die anderen, und er fragte sich einen Augenblick, ohne länger dabei zu verweilen, ob man sie auf dieser Ebene benachrichtigt hatte, Cadot, Juliette, Maria, sie alle? War Joseph jetzt ohne ihn beim Angeln?

Ihm war entsetzlich heiß, viel heißer als an Bord der *Girelle*, dazu die gleiche Übelkeit. Offenbar bewegte er sich manchmal, vielleicht stöhnte er oder schrie, denn von Zeit zu Zeit bekam er eine Spritze in den Oberschenkel, und der Schmerz wurde wieder angenehm.

Man musste Audubon und Weill benachrichtigen, der Prozess würde nicht stattfinden, alles war geregelt und sie konnten jedes ärztliche Attest bekommen, das sie wollten.

Nein! Das war unnötig. Die zählten nicht, hatten nichts zu tun mit dem »Gericht«, er aber musste um jeden Preis die Lösung finden für sein Problem.

»Ehrwürdiger Vater, ich bekenne …«

Abbé Cœur hatte ihm das beigebracht – nur einmal hatte er die Formel ausgesprochen, bei der Beichte für die Kommunion –, und jetzt lächelte Abbé Cœur, wiegte den Kopf.

Das war's also auch nicht, nicht die Sünden, die er auswendig gelernt hatte als lange Liste, nur um sie gleich wieder zu vergessen. Im Grunde war er damit zufrieden, aber das machte die Frage bloß noch komplizierter.

Er war schuldig, ohne den leisesten Zweifel. Das wusste er. Das hatte er sozusagen sein ganzes Leben lang gewusst.

Jedenfalls hatte er gespürt, dass irgendwas nicht in Ordnung war mit ihm, irgendwas stimmte nicht, lief nicht vorschriftsmäßig, irgendwas, gegen das er mehr oder weniger bewusst ankämpfte.

Ein wenig so, als schwimme er mit aller Kraft gegen eine starke Strömung, in Richtung auf ein unsichtbares Ziel, das Festland oder eine Insel oder einfach nur ein Floß.

Er errötete, beschämt. Denn er war groß gewesen und stark. Er war der Größte und Stärkste von allen, das hatte der Schmied richtig gesagt. Und doch war er nirgendwo angekommen. Hatte kein Ziel erreicht. Schüchtern hob er die Augen zum Pfarrer.

»Ist es das jetzt?«

Noch nicht.

Jetzt waren es mindestens drei, die an ihm herumhantierten, ihm mit einem Löffel oder Metallgegenstand den Mund öffneten, und sie berührten sogar seine Geschlechtsteile, über die Yvonne einst ganz aus dem Häuschen war.

Das also auch nicht? Er hatte es geahnt.

Welchen Fehler hatte er begangen? Sich im Ziel zu

irren, Maugin sein zu wollen, immer mehr Maugin, ein immer wichtigerer Maugin? Er konnte ihnen den Grund erklären, und sie würden verstehen.

Er hatte es getan, um zu fliehen. Ja! Um zu fliehen. Das Wort war richtig. Er hatte sein Leben damit verbracht zu fliehen. Wovor zu fliehen? Wie peinlich, vor den Leuten der ersten Reihe zu antworten, besonders, weil er unter ihnen seinen Vater und seine Mutter entdeckte, die offenbar niemand scheel anschaute.

Gut. Nichts zu machen! Er war vor ihnen geflohen, und er war vor der Schule des Monsieur Persillange geflohen und vor Nicous Schwester und vor Nicou und all den anderen und vor Abbé Cœur und vor dem Dorf, den überfluteten Wiesen und trübgrauen Kanälen.

Später war er vor dem Schmied geflohen und vor seiner dicken Frau. Er war vor ihnen allen geflohen, nacheinander, und wenn nichts mehr da war, vor dem er fliehen konnte, dann begann er zu trinken und floh auf diese Weise immer weiter.

Jawohl! Wurde jetzt langsam alles klar?

Er hatte Hunger, und er floh vor dem Hunger. Er lebte im üblen Geruch zwielichtiger Hotels, und er floh vor dem Ekel. Er war aus dem Bett der Frauen geflohen, die er besessen hatte, denn sie waren bloß Frauen, und war er endlich allein, trank er, um vor sich selbst zu fliehen.

Er war aus allen Häusern geflohen, die er bewohnt hatte und wo er sich als Gefangener fühlte, geflohen bis nach Antibes, geflohen aus Antibes … Er war – Verzeihung, Gidoin – geflohen aus dem stinkenden Atelier in der Rue du Mont-Cenis.

Herrgott! Vor wie vielen Dingen war er geflohen, und wie fühlte er sich kaputt!

War es das jetzt endlich? Lautete die Regel: ausharren, hinnehmen? Es ging nicht anders, jemand musste ihm helfen, so, wie es jetzt um ihn stand, denn alles wurde nur noch schwerer.

Und die andern, die da unten, die sollten aufhören, rumzugrapschen an seinem Rumpf, Schluss mit dem Geflüster. Zu Hilfe! Es eilte. Alles konnte er vermasseln, vielleicht bloß wegen ein paar Minuten, nach all der Mühe.

Die Reihen … Er hatte genau verstanden, vorhin, sie sollten ihm einen Hinweis geben, und er betrachtete sie nacheinander, all die Gesichter, ermutigend, abwartend, ihm zugewandt. Es machte ihn traurig, Alice zu sehen, bestimmt hätte sie ihm gern die Antwort souffliert, zu helfen war sie jedoch außerstande, denn auch sie wusste nichts.

Alles, was sie tat, alles, was in ihrer Macht stand, war, Baba über dem Kopf zu halten, damit er sie noch sehen konnte, wie sonst am Fenster, wenn er vom Angeln kam.

Er war hart gewesen, manchmal bösartig, fast immer egoistisch.

Warum mussten sie lachen? Sie nahmen ihn nicht ernst, und wenn man sie sah, hätte man ohne Weiteres geschworen, sie spielten Rätselraten. Er hatte sich nicht sein Leben lang so abgeplagt, um schließlich Rätselraten zu spielen mit Leuten, die im Voraus die Lösung kannten.

Seine Großmutter begann, weiß Gott warum, Erbsen auszuhülsen. Zuerst hörte er das Geklacker, wenn vier oder fünf in einen Kübel fielen, gleich wieder hochsprangen, sie aber erkannte er gleich. Noch besser erinnerte er sich, wenn er die Augen schloss, dann spürte er den kühlen Stein der Türschwelle unter seinem nackten Hintern, eine Fliege, die im Marmeladenrest auf seiner Wange mit den Beinen zappelte. Der Himmel war makellos blau, überströmt von der Sonne, sie funkelte, durchdrang seine Lider, unter denen Bilder dahinzogen; geheimnisvolle Dinge oder Wesen, die er später nie mehr gesehen hatte, durchquerten den Raum von einem Horizont zum andern, in gerader Linie oder im Zickzack, dann hielten sie überraschend inne, als wollten sie ihn betrachten.

Warum schaute seine Großmutter, die weder lesen noch schreiben konnte, auf einmal so pfiffig, so überzeugt von sich selbst und von ihm? Er war keine drei Jahre, als sie starb.

»Ich wollte niemals fliehen«, erklärte er plötzlich und wurde ein wenig rot, denn er hatte das Gefühl, dass er meineidig wurde, genau das Gegenteil sagte von dem, was er zuvor eingestanden hatte, und das war natürlich schlimm.

Doch er war vollkommen aufrichtig, das mussten sie spüren.

Er betrachtete sie mit neuen Augen, einen nach dem andern, von der ersten Reihe bis zur letzten, zwinkerte beruhigend hinüber zu Alice, denn die Wahrheit war so offensichtlich, fast hätte er losgelacht.

Bestimmt war es Nacht, auf der anderen Ebene; alles war still; Jouve war nicht mehr im Zimmer: Alice war noch nicht angekommen, kam auch nicht vor dem Morgen.

Bis dahin fand er gewiss die Lösung.

»Die Infektion«, hatte vorhin einer von den anderen gesagt, »greift allmählich über auf die lebenswichtigen …«

Dann komplizierte Wörter, die Jouve offenbar verstand, denn er begann laut zu schluchzen und zu schniefen; da hatten sie ihn rausgeschickt.

Gut möglich, Gidoin, da oben auf dem Montmartre, dieser Schmutzfink, der Marc aus der Flasche trank wie aus dem Nuckelfläschchen, ihn böse ansah, während er sein Lied trällerte, war immer noch nicht ganz tot.

Und der andere Gidoin lächelte weiter, aber das bedeutete gar nichts.

Der Beweis war, auch er hätte am liebsten gelächelt, und wenn er es nicht tat, dann nur, weil er noch nicht ganz sicher war. (Am liebsten hätte er auf Holz geklopft, doch es war keins in der Nähe, nirgendwo sah er welches.)

Ein andrer Beweis für seine jähe Freiheit im Kopf war der Blick, den er dem ebenfalls anwesenden Grafen zuwarf, und dieser wirkte nun wie ein völlig banales Bürschchen.

Es war Zeit zu reden.

»Ich habe etwas gesucht, das es nicht gibt«, sagte er viel zu schnell, wie schlechte Schauspieler aus Angst, ihren Einsatz zu vermasseln.

Und dann sofort, mit erhobener Hand:

»Nein! Warten Sie! Noch ein Augenblick. Mir fehlen nur die Worte, aber ich weiß es. Was ich …«

Verrückt, wie hell alles war, wie aufregend. Seine Träume, natürlich, die berühmten Träume, während er in den Himmel schaute neben seiner Großmutter, die gerade Erbsen aushülste, dann in der Schule, vor dem offenen Fenster, hinaus zum Marais …

»Gib mir die Worte, o Herr, gib mir sofort die paar unverzichtbaren Worte. Du weißt, es muss schnell gehen, schnell …«

Die Krankenschwester war weich und rothaarig. Den Geruch der Rothaarigen erkannte er. Warum redete sie jetzt mit ihm wie mit einem Kleinkind?

Er war nicht fertig. Er hatte etwas gesucht. Weil er kein Vertrauen hatte. Weil …

Wird man ihm nicht bald helfen? Wird man zulassen, dass er alles vermasselt, wie er so viele Dinge vermasselt hatte im Leben? Das hier durfte er nicht vermasseln. Es wäre ungerecht.

»Vater, ich bekenne …«

Es war doch so einfach, und man brauchte keine zweiunddreißig Weidenkoffer, kein Boot, kein »Automobil«, auch nicht die abertausend Gläser, die er schändlicherweise getrunken hatte.

Baba, auf Alices Schultern, betrachtete ihn mit großen klaren Augen, und jetzt lächelte sie, fuchtelte mit ihren rundlichen Armen.

Was hatte er verfolgt, mit so viel Leidenschaft, mit so viel Wut?

Eine zweite Krankenschwester!

Er war nicht sicher, ob er sprach. Ach, unwichtig.

Während er rannte, um Gott weiß was zu erwischen, floh er.

Das war's!

Und wovor er floh …

War es so? Würde man ihm sein »Gericht« zubilligen?

Sie standen auf, drunter und drüber, wie in der Schule, wenn es zur Pause läutet. Sie waren zu früh aufgestanden. Er war nicht fertig. Das Wichtigste hatte er noch nicht gesagt.

»Ein *Vaterunser* und zehn *Ave Maria*«, murmelte mit einem Lächeln Abbé Cœur im Vorbeigehen.

»Aber, Herr Pfarrer …«

Auch das war ungerecht. Es war zu einfach. Und wenn das »Gericht« nicht ernsthaft genug war und deshalb nicht gültig?

»Hören Sie … Was ich verfolgt habe, wovor ich geflohen bin, sehen Sie, das war …«

Was für ein Weg, um hier anzukommen! Ein ganzes Menschenleben! Ihm zitterten die Beine, Schweiß rann ihm von der Stirn, vom ganzen Leib. Er war den Hang zu schnell hinaufgestiegen, sein Herz schaffte es nicht mehr, hatte Aussetzer. Eins, zwei, drei … Pause … vier, fünf, sechs … Noch eine Pause, länger, als ginge nichts mehr weiter.

Seine Augen waren offen. Er sah. Die rothaarige Krankenschwester war über ihn gebeugt, in gedämpftem Licht.

»… sieben, acht, neun …«

Sein Körper wurde steif, als wollte er eine Brücke machen, und plötzlich schämte er sich, spürte Tränen hervorschießen, stammelte, konnte jedoch die Hände nicht gebrauchen, fand sie nicht, um sein Gesicht zu verbergen:

»Verzeihung, Madame … Ich hab gekackt …«

Seine Augen blieben offen, die Lider von Tränen nass, während die Pflegerin den Arm nach dem Klingelknopf ausstreckte.

Es war nachts, zehn nach eins.

Jouve schlief auf einer Bank, im Wartesaal der Klinik.

Alice war im Zug, zwischen Marseille und Lyon.

Als sie in Paris die Waggontür aufmachte, sah sie auf der ersten Seite aller Zeitungen die schwarze Schlagzeile:

»MAUGIN IST TOT«

Carmel-by-the-Sea (Kalifornien),
27. Januar 1950

WOLFGANG MATZ
Irgendwohin, nirgendwohin

I

Georges Simenon hatte eine bei Romanautoren eher seltene Angewohnheit. Nicht nur unter das Manuskript, auch ans Ende von jedem gedruckten Buch setzte er das Datum der Fertigstellung und dazu den Ort, an dem er den Roman meist in wenigen Tagen geschrieben hatte: Château de la Michaudière, Porquerolles, Nieul-sur-Mer, Carmel-by-the-Sea (Kalifornien), Shadow Rock Farm, Lakeville (Connecticut). Zurückgekehrt aus dem freiwilligen amerikanischen Exil folgte 1955 das Zwischenspiel in der Villa Golden Gate, in Cannes, hoch über dem Mittelmeer, und schließlich die Niederlassung in der Schweiz mit den letzten drei Wohnsitzen von 1957 bis 1989: Echandens, Épalinges, Lausanne. Bemerkenswert, wie stark der Autor jeden seiner zahllosen Romane mit diesem ganz individuellen Ort verband, an dem er nicht spielte, aber entstanden war! Noch bemerkenswerter, dass gerade dieser Autor unter die ersten in den Schweizer Jahren geschriebenen Bücher eine geographische Angabe setzte, die sich auf keiner Landkarte des Kantons Vaud/Waadt überprüfen lässt: »Noland (Vaud)«. Wie kommt es, dass einer, dem der Schreibort immer so wichtig war, nun auf einmal einen fiktiven, damit letztlich nichtssagenden Namen verwendete, ein aus dem Englischen gebildetes »Niemandsland«? Die oft nacherzählte Begründung, Simenon habe für die Schweizer Steuerbehörden unauffindbar bleiben wollen, ist wohl eher ein Märchen, denn dann hätte er kaum den Kanton korrekt genannt, und Steuerbehörden sind, wenn sie denn wollen, findig genug. Nein, es hat sicher noch einen anderen, viel tieferen Grund, Simenons Leben im Niemandsland.

2

Es gibt bedeutende Romanciers, von denen man sagt, sie schrieben in Variationen immer wieder dasselbe Buch. Simenon mit seinem so umfangreichen Werk gehört nicht dazu. Dennoch gibt es nicht nur bei Maigret, sondern gerade auch in seinen *»romans durs«*, den »richtigen Romanen«, typische Grundkonstellationen, die sich wiederholen, gibt es Konflikte, die den Autor immer von Neuem beschäftigten und in die er seine Figuren immer von Neuem hineinschickte, damit sie ihm diese Konflikte stellvertretend erforschten. Und hinter allen diesen Konflikten steht eine fast obsessionell wiederkehrende Grundsituation: die Bilanz. Ein Mensch, meist ein Mann wie der Autor, befindet sich am Nullpunkt, steht vor einem schwarzen Loch, einem Abgrund, gezwungen, Bilanz zu ziehen, die Rechnung aufzumachen für sein ganzes Leben. Die Karten müssen auf den Tisch. Es gibt kein Versteckspiel mehr, und wenn doch, dann nicht für lange. Wann er kommt, der Tod, ist nicht sicher, doch er ist niemals weit. Dieser Abgrund kann durch Verschiedenes aufgerissen werden, doch was ihn so absolut macht, das ist die Macht der Zeit: Es gibt vielleicht kein Morgen; was du noch tun willst, das tu sofort; willst du noch ins Reine kommen mit dir, dann jetzt.

Zu diesem Augenblick ist Simenon immer wieder zurückgekehrt, und nicht erst als alter Mann; zurückgekehrt in Geschichten, die von außen gesehen sehr unterschiedlich verlaufen, zu einem sehr unterschiedlichen Ende. In vielen seiner Romane ließe sich dieser Augenblick entdecken, aber in wenigen so konzentriert wie in drei seiner größten Klassiker. *Die Wahrheit über Bébé Donge* stellt diesen Augenblick gleich auf die allerersten Seiten: Ein Mann erhebt sich im sommerlichen Garten aus dem Liegestuhl, ruft den Arzt, weiß mit absoluter Sicherheit, seine Frau hat ihn vergiftet. Doch das eigentliche Drama beginnt erst nach der Rettung, als bohrende Selbstbefragung: Was war dieses gemeinsame Leben, das seine Frau zur Tat getrieben hat? So sicher, wie er vom ersten Moment an war, was hier geschieht, so sicher weiß er jetzt, er darf sich nicht als Opfer fühlen, er muss endlich heran an die Wahrheit seines eigenen Lebens, wenn er noch einmal ein neues beginnen will, mit oder ohne seine Frau. Und so wird der Roman, der mit einem Mordversuch beginnt, zum doppelten Prozess: Während Bébé vor Gericht steht, ist ihr Mann alles zugleich, Ankläger, Angeklagter, Zeuge, Anwalt und Richter.

Auch ein Schlaganfall ist ein Mordversuch, doch einen Täter gibt es nicht. Auch René Maugras überlebt, und die Geschichte, die Simenon in *Die Glocken von Bicêtre* erzählt, ist die Geschichte eines Überlebens. Gestern noch aktiver Machtmensch, gelangt der Zeitungsherausgeber Maugras langsam, mühevoll wieder zu Bewusstsein, doch in einer vollkommen anderen, vollkommen unbekannten Welt: gelähmt, der Sprache beraubt, abhängig wie ein Kleinkind. Maugras hat Glück, wird sich Schritt um Schritt herausarbeiten aus der Krankheit, wird die Sprache wiederfinden, doch viel schwerer noch wird ein anderes Überleben: In diesem Niemandsland zwischen Leben und Tod zählt für den Kranken eines mehr als alles andere: die Bilanz des eigenen Lebens, die Notwendigkeit, vor dem tagelang drohenden Tod noch zu erfahren, wer er selbst gewesen ist, zu wissen, ob es eine Verurteilung wird oder Freispruch.

Der dritte dieser drei Klassiker ist *Die grünen Fensterläden*.

3

Die Glocken von Bicêtre und *Die grünen Fensterläden* haben noch eine andere, bei Simenon extrem seltene Gemeinsamkeit: Sie haben ein Vorwort. Und in beiden Vorworten macht Simenon wiederum das Gleiche, verteidigt sich im Voraus gegen die Annahme, es handle sich jeweils um einen Schlüsselroman und es gebe bekannte, leicht identifizierbare Vorbilder für die traurigen Helden. Bekannt ist die alte Regel: Je lauter einer den Verdacht des Schlüsselromans abweist, je dringender er versichert: »Diese Geschichte ist frei erfunden, und jede Ähnlichkeit usw. usf.«, desto sicherer kann man sein, dass die Ähnlichkeiten in Wahrheit alles andere sind als zufällig. Aber Simenon führt den Leser auch hier in die Irre. Und tatsächlich hat er recht: Es geht in den *Glocken von Bicêtre* nicht um diesen oder jenen Zeitungsherausgeber und in den *Grünen Fensterläden* nicht um Chaplin, Raimu oder sonst eine Berühmtheit. Und tatsächlich geht es nur um einen, um ihn selbst, um Georges Simenon. Und das heißt: um alle Menschen, um den Menschen schlechthin, der sich selbst gegenübersteht und seiner eigenen Wahrheit.

Es gibt einen verbreiteten Irrtum über das »Autobiografische« in Literatur, im Roman. Natürlich haben die Figuren Maugras und Maugin kaum äußere Ähnlichkeit mit Simenon selbst. Aber das ist vollkommen gleich. Das wirklich Autobiografische liegt nie in Kostümen oder Berufen, nicht in Datum oder Ort, nicht in Äußerlichkeiten, die jeder erkennt. Das Autobiografische liegt in der *inneren* Wahrheit, von der erzählt wird, und das ist hier die Bilanz. Der Mann am Nullpunkt, vor dem schwarzen Loch, dem Abgrund, gezwungen, die Rechnung seines Lebens aufzumachen, das ist Simenon. Die obsessionelle Wiederkehr dieser Grundsituation in seinen Büchern ist etwas anderes als ein literarisches Leitmotiv, ist vielmehr der eigentliche Motor seines Schreibens. Ob diese Romane in ihrer Handlung nun ein kriminalistisches Motiv enthalten oder nicht, konzentriert sind sie immer auf eine Extremsituation, die den Menschen zur Entscheidung zwingt, zur Bilanz.

Ja, sogar in den Maigret-Romanen geht es im Kern um nichts anderes: Wenn Maigret sich einem »Fall« gegenübersieht: einem Mord, einem Mordversuch, dem Verschwinden einer Person, dann ist dieser Fall genau der Extremfall, in dem sich die Wahrheit eines Menschen kristallisiert. Erfährt man am Ende, was den unauffälligen Bürger vorangetrieben hat bis zum Mord, weiß man, welche Obsession es war, die keinen anderen Ausweg ließ, dann ist man der inneren Wahrheit nahe. Der Prozess ist gemacht. Die Gerichtsverhandlung nach der Untersuchung ist nur noch Formalität, und aus guten Gründen liebt es Maigret ganz und gar nicht, ihr beizuwohnen.

Und dennoch, die großen Bilanz-Romane sind noch etwas anderes, gehen weiter als Maigrets Suche nach der Wahrheit. *Die Wahrheit über Bébé Donge* setzt fast traditionell einen Mordversuch vor das eigentliche Drama; doch *Die Glocken von Bicêtre* und *Die grünen Fensterläden* haben sich auch von dem letzten kriminalistischen Anstoß vollkommen gelöst, zwei Romane von einer solchen literarischen Meisterschaft, dass sie weder Schusswaffe noch Arsen nötig haben für einen Kampf auf Leben und Tod. Wenn Simenon selbst seine »richtigen Romane« über die Maigrets stellte, dann läge hier der eigentliche Grund: In ihren bedeutendsten Beispielen sind diese Romane sowohl in der Handlung als auch in der erzählerischen Form so frei von jeder literarischen Attitüde, von allen Restbeständen eines Genres, dass sie sich ausschließlich mit dem Einzigen beschäftigen, was zählt: mit dem Individuum und seiner Wahrheit. Und dafür hat Simenon seinen Stil, sein Erzählen, sein Können bis an einen extremen Punkt getrieben; ein Stil, ein Erzählen, das sehr fern ist von einem Großteil der Romankunst seiner Zeitgenossen und das ihm viel zu lange die Anerkennung als einer der Größten versagt hat. Das intensivste Eindringen in subjektive Bewusstseinsprozesse, flüchtige Eindrücke, wiederkehrende Gedanken, in Vergessen und Erinnern, all das teilt ein Roman wie *Die Glocken von Bicêtre* mit Marcel Proust, James Joyce, Virginia Woolf, doch der Weg dorthin ist ein gänzlich anderer: Nicht die experimentelle Erweiterung von Sprache, Form, Erzählperspektive ist das Instrument, sondern im Gegenteil: Simenon befreit die klassische, sozusagen »normale« Alltagssprache radikal von jeder literarischen Zutat, streicht jedes überflüssige Adjektiv und Adverb, schärft den Satzbau und kommt so zu einer Erzählform, in der nichts mehr ablenkt von dem, was geschrieben steht.

Dieses Ideal hat in der französischen Prosa eine große Tradition; La Bruyère hat es in jenen berühmten Ratschlag gefasst, den Stendhal liebte und der bereits Flaubert von seinen jugendlichen Stilblüten kurierte – und auf denselben guten Rat berief sich auch Simenon in seinem letzten Interview: »Ich glaube, es gibt verschiedene Arten von Schriftstellern. Es gibt die Ästheten unter den Schriftstellern, und für sie ist der eigentliche Wert die Eleganz des Stils, die Neuheit des Stils usw. Ich glaube, der Stil muss so einfach sein wie möglich. Übrigens hat schon Boileau unter Ludwig XI. geschrieben: ›Wenn ihr sagen wollt, es regnet, dann sagt: Es regnet.‹ Und nicht: Leuchtende Perlen fielen nieder und rannen über die Fensterscheibe wie Tränen auf den Wangen junger Mädchen. So was ist Literatur. Und mich graust es vor Literatur.« Ob La Bruyère oder Boileau, Simenon hat Flauberts Herausforderung angenommen: Wo es kein Drumherum mehr gibt, muss das *»mot juste«* gefunden werden, das einzige »richtige Wort«, das einzige, das an dieser Stelle sagt, was gesagt werden muss. Nur diese äußerste Präzision erlaubte es Simenon, die äußerste Herausforderung anzunehmen, die es für den Schriftsteller gibt: das Sterben eines Menschen.

4

Die grünen Fensterläden erzählt vom Sterben des großen Mannes. Die Karten müssen auf den Tisch. Es gibt kein Versteckspiel mehr, und wenn doch, dann nicht für lange. Vom Tod erzählt hat Simenon unendlich oft, das Sterben aber ist noch etwas ganz anderes als der Tod. Der Anstoß ist banal genug: ein Arztbesuch, die Warnung, dass es so nicht weitergehen kann. Maugin ist körperlich fünfzehn Jahre älter, als es sein Geburtsschein sagt. Gelebt hat er nicht von den Zinsen, sondern vom Kapital, und für einen, der gelebt hat wie Maugin, ist der Satz des Arztes kein Trost: »›Wohlgemerkt, ein Fünfundsiebzigjähriger hat noch Zeit vor sich, manchmal viel Zeit.‹ – ›Ich weiß. Ab und zu ist in der Zeitung das Foto eines Hundertjährigen.‹« Zeit, viel Zeit, das alles will nichts heißen. Der Augenblick ist da. Und manchmal schneidet das Allertrivialste mit seinen Folgen – ein Angelhaken im Fuß, Entzündung, Blutvergiftung – auch die allerletzte Zeit von heute auf morgen ab, endgültig.

Anders als für René Maugras kommt der Augenblick für Maugin nicht mit dem einen Schlag, dem Schlaganfall; er kommt zunächst nur als Ankündigung, als Warnung, als Drohung, bietet scheinbar noch einen Ausweg, vielleicht einen Aufschub, Umweg, Motive genug zur Selbsttäuschung. Umso schwerer aber für den Autor und seine Figur, denn dieser Erosionsprozess, diese Gegenwehr und dieses langsame Einsickern der schrecklichen Gewissheit, das alles treibt diesen Roman vorwärts. Autobiografie? Simenon selbst hat erzählt, dass ihm im Sommer 1940 die Diagnose einer Herzkrankheit mit kurzer verbleibender Frist gestellt wurde; schnell entpuppte sich das als Fehlurteil, doch war's auch nur für ein paar Wochen: Der Schock saß tief. In einer ersten Reaktion begann Simenon seinen umfangreichsten, klar autobiografischen Roman *Stammbaum*. Doch der Schock arbeitete weiter, und noch Jahre später spürt man ihn in den *Grünen Fensterläden*. Andere autobiografische Bezüge sind verrätselter. So wird man in Maugins prachtvoller, doch unpersönlicher und ihm immer fremd bleibenden Villa in Antibes an der Côte d'Azur natürlich sofort Simenons eigene Villa Golden Gate wiedererkennen, nur wenige Kilometer entfernt in Cannes, doch seltsam, hier lebte der Autor erst ab 1955, fünf Jahre nach Abschluss des Romans. Eine Vorahnung? Wohl eher ein Beispiel für die unterirdische Wirkungsweise lebensgeschichtlicher Motive. Wenn es über Maugins Pariser Wohnung heißt: »Manchmal fragte er sich, was sie beide hier verloren hatten, warum dieses Haus, diese Möbel, diese ganze Einrichtung, die weder zu ihrem Geschmack passten noch zu ihrem Leben. Dann wieder sagte er sich, anderswo wäre es genauso«, dann ist hier auch die Rede von Simenons eigener lebenslanger Ortlosigkeit, und die Vorstellungskraft des Schriftstellers sah für seine Romanfigur eine prachtvolle, aber völlig fremde Mittelmeervilla als genau die bildhafte Konsequenz, die sie auch für ihn selber wurde.

Maugin ist – anders als Maugras – eine Künstlergestalt, und der Schauspieler teilt mit dem Romancier ein gefährliches Berufsrisiko: den Verlust der eigenen Persönlichkeit. Simenons Entscheidung im September 1972, von heute auf morgen Schluss zu machen mit dem Schreiben von Romanen, fasst ein Biograf in diesen Satz: »Tatsächlich entkommt er jetzt ganz plötzlich dem geheimnisvollen Zwang, in die Haut der anderen zu kriechen«, ein Satz, der auf den Schauspieler nicht weniger zutrifft als auf den Autor. Eine unvergleichliche Analyse des Vorgangs, mit dem der Künstler und das Kunstwerk, der Darsteller und das Dargestellte sich ineinander verwandeln, gibt der Dreh in den Filmstudios Buttes-Chaumont: Erst im Spiel des Schauspielers selber, erst indem er tatsächlich vermag, »in die Haut der anderen zu kriechen«, indem er tatsächlich zu demjenigen *wird*, den er nur zu spielen scheint, erst jetzt gelingt ihm die Szene – und sie wiederholt sich auf bedrohliche Weise mit Alice, der eigenen Frau. Nicht anders der Schriftsteller Simenon. Und er nimmt sich nun vor, auch die letzte Extremsituation zu erleben, wo sogar für den Schauspieler alles Theaterspielen endet, das Sterben *vor* dem Tod. Noch einmal sieht Maugin auf dem Sterbebett die Menschen seines Lebens vor sich, und Simenon nennt sie mit Bedacht »Figuren«, so wie die Figuren auf der Bühne. Doch das Theater löst sich auf, wird zum Gericht, zu einem seltsamen Jüngsten Gericht, denn »offenbar war es endgültig, unwiderruflich«, doch zugleich ist Maugin alles in einer Person: Ankläger, Angeklagter, Zeuge, Anwalt und Richter: »Vielleicht begriff er allmählich die Spielregel? Genau darin bestand das ›Gericht‹: Er musste ganz allein dahinterkommen, ohne dass ihm irgendwer soufflierte.«

In der *Correspondance* (2018) von Henri Thomas und Philippe Jaccottet, zwei große Einzelgänger der französischen Dichtung des zwanzigsten Jahrhunderts, steht in einem Brief von Thomas der wahrhaft erstaunliche Satz: »Haben Sie die *Grünen Fensterläden* von Simenon gelesen? Das ist so stark wie *Der Tod des Iwan Iljitsch*.« Und tatsächlich, vielleicht gibt es in der Weltliteratur nur drei Bücher, die sich so dicht heranwagen an die letzten Tage, Stunden, Minuten des Sterbens: Lew Tolstois *Iwan Iljitsch*, Giuseppe Tomasi di Lampedusas *Leopard* und eben Georges Simenons *Grüne Fensterläden*. Es geht um die Wahrheit bis zum Schluss, und die Wahrheit ist nicht schön. Die letzten Worte des Sterbenden? Keiner hat es gewagt, die Zerstörung der Illusion so weit zu treiben wie Simenon.

5

Und jene »grünen Fensterläden«, die dem Buch seinen Titel geben und doch nur einmal vorkommen, mit wenigen, immer leiser verklingenden Echos? An einem lang vergangenen Tag hat es ihm Yvonne, seine erste Frau, auf einem Ausflug gezeigt: ein typisches, ländliches Haus draußen vor der Stadt, mit Garten, Schieferdach und grünen Fensterläden; ein Haus, das alles verspricht, Inbegriff von bescheidenem Wohlstand und Ruhe, vor allem aber von Angekommen-, von Zuhausesein. Ein Versprechen auf all das, was Maugin nie erreicht. »Hast du nie davon geträumt, von einem Haus mit grünen Fensterläden?«, fragt Yvonne, und als er verneint: »Stimmt, du bist ein Grobian. Du hast auch nie eine sanfte Frau gewollt, die dir Kinder schenkt.« Doch sie, ebenfalls Schauspielerin, lebt noch im Selbstbetrug, denn was sie Maugin vorwirft, gilt ganz genauso für sie: Auch sie hat es längst verlernt, zu Hause zu sein, auch sie weiß, dass der Traum von einem Haus mit grünen Fensterläden für sie niemals Wirklichkeit werden kann; sie hat das Haus gekauft, das Glücksversprechen nicht ertragen, hat es wieder verkauft. Es gibt kein Ankommen, gibt keine bleibende Statt, und Maugin antwortet auf die alltägliche Frage des Taxifahrers: »Wohin Sie wollen. Irgendwohin! Nirgendwohin!«

Und Simenon? In Noland, seinem Niemandsland, hat er es auch nur sechs Jahre ausgehalten, bevor er sich jene gigantomanische, bunkerartige Villa bauen ließ, von der er selber sagte, sie eigne sich ganz gewiss genauso gut als Krankenhaus. Schreiben, das ist nach einem Vers von Ibsen, Gerichtstag halten über das eigene Ich – das und nichts anderes war es für Simenon. Hat Maugin seinen Prozess verloren? Am letzten Abend, den er in diesem Leben mit seiner Frau Alice verbringt, sieht er im Kino seinen eigenen, nunmehr letzten Film. Und Simenon? Als er 1972 plötzlich Schluss macht mit dem Schreiben von Romanen, Schluss macht mit der Haut der anderen, zieht er noch einmal um, ein letztes Mal, denn in der kleinen, unscheinbaren »maison rose« in Lausanne wird er nun sechzehn Jahre bleiben, länger als in jedem anderen Haus seines Lebens. Bei seinem letzten Gericht im Krankenbett sieht der Sterbende auch noch einmal Yvonne, seine frühere Frau: »Yvonne mit ihren grünen Fensterläden. (Es gab keine grünen Fensterläden in Antibes. Sie waren blau. Aber war das nicht ein und dasselbe?)« Vielleicht ist es wirklich ein und dasselbe, grün, blau oder rosa. Vielleicht aber ist Simenon, als er, ja *weil* er kein Schriftsteller mehr war, doch noch irgendwo angekommen. Das Verhängnis, von dem er mit der Figur des Maugin erzählt, hat er zurückgelassen in diesem großen Roman.

DER GANZE SIMENON

Die erste deutschsprachige Gesamtausgabe

DER GANZE MAIGRET

Alle 75 Maigret-Romane und 28 Maigret-Erzählungen. In neuen oder grundlegend revidierten Übersetzungen. Ausgewählte Romane mit Nachworten von Andrea Camilleri, Tim Parks, Karl-Heinz Ott, Rüdiger Safranski, Jean-Luc Bannalec und vielen anderen.

DIE GROSSEN ROMANE

Alle 117 großen Romane, einige seit Jahrzehnten endlich wieder lieferbar. Teilweise in neuen oder vollständig revidierten Übersetzungen. Mit Nachworten von Friedrich Ani, John Banville, Julian Barnes, William Boyd, Axel Hacke, Daniel Kehlmann, Martin Mosebach, Joyce Carol Oates, Hans-Ulrich Treichel und vielen anderen. Eine Kooperation der Verlage Kampa und Hoffmann und Campe.

AUSSERDEM

Zum ersten Mal alle Erzählungen, viele davon als deutsche Erstveröffentlichungen, literaturkritische Essays, Reportagen, autobiographische Schriften, Briefe und Gespräche.

»Manche fragen mich:
Was soll ich von Simenon lesen? –
Ich antworte: Alles!«
André Gide

DIE GROSSEN ROMANE

Georges Simenon
Betty

Deutsch von Elisabeth Edl und Wolfgang Matz
Mit einem Nachwort von Michael Köhlmeier

»›Ich habe Durst …‹, murmelte sie. Jemand reichte ihr ein Glas, ihres oder ein anderes, das war nicht mehr wichtig.« Nichts ist mehr wichtig, Bettys Leben liegt in Scherben. Ihr Mann hat sie bei einem Seitensprung erwischt, sie aus dem großbürgerlichen Haus gejagt; ihre beiden Töchter darf Betty nicht mehr sehen. Drei Tage lässt sie sich von Bar zu Bar treiben, bis ihre selbstzerstörerische Odyssee im Le Trou bei Mario endet, wo sie völlig zusammenbricht. In einem Hotel in Versailles wacht sie auf. Laure, die Geliebte von Mario, kümmert sich rührend um Betty, richtet sie wieder auf, hilft ihr, mit ihrer Vergangenheit ins Reine zu kommen. Aber wer ist Betty wirklich, was will sie vom Leben? Und welchen Preis muss sie, müssen die anderen dafür zahlen? 1992 kongenial von Claude Chabrol verfilmt, mit Marie Trintignant als Betty und Stéphane Audran als Laure.

»Simenon schafft eine Atmosphäre und
beschreibt seelische Abgründe in einem makellosen,
anmutigen Stil, in knappen Worten. Eben darum
bemühe auch ich mich unablässig.«
Patrick Modiano

DIE GROSSEN ROMANE

Georges Simenon
Der Witwer

Deutsch von Hansjürgen Wille, Barbara Klau und Heiko Arntz
Mit einem Nachwort von Jürgen Kaube

Hôtel Gardénia in der Nähe der Champs-Élysées: In Zimmer 44 liegt eine Frau tot im Bett, sie trägt ein weißes Seidenkleid, in den Händen hält sie einen Strauß verwelkter Rosen, auf einem kleinen Tisch steht eine leere Champagnerflasche. Jeanne hat sich mit Schlaftabletten das Leben genommen. Und ihr Mann Bernard versteht die Welt nicht mehr. Was hat seine Frau in diesem Hotel gemacht, woher hatte sie das teure Kleid? Acht Jahre ist es her, dass er Jeanne vor einem brutalen Zuhälter gerettet hat, sie bei sich aufgenommen hat. Ihre Ehe war doch gut, vielleicht nicht leidenschaftlich, aber Bernard war glücklich. Und Jeanne, war sie es nicht auch? Für die Polizei ist der Fall schnell erledigt: eindeutig Selbstmord. Aber nicht für Bernard. Spät, zu spät muss er erkennen, dass er nichts gewusst hat über seine Frau, ihre Wünsche, ihre Vergangenheit. Bernard blickt in einen Abgrund. Und der Richter, dem er sich stellen muss, ist er selbst.

»Es ist die Leistung der großen Romane
Simenons, dass sie zeigen, wie viel Hingabe,
Nachsicht und Energie es bedarf, um der
Schwerkraft des Unglücks zu entgehen.«
Jürgen Kaube im Nachwort